# L'HERBE DE FER

## Littératures étrangères

ALLEMAGNE
*Peter Chotjewitz*
Romans d'amour d'un incendiaire
Ces messieurs du petit matin
*Ludwig Harig*
Manuel de conversation...
Vers l'âge d'or
*Unica Zürn*
Sombre printemps

ARGENTINE
*Roberto Arlt*
Les sept fous
Les lance-flammes

AUTRICHE
*Stefan Zweig*
Ivresse de la métamorphose

COLOMBIE
*Alvaro Cepeda Samudio*
Le maître de la Gabriela

CUBA
*Nicolas Guillen*
Le chant de Cuba

ESPAGNE
*Rafael Alberti*
La futaie perdue

ÉTATS-UNIS
*Erskine Caldwell*
Les braves gens du Tennessee
Haute tension à Palmetto
Le bâtard
*Leslie Epstein*
Le roi des juifs
*F. Scott Fitzgerald*
Love boat
Tendre est la nuit
*John Hawkes*
Les deux vies de Virginie
*Susanna Moore*
La baie des îles
*Jayne Anne Phillips*
Billets noirs
*Louise Shivers*
J'suis venue pour faire sortir mon enfant de prison
*Gore Vidal*
Burr
Messiah

GRÈCE
*Aristote Nikolaïdis*
La machination
La disparition d'Athanase Telekidis

GUYANE BRITANNIQUE
*Wilson Harris*
L'échelle secrète
L'ange sur le seuil

ISRAËL
*Aharon Appelfeld*
Le temps des prodiges

ITALIE
*Alain Elkann*
Le plongeon
*Mario Soldati*
L'épouse américaine
*Lina Wertmüller*
La tête d'Alvise

MEXIQUE
*Jorge Ibarguengoitia*
Les mortes

NIGERIA
*Wole Soyinka*
Aké, les années d'enfance

PARAGUAY
*Augusto Roa Bastos*
Moi le Suprême
Fils d'homme

PAYS-BAS
*Diet Verschoor*
La danse de l'arlequin
*Jan Wolkers*
Les délices de Turquie

PÉROU
*Manuel Scorza*
Roulements de tambours pour Rancas
Le cavalier insomniaque
Le chant d'Agapito Roblès
Le tombeau de l'éclair
La danse immobile

RUSSIE
*M. Aguéev*
Roman avec cocaïne
*Schalom Asch*
Pétersbourg

URUGUAY
*Mario Benedetti*
La trêve
L'étincelle

WILLIAM KENNEDY

# L'herbe de fer

*Traduit de l'américain*
*par Marie-Claire Pasquier*

PIERRE BELFOND
216, boulevard Saint-Germain
75007 Paris

Ce livre a été publié sous le titre original
*IRONWEED*
par The Viking Press, New York.



Si vous souhaitez recevoir notre catalogue
et être tenu au courant de nos publications,
envoyez vos nom et adresse, en citant ce livre,
aux Éditions Pierre Belfond,
216, bd Saint-Germain, 75007 Paris.
Et pour le Canada à
Edipresse 1983 Inc., 5198, rue Saint-Hubert,
Montréal , Québec H2J 2Y3 Canada.

ISBN 2.7144.1860.0

*Ce livre est dédié à*
*quatre hommes de cœur :*
*Bill Segarra, Tom Smith,*
*Harry Staley et Franck Trippett.*

La grande Herbe de Fer appartient à la famille des tournesols (Asteraceae). Elle possède une tige haute et droite, et porte des fleurs d'un bleu-violet foncé groupées en capitules peu serrés. Ses feuilles sont longues, fines et pointues, duveteuses à la base. Son fruit à la forme d'une graine et il est muni d'une paire d'épines violacées. Elle fleurit d'août à octobre dans les sols riches et humides, on la trouve entre la région de New York et la Géorgie au sud, la Louisiane à l'ouest et, au nord, le Missouri, l'Illinois et le Michigan. Le nom évoque la robustesse de la tige.

D'après le *Guide pratique des fleurs vivaces d'Amérique du Nord* de la Société Audubon

Porté maintenant sur une barque légère, mon esprit laisse derrière lui une mer orageuse, et se dispose à parcourir des ondes plus paisibles.

Dante, *Le Purgatoire*

# I

Le vieux camion brinquebalant remontait la route sinueuse qui traverse le cimetière Sainte-Agnès. Assis à l'arrière, Francis Phelan constatait que, plus encore que les vivants, les morts se regroupent par quartiers. Le camion se trouva soudain au milieu de vastes étendues où se dressaient des monuments et des cénotaphes de taille impressionnante, conçus plus ou moins selon le même modèle, et chargés de garder les restes mortels des riches. Mais le camion poursuivit sa route et quitta bientôt le domaine de la simple réussite sociale pour parcourir des espaces où la mort se montrait sous son jour le plus prestigieux: hommes et femmes illustres, maîtres du monde, aujourd'hui privés de leurs diamants, de leurs fourrures, de leurs équipages et de leurs limousines, mais enterrés dans un déploiement de faste, enfermés dans des caveaux immenses construits comme les coffres-forts de la banque céleste, ou comme les monuments de l'Acropole d'Athènes. Et puis bien sûr, là comme ailleurs, il y avait aussi le déferlement des masses, des rangées entières de tombes et de croix toutes simples. C'est là que se trouvait le quartier des Phelan.

La mère de Francis sursauta nerveusement dans sa tombe lorsque le camion où se trouvait son fils passa près d'elle; le père de Francis alluma sa pipe, sourit de la réaction de sa femme, et, de son bout de terrain, jeta un œil pour voir si son fils avait tellement changé depuis l'accident de train.

Le père de Francis fumait les racines des herbes mortes au cours des périodes de sécheresse qui affectaient périodiquement le cimetière. Il gardait les racines dans ses poches jusqu'à ce que ça devienne tout sec et cassant au toucher; alors, du bout des doigts, il les réduisait en poudre et il en bourrait sa pipe. La mère de Francis, elle, tressait les pissenlits morts et autres herbes à longues racines pour en faire des croix. Elle faisait bien attention de leur laisser toute leur longueur, elle les tressait pendant qu'ils étaient encore verts, puis elle les dévorait, au comble du dégoût.

– Regarde cette tombe, dit Francis à son compagnon. C'est quelque chose, non? C'est celle d'Arthur T. Grogan. Quand j'étais gosse, je l'apercevais dans Albany. Tout ce qui était électricité dans la ville lui appartenait.

– Il lui en reste pas lourd, dit Rudy.

– Ne crois pas ça, dit Francis. Ce genre de types, une fois qu'ils ont quelque chose, ils ne le lâchent plus.

Les restes, de plus en plus poussière, d'Arthur T. Grogan, qui ne trouvait pas le repos dans son faux Parthénon, s'illuminèrent à l'évocation par Francis de jours de gloire depuis longtemps révolus. Le camion continua d'escalader la colline.

FARRELL, indiquait une pierre tombale au bord de la route. KENNEDY, indiquait une autre. DAUGHERTY, McILHENNY, BRUNELLE, McDONALD, MALONE, DWYER, WALSH, pouvait-on lire également. Et, sur deux petites pierres, PHELAN.

Francis vit ces deux petites pierres tombales, et il détourna les yeux: il craignait que son propre enfant, le petit Gerald, ne fût sous l'une d'entre elles. Depuis le jour où il avait laissé le bébé choir hors de ses couches, il n'avait plus jamais eu affaire à lui directement. Il ne voulait pas avoir affaire à lui maintenant. Il évita de regarder les pierres indiquant Phelan en se disant qu'elles devaient appartenir à une tout autre famille. Il avait raison. Elles contenaient deux jeunes costauds, les frères Phelan, tous deux mariniers sur le canal de l'Erié, qui, en 1884, avaient eu la gorge tranchée par la même bouteille de whisky. Ils avaient été jetés dans le canal devant le Cabaret du Chiffon noir, à Watervliet, puis enfoncés dans l'eau et noyés à l'aide d'une longue perche. Les deux frères regardaient les vêtements de Francis, sa veste de coton marron tout élimée, son pantalon noir sans forme, sa chemise de pompier bleue crasseuse, et ils se sentaient avec lui une parenté qui ne devait rien aux liens du sang. Les souliers de Francis étaient aussi éculés que les mocassins qu'eux-mêmes portaient le dernier jour de leur vie. Les deux frères lisaient aussi sur le visage de Francis les signes familiers de la désespérance alcoolique qu'ils connaissaient de leur côté depuis qu'ils étaient sous la terre. Car c'est à un moment où ils étaient tous deux ivres morts et totalement vulnérables que le coupeur de gorges Muggins les avait tués coup sur coup et leur avait pris tout leur fric: quarante-huit cents. On s'est fait tuer pour des haricots, voilà ce que dirent du regard, sans parler, les deux frères, lorsque Francis passa devant eux, secoué par le camion, les yeux levés vers les nuages qui, s'enhardissant en ce milieu de matinée, commençaient à moutonner dans le ciel. À cause de la chaleur du soleil, Francis sentait la sève monter en lui, il y voyait un don du ciel qui le gratifiait d'un regain de force.

– Un peu frais, dit-il, mais ça va être une belle journée.

– Sauf si ça nous dégueule dessus, dit Rudy.

– Espèce de cinglé, c'est pas des façons de parler du temps. Il fait beau, te plains pas. Pourquoi tu racontes que ça va nous dégueuler dessus?

– Ma mère était une Cherokee pur sang, dit Rudy.

– Menteur. Ta vieille était mexicaine, c'est pour ça que tu as les pommettes saillantes. Indien, mon œil.

– Elle s'est tirée de sa réserve de Skokie, dans l'Illinois, elle est allée jusqu'à Chicago, et elle s'est mise à vendre des cacahuètes à Wrigley Field.

– Y a pas d'Indiens dans l'Illinois. Pendant tout le temps que j'y étais, j'ai pas vu un seul Indien.

– Y restent entre eux, dit Rudy.

Le camion dépassa la dernière zone habitée du cimetière et se dirigea vers un endroit où cinq types armés de pelles et de pioches remuaient la terre. Le chauffeur se gara et défit le hayon du camion, et Francis et Rudy sautèrent au sol. Tous deux se joignirent aux cinq autres types pour charger la terre dans le camion. Tout en travaillant, Rudy marmonnait: «Je calcule.»

– Qu'est-ce que tu calcules encore? demanda Francis.

– Le nombre de vers de terre, dit Rudy. Combien de vers il peut y avoir dans un camion rempli de terre.

– Tu les comptes?

– Jusqu'ici, cent huit, dit Rudy.

– Tu es fou, ma parole, dit Francis.

Quand le camion fut chargé, Francis et Rudy grimpèrent sur le tas de terre à l'arrière, et le chauffeur les emmena jusqu'à un terrain en pente où se trouvaient une vingtaine de tombes de morts fraîchement inhumés. Il se dégageait de là l'odeur sucrée de la putréfaction mêlée à l'odeur d'encens de la mort non méritée et des rêves interrompus. Le chauffeur, qui semblait tout à fait insensible à ces odeurs, se gara aussi près qu'il put des tombes, et Rudy et Francis se mirent à jeter des pelletées de terre sur les morts pendant que le chauffeur restait à somnoler dans le camion. Certains étaient enterrés depuis deux ou trois mois déjà et pourtant leurs cercueils n'avaient pas fini de s'enfoncer dans la terre ramollie par la pluie. Le poids des jours qu'ils avaient vécus cherchait à trouver une pesanteur équivalente dans la mort toute jeune, et un rectangle se creusait au-dessus de chaque tombe. Certains des cercueils paraissaient partis pour aller jusqu'au milieu de la terre. Aucune des fosses n'avait encore de pierre tombale, mais quelques-unes étaient décorées d'un drapeau américain au bout d'un bâton, ou d'un bouquet de fleurs artificielles délavées plantées dans un pot. Rudy et Francis remplissaient un trou, puis un autre. Des glaïeuls fanés, encore vaguement jaunes même si la mort les faisait virer au brun, languissaient dans un panier au chevet de la tombe de Louis (dit Papa Louis) Dugan. Papa Louis était ce joueur de billard d'Albany qui était mort cela faisait à peine une semaine en s'étouffant avec son propre vomi. Même si ça ne servait plus à rien, Papa Louis était en train de faire l'effort de se rappeler comment il s'y prenait pour donner de l'effet à sa boule quand il faisait un carambolage; il reconnut Francis Phelan, qu'il n'avait pourtant pas vu depuis vingt ans.

– Je me demande qui peut se trouver dans celle-là, dit Francis.

– Peut-être bien un catholique, dit Rudy.

– Évidemment, gros malin, c'est un cimetière catholique.

– Des fois, ils prennent des protestants, dit Rudy.

– Tu parles.

– Et des fois aussi des Juifs. Et des Indiens.

Depuis la première fois qu'il l'avait vu jouer au baseball à Chadwick Park, pour Albany, Papa Louis n'avait pas oublié la forme de la bouche de Franny. Ce jour-là, Papa Louis était assis sur les gradins à la hauteur de la troisième base, et il regardait Franny, qui était au cœur de l'action. Il l'avait vu sauter jusqu'aux gradins à la poursuite d'une chandelle hors ligne qui aurait atteint Papa Louis en pleine poitrine si Franny ne l'avait pas interceptée avec une adresse fulgurante. Papa Louis avait vu Franny sourire de ce geste réussi, et aujourd'hui, malgré le fait qu'il lui manquait presque toutes ses dents, Franny avait encore ce même sourire alors qu'il jetait de la terre fraîche sur la tombe de Papa Louis.

Ton fils Billy m'a sauvé la vie, dit Papa Louis à Francis. Il m'a retourné sur le ventre pour m'empêcher de m'étouffer pendant que je vomissais en pleine rue. Je suis mort quand même, plus tard. N'empêche, c'était chic de sa part, et je regrette toutes les horreurs que j'ai pu lui débiter. En tout cas laisse-moi te donner un conseil d'ami. Ne t'étouffe jamais avec ton propre vomi.

Francis n'avait pas besoin de ce conseil. Contrairement à Papa Louis, il ne dégueulait pas quand il avait bu. Francis savait boire. Il buvait tout le temps, et il ne vomissait jamais. Il buvait tout ce qui contenait de l'alcool, n'importe quoi, et ça ne l'empêchait jamais de marcher, ni de dire ce qu'il avait à dire sans se laisser intimider. L'alcool finissait bien par lui donner sommeil, mais c'était lui qui décidait quand et comment. Lorsqu'il avait son compte, et que tout le monde autour de lui était K.O., il laissait tomber sa tête en avant, se pelotonnait comme un vieux chien, puis il mettait ses mains entre ses jambes pour protéger ce qui restait de ses trésors, et il piquait un petit roupillon. Quand il se réveillait, il repartait chercher à boire. C'est comme ça qu'il faisait, quand il buvait. En ce moment, il ne buvait pas. Il n'avait pas bu une goutte depuis deux jours, et il se sentait frais comme l'œil. Il avait même l'impression qu'il reprenait des forces. Il s'était arrêté de boire parce qu'il n'avait plus d'argent. Ç'avait aussi coïncidé avec le fait qu'Helen n'allait pas très fort, et que Francis voulait s'occuper d'elle. Et puis, il ne voulait pas être soûl quand il serait convoqué au tribunal pour s'être inscrit vingt-sept fois sur les listes électorales. En fait, il était bien allé au tribunal, mais il n'y avait pas eu de procès. Son avocat, Marcus Gorman, un as, avait trouvé une erreur dans la liste détaillée des chefs d'accusation dressée contre Francis, et l'affaire avait été classée. Marcus, d'habitude, prenait cinq cents dollars d'honoraires, mais à Francis il n'en demanda que cinquante, parce que Martin Daugherty, le journaliste, qui était un ancien voisin de Francis, lui avait conseilllé d'y aller mollo. Au moment où il fallut payer, Francis n'avait même pas les cinquante dollars : il les avait bus jusqu'au dernier sou. Mais Marcus voulait son argent.

– Je ne les ai pas, dit Francis.

– Prends un boulot et gagne-les, dit Marcus. Je ne travaille pas à l'œil.

– Personne voudra me donner du boulot, dit Francis, un clodo comme moi.

– Je te trouverai un travail à la journée au cimetière, dit Marcus.

Et c'est ce qu'il fit. Marcus jouait au bridge avec l'évêque, et il connaissait tous les gros bonnets catholiques. L'un d'entre eux était gérant du cimetière Sainte-Agnès à Menands. Francis dormait dans les herbes, sous le pont, à la hauteur de Dongan Avenue. Ce matin-là, il se réveilla à sept heures, puis il alla à la mission de Madison Avenue pour se faire donner un café. Helen n'était pas là, elle avait pris le large. Il ne savait pas où elle était, et personne ne l'avait vue. Tout ce qu'il put apprendre, c'est qu'on l'avait aperçue à la mission la veille au soir, et puis qu'elle était partie. Un peu plus tôt dans la journée, Francis s'était disputé avec elle pour des questions d'argent, et elle était partie comme ça, dieu sait où elle avait pu aller.

Francis prit du café et un morceau de pain avec les clodos de la mission, des types qui avaient cessé de boire, et d'autres types qui étaient seulement de passage; le pasteur était là à surveiller tout le monde et à jouer à chat avec leurs âmes. T'occupe pas de mon âme, passe-moi plutôt le café, voilà ce que se disait Francis. Il resta un moment dehors à tuer le temps en se curant les dents avec le coin d'une pochette d'allumettes. Et il vit se pointer Rudy.

Rudy n'avait pas bu non plus, par extraordinaire, et ses cheveux gris étaient bien coupés, bien coiffés. Il s'était aussi fait tailler la moustache, il portait des chaussures de daim blanc bien qu'on soit en octobre (un clodo s'en fiche, de ces détails), une chemise blanche, et il y avait un pli à son pantalon. Francis, pour un peu, se serait senti jaloux: il avait, lui, un lacet qui manquait à une de ses chaussures, ses cheveux étaient longs et emmêlés, il sentait son corps qui puait et, pour la première fois de sa vie, ça lui faisait honte.

– T'as bonne mine, mon pote, dit Francis.

– J'étais à l'hosto.

– Pourquoi ça?

– Cancer.

– Sans blague. Cancer?

– Y m'a dit, t'en as plus que pour six mois. J'ai dit tant qu'à faire, autant les passer à boire, les six mois. Y m'a dit, fais comme tu veux, de toute façon tu y passes. Tu te fais la malle avec ton cancer. Ton estomac, c'est une vraie passoire, si tu vois ce que je veux dire. J'ai dit je voudrais bien tenir le coup jusqu'à mes cinquante berges. Le toubib m'a dit, tu tiendras pas jusque-là. J'ai dit, de toute manière, qu'est-ce que ça peut foutre?

– C'est moche, ma vieille. T'as amené une bouteille?

– J'ai un dollar.

– Ça va, dit Francis.

Mais à ce moment-là il se rappela sa dette envers Marcus Gorman.

– Écoute, mon pote, dit-il, tu veux venir travailler avec moi et te faire un peu de fric? Ce soir on pourra s'offrir une ou deux bouteilles et un plumard. Il va faire froid, regarde le ciel.

– Travailler où ça?

– Au cimetière. À charrier de la terre.

– Au cimetière? Pourquoi pas? Faut bien que je m'habitue. Ils payent combien?

– J'en sais foutre rien.

– Je veux dire, ils payent? C'est pas qu'ils vous enterrent à l'œil quand vous clamsez?

– S'ils payent pas, je laisse tomber, dit Francis. Je vais pas creuser ma propre tombe.

Du centre ville d'Albany, ils firent à pied le trajet jusqu'au cimetière de Menands, presque dix kilomètres. Francis se sentait en forme, et il trouvait ça drôlement agréable. Quand il buvait, malheureusement, ça n'était pas le cas. Il lui arrivait de se sentir pas trop mal, mais jamais vraiment bien, surtout le matin, ou quand il se réveillait au milieu de la nuit. Quelquefois, il était tout engourdi. La tête, la gorge, le ventre: il fallait réveiller tout ça en buvant un coup, et même un bon coup, parce que sinon il avait le cerveau presque en ébullition à force de penser à des trucs, et les yeux prêts à lui sortir de la tête. Bon dieu, c'est dur quand il faut à tout prix boire un coup, et qu'on a la gorge à vif comme une plaie, et qu'il est quatre heures du mat, et qu'il n'y a plus une goutte de vin, et que rien n'est ouvert à cette heure-là, et qu'on n'a pas un rond, et qu'il n'y a personne dans les parages qu'on puisse taper pour s'acheter une bouteille même au cas où il y aurait quelque chose d'ouvert. C'est dur, je vous le dis. Très dur.

Rudy et Francis remontèrent Broadway, et quand ils arrivèrent à Colonie Street, Francis eut soudain envie d'aller jeter un coup d'œil à la maison où il était né et où habitaient toujours ses salauds de frères et sœurs. Il y était retourné une fois, en 1935, à une occasion où il avait cru la chose possible, c'était au moment où sa mère avait fini par mourir. Et qu'est-ce que ça lui avait rapporté? Un coup de pied au cul, et voilà tout. Que la baraque leur tombe dessus et les écrase tous, on ne m'y reprendra pas, voilà ce qu'il s'était dit. Qu'elle pourrisse, cette sale baraque.

Dans le cimetière, Kathryn Phelan qui avait flairé l'humeur belliqueuse de son fils s'agita à la pensée qu'elle entrait dans un nouveau stade de la mort. Avec un sursaut d'énergie, elle se mit à tresser les herbes à courtes racines qui poussaient au-dessus d'elle, et elle en fit une croix qu'elle avala rapidement, mais le goût la déçut. Son appétit pour les plantes était directement proportionnel à la longueur des racines. Plus les racines étaient longues, plus la croix était répugnante.

Francis et Rudy continuaient à avancer dans Broadway, cap au nord. Francis avait sa chaussure droite qui bâillait, et le contrefort qui frottait contre son talon. Il marcha avec précaution et finit par trouver un bout de ficelle sur le trottoir devant le magasin de plomberie de Frankie Leikheim. Frankie Leikheim. C'était encore un môme quand Francis, lui, était déjà grand, et maintenant il avait son magasin à lui, et toi, Francis, qu'est-ce que tu as? Tu as un bout de ficelle en guise de lacet. Pour les petites distances, pas besoin de lacet, mais quand on est parti pour faire du chemin, si on n'a pas de lacets, on peut s'esquinter les pieds pour des semaines. On croit qu'on a de la corne à toute épreuve et puis il suffit de changer de chaussures et on se retrouve avec des ampoules toutes neuves. Ensuite les ampoules se mettent à saigner et il faut bien s'arrêter de marcher jusqu'à ce qu'une croûte se forme, pour pouvoir repartir sur de la corne bien dure.

La ficelle n'entrait pas dans les œillets de la chaussure. Francis la défit en deux brins et passa l'un des brins dans trois ou quatre œillets, assez pour que ça lace. Il tira sur sa chaussette, qui n'avait plus de chaussette que le nom, avec des trous dans le talon, l'orteil et le dessous, il faut que je m'en achète d'autres. Avec la chaussette il fit, du mieux qu'il put, un coussinet pour protéger la partie à vif du pied, puis il serra son nouveau lacet, en douceur, pour que la chaussure ne bâille plus. Et il reprit sa marche vers le cimetière.

– Il y a sept péchés capitaux, dit Rudy.

– Capitaux, qu'est-ce que tu veux dire, capitaux? dit Francis.

– Un péché capital, des péchés capitaux, dit Rudy.

– Pour moi, il n'y a qu'un seul péché, dit Francis.

– Il y a la mauvaise foi.

– Ça oui, la mauvaise foi, d'accord.
– Il y a l'envie.
– L'envie. Bon, oui, ça en fait encore un.
– Il y a la luxure.
– Va pour la luxure. Y m'a toujours plu, celui-là.
– La lâcheté.
– Qui tu traites de lâche?
– La lâcheté.
– Je ne sais pas de quoi tu parles. C'est un mot que je ne connais pas.
– La lâcheté, dit Rudy.
– J'aime pas ce mot de lâche. Qu'est-ce que tu as à dire sur les lâches?
– Un lâche, un type qui se dégonfle. Tu sais ce que c'est qu'un lâche? Un type qui se débine.
– Non, je ne connais pas ce mot. Francis n'est pas un lâche. Il n'a peur de personne. Y a quelque chose qui me plaît, tu sais quoi?
– Quoi?
– L'honnêteté, dit Francis.
– Ça en fait encore un, dit Rudy.
À la hauteur de Shaker Road, ils remontèrent jusqu'à North Pearl Street et la prirent dans le sens sud-nord. C'est là qu'ils habitent maintenant. Depuis la dernière fois qu'il l'avait vue, on avait repeint l'église du Sacré-Cœur, et de l'autre côté de la rue l'école avait de nouveaux courts de tennis. Toute une série de nouvelles maisons qu'il ne connaissait pas, bâties après 1916. Voilà le bloc où ils habitent. C'est ce que Billy avait dit. La dernière fois que Francis était venu par là, ce n'était guère qu'un pré à vaches. Les vaches du vieux Rooney forçaient la barrière et se promenaient partout, salissant les rues et les trottoirs. Il faut que ça cesse, avait dit le juge Ronan à Rooney. Qu'est-ce que vous voulez que je fasse, avait demandé Rooney au juge, leur mettre des couches?

Ils marchèrent jusqu'au bout de Pearl Street, là où elle entre dans Menands, puis ils redescendirent jusqu'à la jonction de Pearl et de Broadway. Ils passèrent devant l'endroit où se trouvait dans le temps la vieille Taverne de la Tête de Taureau. Quand Francis était gosse, il avait vu sortir de là, un jour, Gus Ruhlan, les poings nus. Le clodo avec qui il se battait lui avait tendu la main pour mettre fin à la dispute, Gus lui avait envoyé son poing dans la gueule, et finie la chanson. Salut, ma jolie, adieu, Berthe. Ah! l'honnêteté. Ils passèrent devant le stade Hawkins, un truc énorme situé à l'emplacement de l'ancien Chadwick Park où Francis jouait au baseball dans le temps. Il se rappelait l'époque où c'était un simple pré. Si on frappait bien sa balle, elle pouvait aller se perdre au milieu des herbes. Ouah-Ouah Buckley partait la chercher et il la trouvait tout de suite, pour ça il était formidable. Il avait toujours une demi-douzaine de balles en réserve pour parer à ce genre de situations. Alors il la relançait à un joueur de son équipe qui pouvait reprendre sa course pour marquer le point, et lui pouvait se vanter qu'il savait drôlement bien relancer une balle. L'honnêteté... Ouah-Ouah est mort aujourd'hui. Il était livreur de glace, un jour il s'était servi de son pic contre le cheval qui tirait la voiture, et le cheval l'avait piétiné. C'est bien ça? Non, c'est pas possible, qui s'amuserait à frapper un cheval avec un pic à glace?

– Dis donc, dit Rudy, t'étais pas avec une femme l'autre soir quand je t'ai vu?

– Une femme, qui ça?

– J'en sais rien. Helen. Oui, tu l'appelais Helen.

– Helen. Y a jamais moyen de savoir où elle est.

– Qu'est-ce qu'elle a fait, elle s'est tirée avec un banquier?

– Elle s'est pas tirée.

– Alors elle est où?

– Va savoir. Elle va elle vient. J'ai pas l'œil vissé sur elle.

– Et puis t'en as des douzaines.

– Elle est pas dure à remplacer.

– Toutes les femmes veulent faire ta connaissance.

– Ce qui les attire, c'est mes chaussettes.

Francis souleva le bas de son pantalon pour montrer ses chaussettes, l'une verte, l'autre bleue.

– Un vrai gentleman, dit Rudy.

Francis laissa retomber son pantalon et reprit sa marche, et Rudy dit :

– Qu'est-ce que c'est que ce truc, hier soir, du type qui venait de Mars? Tout le monde parlait que de ça à l'hosto. T'as entendu parler de ce truc à la radio?

– Ouais, ils ont atterri.

– Qui ça?

– Les Martiens.

– Ils ont atterri où ça?

– Quelque part dans le New Jersey.

– Qu'est-ce qui s'est passé?

– Ça leur a pas tellement plu. Je les comprends, remarque.

– Plaisante pas, dit Rudy. On a dit qu'y avait des gens qui avaient vu les Martiens arriver, et qui avaient foutu le camp, sauté par la fenêtre, tout ça.

– Bravo, dit Francis, c'est ça qu'il faut faire. Quelqu'un qui voit un Martien, il a intérêt à sauter par la fenêtre plutôt deux fois qu'une.

– Tu prends pas les choses au sérieux, dit Rudy. Tu es, je sais pas comment on dit ça, tu es futile, voilà.

– Futile, moi, je suis futile?

– Oui, c'est bien ça que j'ai dit. Tu es futile.

– Qu'est-ce que ça veut dire encore? Tu as encore été lire des bouquins, je parie, tête de boche. Je t'ai déjà dit que des dingos comme toi devaient surtout pas aller mettre le nez dans les bouquins, pour ensuite venir traiter les gens de futiles.

– C'est pas une insulte. C'est un mot correct, futile. Un joli mot.

– Laisse tomber les mots, voilà le cimetière. Et Francis montra du doigt le grand portail de l'entrée. Je viens de penser à un truc.

– Quoi?

– Ce cimetière, il est plein de pierres tombales?

– Exact.

– Eh bien, j'ai encore jamais connu un clochard qui avait sa pierre tombale.

Ils prirent la route qui menait de Broadway à l'entrée du cimetière proprement dit. Francis fit son aimable avec la gardienne du pavillon de l'entrée, donna le nom de Marcus

Gorman et présenta Rudy comme un type sérieux lui aussi et prêt à faire du bon boulot. Elle dit que le camion allait passer, qu'il n'y avait qu'à l'attendre tranquillement. Ensuite Rudy et Francis firent le trajet à l'arrière du camion et ils se mirent à l'ouvrage pour charrier la terre.

Quand ils eurent fini de combler toutes les fosses ils s'arrêtèrent pour souffler, mais entre-temps le chauffeur du camion avait disparu. Alors ils restèrent assis à regarder Broadway en bas de la colline et, plus loin, les collines de Rensselaer et de Troy de l'autre côté de l'Hudson, et la cokerie qui crachait par sa grande cheminée une fumée quasi palpable au bout du pont de Menands. Francis se disait que ce serait l'endroit rêvé pour être enterré. La colline avait une pente douce qui, d'un seul élan, vous permettait de dévaler la prairie jusqu'au fleuve, de traverser l'eau puis la rangée d'arbres qui longeait l'autre berge pour vous amener finalement en haut des collines d'en face. Se trouver mort dans un lieu pareil, ce serait avoir sa place à la fois dans l'espace et dans le temps. Ce serait avoir des voisins, dont certains passablement vieux, comme ces véritables ancêtres qu'on trouvait au pied du gazon: Tobias Banion, Elisha Skinner, Elsie Whipple; tous tombaient en poussière sous leurs pierres tombales en meulière sur lesquelles la neige, le sable et les pluies acides effaçaient peu à peu les noms. Mais quelle importance cela avait-il, la perpétuation des noms? C'est qu'il y avait des gens qui, dans la mort comme dans la vie, se croyaient toujours obligés d'être au-dessus des autres. Les descendants de ceux qui devenaient peu à peu anonymes au pied de la colline étaient assurés de tomber moins vite dans l'oubli. Leurs pierres tombales en marbre, toutes neuves, plus lourdes, plus haut sur la colline, avaient été taillées avec le double d'épaisseur de manière que leurs noms restent visibles pendant au moins une éternité.

Et puis il y avait Arthur T. Grogan.

Le Parthénon de Grogan rappelait quelque chose à Francis, mais il n'aurait pas su dire quoi. Il restait là à le contempler et se demandait, à part la taille, ce que ça voulait dire. Il ne savait rien de l'Acropole, et pas grand-chose non plus de Grogan, à part le fait que c'était un Irlandais d'Albany riche et puissant et que tout le monde, jadis, connaissait son nom. Francis ne comprenait pas que le fait d'enfermer de vieux os dans un monument de marbre aussi imposant provenait du triple désir de suivre une tradition ancienne, d'imposer un style moderne, et d'assurer sa propre apothéose. Pour lui, le sépulcre de Grogan était de taille à contenir des douzaines de dépouilles. Et comme cette pensée effleurait sa mémoire, il revit soudain la tombe de Bill Benson dit la Fraise à Brooklyn. C'était ça. Oui. Bill la Fraise était un type qui, en 1908, jouait champ gauche pour Toronto pendant que Francis, lui, jouait troisième base. Plus tard, en 1916, quand Francis avait foutu le camp après la mort de Gerald, ils s'étaient rencontrés par hasard à un croisement près de Newburgh, et ils avaient pris ensemble un train de marchandises qui allait vers le Sud.

Bill toussait et il était mort une semaine après leur arrivée à la ville, maudissant sa vie trop courte et faisant jurer à Francis qu'il suivrait sa dépouille au cimetière : « Je ne veux pas aller là-bas tout seul », avait dit Bill. Il n'avait pas d'argent, si bien que le cercueil que Francis avait accompagné jusqu'à la fosse était une vulgaire caisse fabriquée avec quelques planches et quelques dizaines de gros clous. Le type qui avait amené le fourgon et son aide avaient posé le cercueil de Bill sur un emplacement couvert de grandes planches, puis ils étaient repartis, et Francis était resté près de la caisse, le temps que Bill s'habitue à son nouveau cadre. «C'est pas trop mal, comme endroit, mon vieux. Y a même des arbres.» À ce moment-là, il y avait eu un rayon de soleil qui avait éclairé une fissure entre deux planches, révélant une cavité. Francis avait été saisi par ce qu'il avait vu: un grand trou vide avec une douzaine d'autres cercueils grossièrement fabriqués, du même type que celui de Bill, empilés les uns sur les autres, certains posés sur le côté, un autre dressé verticalement. On avait dégagé assez de terre pour qu'il en tienne une trentaine ou une quarantaine. Au bout de quelques semaines, ils seraient tous empilés comme un stère de bois de chauffage, ou comme des paquets de petits gâteaux livrés à la grande rumination. « T'as plus à t'en faire, Bill, avait dit Francis à son copain. Tu seras pas tout seul. T'auras même de la chance si t'arrives à dormir, avec tout leur raffut. »

Francis ne voulait pas être enterré comme Bill la Fraise, dans la fosse commune. Mais il ne voulait pas non plus faire cliqueter ses os dans un temple de marbre aussi grand qu'un établissement de bains publics.

– Ça me dérangerait pas d'être enterré ici, dit Francis à Rudy.

– T'es du coin?

– J'étais du coin dans le temps. Je suis né ici.

– Ta famille est toujours là?

– Y en a.

– Qui ça?

– Si tu continues à me poser des questions, tu vas recevoir une dérouillée de réponses.

Francis reconnut le tumulus où sa famille était enterrée, car il se trouvait pas loin de l'ange gardien qui, épée au poing, et dressé sur la pointe des pieds en haut de trois marches de marbre, gardait la tombe de Toby. Toby était ce nain qui avait eu une mort héroïque au cours de l'incendie qui, en 1894, avait ravagé l'hôtel Delavan, et c'est le vieux Ed Daugherty, l'écrivain, qui avait décidé de faire ériger ce monument pour Toby lorsqu'il avait appris par le journal que la tombe de Toby était dépourvue de tout signe commémoratif. L'ange de Toby indiquait du doigt la direction où se trouvait la tombe de Michael Phelan, un peu plus bas sur la colline, et Francis la découvrit du regard. Sa mère devait être allongée contre le vieux, et sans doute qu'elle lui tournait le dos. Cette vieille garce.

Le même soleil qui avait brillé pour Bill la Fraise brillait le jour où l'on avait enterré Michael Phelan. Ce jour-là, Francis avait pleuré toutes les larmes de son corps, car lorsque le train avait bousculé Michael et l'avait envoyé valser à cinquante pieds en un arc de cercle fatal, Francis avait assisté à la chose. Il apportait à son père son déjeuner chaud dans sa gamelle, et quand Michael avait vu Francis arriver, il avait voulu aller à sa rencontre. Il avait dépassé sans encombre la motrice qui se déplaçait lentement sur les rails les plus éloignés, puis il avait tourné le dos, regardé vers l'endroit d'où il venait, et fait quelques pas à reculons, en plein sur le trajet du train roulant vers le Nord, dont le bruit était masqué par le teuf-teuf de la motrice. Il vola en l'air puis retomba comme un pantin brisé et Francis s'élança vers lui et fut le premier à son côté. Il chercha un moyen de redresser le corps désarticulé, mais il redoutait de faire le moindre geste, alors il enleva son sweater et en fit un coussin pour la tête de son père. Il y a tant de gens qui, quand ils meurent, deviennent tout tordus.

Quelques-uns de ses camarades cheminots accompagnèrent Michael jusqu'à chez lui à l'arrière de la fourgonnette de Johnny Cody. Il mit quinze jours à mourir, puis il eut droit à des notices nécrologiques mirobolantes où l'on disait de lui que c'était le garde-ligne le plus apprécié, le meilleur cheminot de toute la New York Central Line. La compagnie donna une demi-journée de congé à tous les ouvriers de la voie ferrée du secteur d'Albany pour qu'ils puissent aller à l'enterrement, et ils affluèrent par centaines pour dire adieu au vieux Mike le jour où il vint s'installer là où il reposait maintenant. À partir de là, Madame Mère régna seule sur la maison, puis elle finit par aller rejoindre son mari dans la tombe. Ce que je devrais faire, se dit Francis, c'est ouvrir la tombe à grandes pelletées, me glisser à l'intérieur, et aller lui broyer les os. Il se rappela les larmes qu'il avait versées sur la tombe ouverte de son père, et il comprit soudain qu'un jour viendrait où il n'y aurait plus personne pour savoir comme il avait pleuré ce jour-là, de même que rien ne prouve aujourd'hui qu'il y a jamais eu quelqu'un pour pleurer sur la tombe de Tobias ou d'Elisha ou d'Elsie au pied de la colline. Il ne reste pas la moindre trace des chagrins passés, ce sont eux que la neige et les pluies acides ont effacés en premier.

– Je m'en fous de ne pas avoir de pierre tombale, dit Francis à Rudy, tout ce que je veux, c'est ne pas mourir tout seul.

– Si tu meurs avant moi, j'enverrai des invitations, dit Rudy.

Kathryn Phelan, se rendant brusquement compte que son bon à rien de fils était en train d'accepter de mourir un jour, pourvu qu'il ait un peu de compagnie à ce moment-là, signifia à son mari sa désapprobation par divers grognements. Mais Michael Phelan était déjà occupé à suivre le trajet qui menait son fils vers le bout de terrain situé juste au-dessous de l'érable, l'endroit où Gerald était enterré. Cela étonnait toujours Michael de constater que les vivants pouvaient aller d'instinct là où se trouvaient leurs proches même s'ils ignoraient l'emplacement de la tombe. Francis n'avait jamais vu la tombe de Gerald, il n'avait pas assisté à son enterrement. Son absence avait d'ailleurs scandalisé l'ensemble des résidents du cimetière. Mais voilà qu'il était là, avançant d'un air résolu, et avec un léger boitillement que Michael ne lui connaissait pas, voilà qu'il comblait l'écart entre père et fils, entre mort soudaine et culpabilité durable. Michael signala à ses voisins qu'un acte de régénération morale semblait être en train de s'accomplir, et les yeux des morts, qui tous avaient eu l'occasion de constater leurs propres erreurs et omissions, et les failles béantes de leur vie passée, applaudirent en silence Francis en le voyant monter jusqu'à l'érable. Rudy suivit son copain à distance respectueuse, conscient du fait qu'il se passait là quelque chose d'important. Il épia la scène sans en avoir l'air.

Dans sa tombe cruciforme, Gerald vit son père s'approcher de lui, et se demanda ce qu'il convenait qu'il fasse en cette occasion. Devait-il l'absoudre du péché non de l'avoir lâché, car cela, c'était un accident, mais d'avoir abandonné sa famille, de s'être défilé à un moment où ce qu'on attendait de lui c'était de montrer du courage ? La tombe de Gerald tremblait des perspectives magnifiques qui s'offraient. N'ayant jamais eu droit à la parole pendant sa vie, puisqu'il était mort à un moment où tout son vocabulaire consistait en quelques gazouillis de bébé, Gerald, dans la mort, possédait le don des langues. Son aptitude à comprendre et à se faire comprendre était d'un niveau tout à fait exceptionnel parmi les morts. Il pouvait s'entretenir dans n'importe quelle langue avec n'importe quel adulte du cimetière; mais plus remarquable encore était la faculté qu'il avait de comprendre le bavardage des écureuils, les signaux muets des fourmis et des scarabées, la télégraphie poisseuse des limaces et des vers dans leurs multiples trajets sur et sous la terre qu'il occupait lui-même. Il savait percevoir la perte de vitalité qui s'emparait des feuilles et des baies de l'érable situé juste au-dessus de lui au moment de leur chute. Et parce qu'il avait connu un destin d'innocence et de privation, Gerald avait sécrété une sorte de toile d'araignée qui le protégeait de l'humidité, des taupes, des lapins et autres bêtes fouisseuses. Sa toile était tissée de fils d'argent brillant, c'était comme un hamac qui l'enveloppait de son réseau dense et presque transparent. Non seulement son corps avait échappé à la loi de la corruption de la matière, mais il s'était même épanoui sur certains plans (la chevelure par exemple) d'une manière à la fois naturelle et miraculeuse. Gerald reposait dans un corps enfantin et sublime, grâce à sa mort prématurée il irradiait, sa peau était de l'or blanc lumineux, ses ongles étaient d'un gris argenté, ses boucles serrées et ses grands yeux avaient les mêmes reflets d'ébène. Emmailloté dans sa tombe, il échappait à l'art des mots comme à celui de la peinture. Pour qui le contemplait il n'apparaissait pas comme beau ou parfait mais comme une présence ineffable et fabuleuse, unique en son genre dans ce cimetière qui pourtant ne manquait pas d'innocents morts prématurément.

Francis trouva la tombe sans la chercher. Il resta planté devant, reconstituant le moment où l'enfant lui avait glissé entre les doigts et avait plongé dans la mort. Il pria Dieu de lui accorder une annulation du temps, afin qu'il puisse aller se pendre dans la cave à charbon avant d'avoir pris l'enfant pour lui changer ses couches. Faute d'être exaucé, il pria pour le repos éternel de son fils dans la tombe. Le fait est que l'enfant n'avait pas connu la souffrance au cours de sa brève existence, il était mort trop vite, la nuque brisée, pour ressentir la moindre douleur; un craquement, c'en était fini. *Gerald Michael Phelan*, indiquait sa pierre tombale, *né le 13 avril 1916, mort le 26 avril 1916. Né le 13, vécut 13 jours. Un enfant victime d'un sort malheureux, mais qui fut tendrement aimé.*

Francis avait les larmes aux yeux, et lorsqu'une de ces larmes tomba sur sa chaussure, il plongea en avant et vint s'affaler sur la tombe, saisissant l'herbe à pleines mains, revivant le moment où c'était la couche de Gerald qu'il tenait ainsi entre ses mains. Cette couche avait l'odeur âcre de l'urine de Gerald, et lorsqu'il la pressa, horrifié, dans sa main droite, une goutte du fluide sacré tomba sur sa chaussure. Vingt-deux années s'étaient écoulées, mais Francis pouvait aujourd'hui, dans une vision rétrospective intense, voir, entendre et sentir le moindre détail vécu ce jour-là, depuis le moment où il avait quitté le dépôt de tramways après son travail, jusqu'à celui où il avait parlé baseball avec Bunn Dunt dans le bar de Brady le Roi, et même celui où il était rentré chez lui à pied avec Cap Lawlor, qui avait dit que la bière de Brady avait un goût trop fort, que Brady devrait nettoyer ses tuyaux, et que le petit Taylor qui habitait à côté de chez les Lawlor avait des vers intestinaux. Sa mémoire avait commencé à lui restituer des images oubliées quand elle avait fait le rapprochement entre Arthur T. Grogan et Bill la Fraise, mais maintenant elle était aussi vive que s'il avait eu les choses sous les yeux.

– Je me souviens de tout, dit Francis à Gerald dans la tombe. C'est la première fois depuis que tu es mort que j'essaie de repenser à tout ça. J'avais bu quatre bières après mon boulot ce jour-là. Si je t'ai lâché, ce n'est pas parce que j'étais soûl. Quatre bières, et la quatrième, je ne l'ai même pas finie. Je l'ai laissée sur le bar de Brady pour pouvoir rentrer à pied avec Cap Lawlor. Billy avait neuf ans à l'époque. Il a su que tu étais mort avant que Peggy le sache. Elle n'était pas encore rentrée de sa répétition de chorale. Ta mère a dit deux mots: «Doux Jésus», et alors nous nous sommes accroupis tous les deux pour te relever. Mais on est tous les deux restés accroupis quand on a vu ton allure. A ce moment-là Billy entre et il te voit. «Pourquoi est-ce que Gerald est tout tordu?» il a dit. Tu sais, j'ai vu Billy il y a à peu près une semaine, il a l'air en forme. Il voulait m'acheter de quoi m'habiller. C'est lui qui a avancé l'argent pour me sortir de taule, et il m'a même filé un peu de fric. On a parlé de toi. Il dit que ta mère ne m'a jamais accusé de t'avoir lâché. En vingt-quatre ans, elle n'a jamais dit à personne que c'est moi qui t'avais laissé tomber. Ça c'est une femme, non? Je me rappelle que le lino sur lequel tu es tombé était jaune avec des carrés rouges. Maintenant que mes souvenirs reviennent au grand jour, est-ce que tu crois que je vais enfin pouvoir commencer à oublier?

Gerald, en concentrant toute sa volonté, imposa à son père, en silence, d'accomplir ses derniers actes d'expiation pour avoir abandonné sa famille. Tu ne sauras pas, dit l'enfant en silence, de quels actes il s'agit tant que tu ne les auras pas tous accomplis. Et une fois que tu les auras accomplis, tu ne comprendras pas qu'ils étaient expiatoires, pas plus que tu n'as compris toutes ces autres formes d'expiation qui te tiennent depuis si longtemps dans l'humiliation. Quand enfin tu auras accompli ces actes jusqu'au dernier, tu cesseras de vouloir mourir à cause de moi.

Francis s'arrêta de pleurer et s'efforça d'extirper, par un mouvement de succion, un petit morceau de pain resté coincé entre les deux dernières molaires que possédait encore sa bouche presque entièrement édentée. Il fit une série de bruits avec sa langue et, du coup, un écureuil qui grattait la terre afin d'y chercher des provisions pour l'hiver prit soudain peur et hop fila en spirale vers la cime de l'érable. Francis vit là un signe lui indiquant qu'il était temps de mettre fin à sa visite, et il tourna ses regards vers le ciel. Une vaste étendue moutonnante, d'un blanc brillant qui blessait les yeux, située à l'orient de la voûte céleste, se dirigeait vers le nord, prête à réchauffer la journée de son abondante toison. La brise s'était un peu adoucie et le soleil approchait de son zénith. Francis n'avait plus froid.

– Hé, mon vieux, dit-il à Rudy. Allons chercher le type du camion.

– Qu'est-ce que tu fabriquais? demanda Rudy. Tu connais quelqu'un qui est enterré là-haut?

– Un petit gosse que j'ai connu dans le temps.

– Un gosse? Qu'est-ce qui lui est arrivé? Il est mort quand il était petit?

– Assez petit.

– Comment c'est arrivé?

– Il est tombé.

– Tombé où ça?

– Il est tombé par terre.

– Bon dieu, moi je tombe par terre à peu près deux fois par jour et je suis toujours pas mort.

– C'est ce que tu crois, dit Francis.

## II

Ils revinrent du cimetière par le bus qui faisait Albany-Troy-par-Watervliet. Francis dit à Rudy: «Sors dix sous, vieux radin», et ils montèrent dans l'espèce de caisse sur roues, rouge et crème, à l'avant tout plat, avec de grandes fenêtres, un véhicule de conception aérodynamique mais auquel il manquait l'étincelle de vie de l'électricité, le bercement confortable du cheval à bascule, bref le charme bien particulier des vieux tramways. Les tramways pour Francis, c'était quelque chose qu'il gardait en mémoire avec la même ferveur que la forme du visage de son père, car il les avait connus de près et aimés pendant toute sa jeunesse. Les tramways avaient marqué sa vie comme les trains avaient marqué celle de son père. Il avait travaillé pendant des années au dépôt de North Albany, il pouvait les démonter dans le noir. Une fois, pendant la grève des tramways de 1901, il avait même tué un type dans un tramway. Des engins formidables, mais il n'y en a pratiquement plus.

– Où on va? demanda Rudy.

– Qu'est-ce que ça peut te fiche, où on va? T'as rendez-vous? T'as des places pour l'opéra?

– Non, mais j'aime bien savoir où je vais.

– Y a vingt ans que tu sais pas où tu vas.

– Ça, c'est pas faux, dit Rudy.

– On va à la mission voir ce qui se passe, voir si quelqu'un sait où se trouve Helen.

– Comment elle s'appelle, Helen?

– Helen.

– Je veux dire Helen comment?

– Pourquoi tu veux savoir ça?

– J'aime bien savoir le nom des gens.
– Elle n'a que ce nom-là.
– Bon, si tu veux pas me le dire ça fait rien.
– T'as raison, ça fait rien.
– On va manger, à la mission? J'ai faim.
– Oui, on peut manger, pourquoi pas? On n'est pas soûls, alors il nous laissera rentrer, le salaud. J'ai mangé là-bas l'autre soir, j'ai pris un bol de soupe parce que je mourais de faim. Bon dieu, qu'est-ce qu'elle était mauvaise. Les ivrognes repentis qui crèchent là-bas, ils bouffent comme des chancres, et tout ce qui reste ils le jettent dans la soupe, et après ils vous la donnent. Une vraie cochonnerie.
– Pourtant, il donne de la bonne bouffe.
– De la bonne bouffe mon cul.
– Si, je te jure.
– Mon cul. Et il te donne rien à bouffer tant que t'as pas écouté son sermon. Je regarde tous ces vieux clodos assis là, et j'en reviens pas. Qu'est-ce que vous faites tous là à écouter ses sornettes? Mais ils sont vieux, ils sont fatigués, c'est des ivrognes. Ils croient à rien. Mais ils ont faim.
– Moi, je crois à quelque chose, dit Rudy. Je suis catholique.
– D'accord, moi aussi. Mais je ne vois pas le rapport.

Le bus descendait Broadway vers le Sud en suivant les anciens rails des tramways, il traversa Menands et entra dans North Albany, passa devant les Machines Simmons, la Fabrique de Feutre d'Albany, l'Usine de Pain Bond, la Société des Papiers à Lettres de l'Est, la Manufacture de Papier d'Albany. Puis le bus s'arrêta à North Third Street pour prendre un voyageur et Francis regarda par la fenêtre et ne put s'empêcher de contempler son ancien quartier. Il vit l'endroit où commence North Street, puis là où la rue descend vers le lit du canal, la zone des chantiers de bois, le marais, le fleuve. Il y avait toujours au coin le bar de Brady. Est-ce que Brady était toujours en vie ? Un bon lanceur. En 1912, l'année où Francis jouait pour Washington, Brady jouait dans l'équipe de Boston. Et quand Brady le Roi avait abandonné le baseball, il avait ouvert son bar. Deux joueurs professionnels d'Albany, et ils se retrouvent tous les deux dans la même rue. À côté du bar de Brady, il y avait la charcuterie de Nick, que Francis ne connaissait pas, et devant la boutique, des enfants qui portaient des masques – un clown, un fantôme, un monstre – et qui jouaient à la marelle. Un enfant sautait dans les carrés dessinés à la craie, et Francis se rappela que c'était la fête de Halloween, où les fantômes sonnent aux portes des maisons et où les morts se promènent en liberté.

– Dans le temps, j'habitais en bas de cette rue, dit Francis à Rudy, puis il se demanda pourquoi il avait été dire ça. Il n'avait aucune envie de raconter sa vie à Rudy. Pourtant, le fait de travailler toute la journée à côté de ce simple d'esprit, d'être là tous les deux à jeter de la terre sur les morts à grands coups de pelle désordonnés, tout cela avait créé une sorte de lien que Francis trouvait bizarre. Rudy, son copain depuis une quinzaine de jours, apparaissait aujourd'hui à Francis comme un compagnon de route au cours d'une expédition en terre inconnue. C'était un être simple, sans avenir, et paumé, aussi paumé que Francis lui-même, même s'il était un peu plus jeune. Il avait un cancer, il était d'une ignorance crasse, d'une stupidité sans limites, passif comme un mouton, et capable d'avoir des crises de larmes quand il se sentait trop paumé. Pourtant il y avait quelque chose en lui qui réchauffait le cœur de Francis. Tous deux étaient à la recherche d'un mode de vie exprimant à la fois leur condition actuelle et leurs rêves inexprimables. Tous deux connaissaient sur le bout des doigts le rituel du trimardeur avec ses tabous, son protocole. Ils s'étaient assez parlé pour savoir qu'ils croyaient tous deux en une sorte de fraternité des sans-espoir; cependant les cicatrices qu'ils portaient aux yeux montraient bien qu'une telle fraternité n'avait jamais existé, que la seule chose qu'ils partageaient vraiment, c'était l'éternelle question: comment vais-je me tirer d'affaire pendant les vingt prochaines minutes? Ce qui leur faisait peur à tous les deux, c'était les désintoxiqués, les flics, les matons, les patrons, les moralistes, les diseurs de vérité, et ils avaient également peur l'un de l'autre. Ce qu'ils adoraient, c'était les raconteurs d'histoires, les menteurs, les putains, les boxeurs, les chanteurs, les chiens qui remuent la queue, et les bandits d'honneur. Rudy, en somme, se disait Francis, ça n'est qu'une cloche, mais qui vaut mieux que lui?

– Tu as habité là longtemps? demanda Rudy.

– Dix-huit ans, dit Francis. La vieille écluse était tout à côté de la maison.

– Quelle écluse?

– Celle du canal de l'Érié, espèce d'andouille. De ma véranda je pouvais jeter une pierre qui atterrissait à sept mètres de l'autre berge.

– J'ai jamais vu le canal, mais j'ai vu le fleuve.

– Le fleuve était un petit peu plus loin. C'est encore comme ça. Les chantiers de bois ont disparu, tout ce qu'il reste ce sont les marais, là où on a comblé le canal. On a construit une ville sur pilotis à cet endroit-là. La semaine dernière, j'y ai passé une nuit avec un vieux clodo, un pote à moi. La voie de chemin de fer passe juste à côté, celle que j'ai prise pour aller à Dayton, dans l'Ouest, jouer au base-ball. Cette année-là, j'avais marqué 387 points.

– C'était en quelle année?

– En 1901.

– J'avais cinq ans, dit Rudy.

– Et maintenant tu as combien, dans les huit ans ?

Ils passèrent devant le vieux dépôt d'Erie Street, plein de bus. Les immeubles ont changé de couleur, et il y en a plus qu'avant, mais, à part ça, ça ressemble beaucoup à ce que c'était en 1916. Ce fameux jour de 1901, c'est de ce dépôt qu'était parti le tramway bourré de briseurs de grève et de soldats qui avait dévalé Broadway sans rencontrer d'obstacles jusqu'au centre ville: la rue courbait le dos et le tramway passait fièrement. Au carrefour de Columbia et de Broadway, la rue avait soudain changé d'allure, s'animant de toute la colère des grévistes et des femmes de grévistes; le tramway s'était trouvé bloqué par deux draps tendus auxquels Francis et d'autres avaient mis le feu en se servant du câble électrique. Des soldats à cheval gardaient le tramway; d'autres soldats armés de fusils étaient à l'intérieur. Mais tous autant qu'ils étaient se trouvèrent coincés entre des colonnes de feu. C'est alors que Francis recula d'un pas, leva son bras droit bien entraîné et projeta vivement la pierre ronde et lisse qui avait la taille d'une balle de baseball, faisant sauter la cervelle de ce briseur de grève qui conduisait le tramway. Les soldats virent que d'autres manifestants allaient leur lancer des pierres dessus, et ils ripostèrent en tirant dans la foule, atteignant deux hommes qui s'effondrèrent, morts. Ils n'eurent pas Francis qui fila jusqu'à la voie de chemin de fer et qui suivit les rails, courant toujours, en direction du nord, jusqu'à s'en faire éclater les poumons. Il plongea dans un fossé et attendit une éternité pour voir si on lui courait après, non, personne ; les seuls à l'avoir suivi étaient son frère Chick et ses copains Patsy McCall et Martin Daugherty. Quand tous les trois eurent rejoint le fossé où se trouvait Francis, ils filèrent vers le nord, en passant devant les scieries, et ils se réfugièrent chez Joe Farrell dit Bras de Fer, le beau-père de Francis, qui dirigeait l'usine de filtration des eaux destinée à rendre potable l'eau de l'Hudson pour les habitants d'Albany. Au bout de quelques jours, quand il fut certain qu'il ne pouvait pas rester dans les environs d'Albany parce que le briseur de grève était sûrement mort, Francis sauta dans un train de marchandises qui allait vers le Nord, parce que pour prendre un train allant vers l'Ouest il aurait fallu repasser par la ville qui était encore en pleine effervescence. Ma foi tant pis. Il alla donc au Nord, puis fit un bout de chemin à pied puis il trouva une voie de chemin de fer qui allait vers l'Ouest et sur ces rails il alla loin, loin, jusqu'à Dayton, dans l'Ohio.

Ce briseur de grève était le premier homme que Francis Phelan ait jamais tué. Il s'appelait Harold Allen, il était célibataire, il venait de Worcester, dans le Massachusetts, il était d'origine irlando-écossaise, il avait vingt-neuf ans, il avait fait deux ans d'études universitaires, il était ancien combattant de la guerre hispano-américaine sans s'être jamais battu; il était peintre en bâtiment itinérant, il avait trouvé du travail à Albany en tant que briseur de grève, et il était en ce moment assis dans le bus, à deux places de Francis, habillé d'une longue veste noire et d'une casquette de conducteur de tramway.

Pourquoi est-ce que tu m'as tué? Telle est la question que les yeux d'Harold Allen posaient à Francis.

– Je ne l'ai pas fait exprès.

C'est pour ça que tu m'as jeté cette pierre grosse comme une pomme de terre et que tu m'as ouvert le crâne? Ma cervelle s'est répandue et je suis mort.

– Tu l'avais cherché. Les jaunes ont ce qu'ils méritent. J'ai eu raison de faire ce que j'ai fait.

Alors tu n'as pas l'ombre d'un remords.

– Vous nous prenez notre boulot, bande de salauds, qu'est-ce que ça veut dire, ça, d'empêcher un type de nourrir sa famille.

Drôle de commentaire de la part de quelqu'un qui a abandonné sa famille pas seulement cet été-là, mais tous les printemps et tous les étés qui ont suivi, chaque fois que revenait la saison de baseball. Et est-ce que, en 1916, tu n'as pas fini par les abandonner pour de bon? A ce que je comprends, tu n'es pas retourné les voir une seule fois en vingt-deux ans.

– Il y a de bonnes raisons à ça. Cette pierre. Les soldats m'auraient tiré dessus. Et puis il fallait que je joue au baseball, et c'est ce que j'ai fait. Ensuite j'ai laissé tomber mon môme et il est mort et je n'ai pas pu faire face à ça.

Un lâche, il se débine.

– Francis n'est pas un lâche. Il avait ses raisons, et c'étaient de drôlement bonnes raisons.

Tu n'as pas d'arguments sérieux pour justifier ta conduite.

– J'ai des arguments, hurla Francis, j'ai des arguments.

– À propos de quoi t'as des arguments? demanda Rudy.

– Là-bas, dit Francis, montrant du doigt la voie de chemin de fer de l'autre côté du dépôt; j'étais dans ce wagon de marchandises et je ne savais pas où on allait sauf que c'était vers le Nord et que j'étais plus ou moins hors de danger. Le train n'avançait pas très vite, sinon je n'aurais pas pu monter dedans. Je regarde dehors et là-bas devant nous je vois un jeune type qui court comme un dératé, qui court comme je venais de courir, et je vois deux types qui lui courent après; il y en a un des deux qui a l'air d'un flic et qui lui tire dessus. Il s'arrête, il tire, il s'arrête, il tire. Mais le gars continue à courir, et on se rapproche de lui, et à ce moment-là j'en vois un autre, juste derrière lui. Ils courent tous les deux vers le train, moi je me penche un peu dehors, pas trop, pour pas qu'on me tire dessus, et je vois le premier gars qui attrape d'une main une échelle sur un des wagons, et il monte, il monte, les autres continuent à tirer, et là-dessus voilà qu'on traverse la route juste au moment où le deuxième gars arrive à la hauteur de mon wagon; il me crie: aide-moi, aide-moi; pendant ce temps-là les autres continuent à lui tirer dessus comme des salauds, c'est sûr que si je l'aide ils vont me tirer dessus à moi aussi.

– Qu'est-ce que t'as fait? demanda Rudy.

– Je me suis glissé sur le ventre jusqu'au bord du wagon, pour ne pas donner trop de prise, et j'ai tendu la main au gars, et le voilà qui s'accroche, qui arrive presque à s'accrocher, et moi je le tiens presque pour de bon, et tout d'un coup, pan, ils l'atteignent en plein dans le dos, salut ma jolie, adieu Berthe. Il est foutu, le gars, d'un coup de rein je reprends ma place dans le wagon. C'est seulement plus tard, quand on arrive à Whitehall, que l'autre gars débarque dans mon wagon, et j'apprends que c'étaient deux prisonniers qu'on emmenait à la prison d'Albany. Il se trouve qu'il y avait cette grande grève des tramways où il y a eu une fusillade, tout ça, parce qu'un type avait lancé une pierre et tué un briseur de grève. Du coup, toute la foule des gens qui étaient dans la rue se sont mis à s'agiter, à s'affoler, à courir dans tous les sens, ça a distrait l'attention des shérifs-adjoints qui escortaient les deux jeunes gars, alors les gars ont filé. Ils ont couru et ils se sont cachés pendant un bout de temps, puis ils ont décampé et ils ont encore couru, à peu près cinq kilomètres, comme moi, mais les flics les ont rattrapés et ils ne les ont plus lâchés. Ils n'ont jamais réussi à avoir le premier gars. Il est venu à Dayton avec moi, il était reconnaissant de ce que j'avais fait pour son copain, et même, à un moment, on s'est arrêtés dans une gare de triage quelque part, il a volé deux poulets et on a eu un drôlement bon repas. On les a fait cuire là, sur place, dans le wagon. C'était un assassin, le mec. Il avait étranglé une bonne femme à Selkirk, et il était pas foutu de dire pourquoi il avait fait ça. Celui qui s'est fait avoir d'une balle dans le dos, c'était un voleur de chevaux.

– On dirait que tu as été mêlé à pas mal de trucs vachement violents, dit Rudy.

– Pour ça, le sang qui pisse et les crânes en morceaux, j'en connais un bout, dit Francis.

Le voleur de chevaux s'appelait Aldo Campione, c'était un immigrant qui venait de la ville de Teramo dans les Abruzzes. Il était venu chercher fortune en Amérique et il avait trouvé du travail dans la construction du canal de navigation. Mais son âme de paysan n'avait pas pu résister à une occasion de chevaux qui s'était présentée dans la ville de Coeymans; il s'était presque tout de suite fait prendre, mettre en prison, transporter à Albany pour son procès, et tuer d'une balle dans le dos pour évasion.

La morale de l'histoire qu'en tirait Francis, c'était que la vie est pleine de caprices et d'occasions manquées; que c'est mal de voler, surtout si on se fait prendre; que même un Italien court moins vite qu'une balle de carabine; qu'une main qu'on vous tend dans l'adversité est une belle chose. Tout ça Francis le savait, et la morale de l'histoire d'Aldo Campione était pour lui d'ordre visuel plutôt que rationnel. Car Francis revoit encore le visage d'Aldo au moment où il était venu vers lui. C'est un visage qui ressemblait au sien, et c'est peut-être pour cela que Francis avait pris un risque: ce que sa main avait voulu sauver, c'était son propre visage. Voilà Aldo qui se rapproche de la porte ouverte du wagon de marchandises. Voilà la main de Francis Phelan qui se tend vers lui. Elle atteint les doigts recourbés de la main droite d'Aldo. Les doigts de Francis se referment et tirent. Aussitôt il y a une tension. Une tension! Aldo se rapproche, happé par cette tension, il est tout près, il s'arrache au sol! Saute! Tire, Francis, tire! Il monte, oui, il monte! La prise est bonne. L'homme a quitté le sol, il vole vers l'abri tout proche, porté par la grande main droite de Francis Phelan. Et puis pan, et il lâche prise. Pan pan, et le voilà par terre, il roule sur lui-même, il est mort. Adieu Berthe.

Quand le bus s'arrêta au coin de Broadway et de Columbia Street, au coin où le tramway de triste mémoire avait été coincé entre les draps enflammés, Aldo Campione monta à son tour. Il portait un costume de flanelle blanche, une chemise blanche et une cravate blanche, et ses cheveux étaient brillantinés. Francis sut instantanément que ce n'était pas là le blanc de l'innocence mais bien celui de l'humilité. L'homme était de naissance modeste, de condition modeste, et il avait commis un crime crapuleux qui lui avait valu d'être abattu comme un chien. Là-bas, de l'autre côté, on avait dû lui donner un costume neuf. Et le voilà qui avançait dans l'allée du bus et qui s'arrêtait à la hauteur de Rudy et de Francis. Il tendit la main vers Francis d'un geste qui était ambigu. C'était peut-être comme ça qu'on saluait dans les Abruzzes, tout simplement. Ou alors s'agissait-il d'une menace, d'un avertissement? Peut-être était-ce un geste de gratitude tardive, ou même de compassion pour un homme tel que Francis qui avait vécu longtemps (par rapport à lui), qui avait beaucoup souffert, et qui se rapprochait doucement de la mort. Ce pouvait être une sorte de bénédiction, et l'homme faisait peut-être signe à Francis de venir le rejoindre dans l'autre monde; peut-être même qu'il lui souhaitait la bienvenue. À cette pensée, Francis, qui avait levé la main en direction de celle d'Aldo, la retira.

– Je ne serre pas la main à un voleur de chevaux mort, dit-il.

– Je ne suis pas un voleur de chevaux, dit Rudy.

– Eh bien, tu ressembles à un voleur de chevaux, dit Francis.

Entre-temps, le bus avait atteint le croisement entre Broadway et Madison Avenue, et Rudy et Francis descendirent dans le froid vif du crépuscule de six heures du soir. C'était le dernier soir d'octobre 1938; c'était la veille de la Toussaint, cette nuit chaotique où la grâce est toujours trop peu abondante, et où les anciens morts et les nouveaux se promènent en liberté sur cette terre.

Sur la terre battue d'un terrain vague tout pelé situé à

côté de la Mission de la Sainte-Rédemption, une forme humaine se tenait affalée sous une fenêtre du bâtiment. En passant devant avec Rudy, Francis s'arrêta. Des corps dans les ruelles, des corps dans les caniveaux, des corps partout, cela faisait éternellement partie de son paysage: une litanie des morts qui se serait incarnée. Cette forme prostrée était celle d'une femme qui semblait faire la planche à même le sol: allongée sur le ventre, les bras en avant, les jambes écartées.

– Hé, dit Rudy quand ils s'arrêtèrent. C'est Sandra.

– Sandra comment?

– Sandra C'est-tout. Elle n'a que ce nom-là, c'est comme Helen. C'est une Esquimaude.

– Quel cinglé tu fais. Avec toi tout le monde est esquimau ou cherokee.

– Non, c'est la vérité pure. Elle travaillait en Alaska, là-bas, quand on a construit les routes.

– Elle est morte?

Rudy se pencha, prit la main de Sandra et la tint dans la sienne. Sandra retira sa main.

– Non, dit Rudy, elle n'est pas morte.

– Alors, ma vieille Sandra, tu ferais mieux de te bouger de là, dit Francis, sans ça les clebs vont te bouffer les miches.

Sandra ne bougea pas. Ses cheveux s'étalaient de chaque côté de sa forme inerte, de longues mèches d'un blanc jaunâtre qui traînaient dans la poussière; sa blouse imprimée en cotonnade sale et défraîchie était retroussée au-dessus des genoux, laissant voir des bas tellement pleins de trous et d'échelles qu'ils n'avaient plus de bas que le nom. Sur sa blouse elle portait deux chandails, aussi élimés et pleins de taches l'un que l'autre. Elle n'avait pas de chaussure au pied gauche. Rudy se pencha et lui donna une tape sur l'épaule.

– Hé, Sandra, c'est moi, Rudy. Tu me reconnais?

– Han, dit Sandra.

– Ça va? Tu es malade ou quoi, ou tu es juste soûle?

– Chhh, dit Sandra.

– Elle est juste soûle, dit Rudy en se relevant. Elle tient plus l'alcool. Elle tombe.

– Elle va geler sur place, et les clebs vont venir lui bouffer les miches, dit Francis.

– Quels clebs ? demanda Rudy.

– Les clebs, quoi, les chiens. Tu les as pas vus ?

– Je vois pas trop de chiens. Ce que j'aime bien, moi c'est les chats. Je vois pas mal de chats.

– Si elle est soûle, elle peut pas aller à la mission, dit Francis.

– Exact, dit Rudy. Si elle arrive soûle, il la jette dehors aussi sec. Il déteste les femmes soûles encore plus qu'il nous déteste, nous les clodos.

– À quoi ça sert tous ses sermons s'il les fait pas aux gens qu'en ont besoin ?

– Les ivrognes en ont pas besoin, dit Rudy. Ça te plairait, toi, de faire un sermon devant une assemblée de gueuses comme elle ?

– C'est vraiment une gueuse, ou elle a juste bu un coup de trop ?

– C'est une cloche.

– Elle en a l'air, remarque.

– C'est ce qu'elle a été toute sa vie.

– Non, dit Francis, on ne peut pas être cloche toute sa vie. Elle a bien dû être autre chose à un moment.

– Avant d'être comme ça, elle était putain.

– Et avant d'être putain ?

– Ça, je sais pas, dit Rudy. Ce qu'elle raconte, c'est qu'elle faisait le tapin en Alaska. Avant ça, je suppose que c'était juste une gosse.

– Eh bien, tu vois, c'est déjà ça. Être une gosse, c'est pas la même chose que d'être clocharde ou putain.

Francis vit dans un coin la chaussure de Sandra et il alla la ramasser. Il la posa à côté de son pied gauche, puis il s'accroupit et lui parla dans l'oreille gauche.

– Tu vas geler sur place cette nuit, tu sais ça ? Y a de la gelée qui s'annonce, il va faire glacial. Il se pourrait même qu'il neige. Tu entends ? Tu devrais tâcher de rentrer quelque part, pas rester dans le froid. Écoute, la nuit dernière et celle d'avant, j'ai dormi sous les ponts, et ça gelait sec, mais ce soir il fait déjà plus froid que ces deux nuits-là. J'ai les mains à moitié gelées, et j'ai encore marché que dix minutes dehors. Sandra? Tu entends ce que je te dis? Si je t'apportais un bol de soupe chaude, tu le boirais? Tu pourrais? À te voir, c'est pas sûr, mais on ne sait jamais. Si t'as un peu de soupe chaude dans le corps, tu gèleras pas aussi vite. Ou alors peut-être que tu veux geler cette nuit, c'est peut-être pour ça que tu t'es allongée dans cette foutue merde. Tu n'as même pas les herbes du marais pour empêcher le vent de t'entrer dans les oreilles. Moi j'aime bien être au milieu des herbes quand je dors dehors. Tu veux un peu de soupe?

Sandra tourna la tête et d'un œil elle regarda Francis.

– Qui tu es, toi?

– Une cloche, dit Francis. Mais j'ai pas bu, et je peux aller te chercher de la soupe.

– Tu peux me trouver à boire?

– Non, pour ça j'ai pas le fric.

– Alors de la soupe.

– Tu veux te relever?

– Non, je vais attendre ici.

– Tu te salis.

– Ça fait rien.

– Comme tu voudras, dit Francis en se relevant. Mais méfie-toi des clebs.

Rudy et Francis quittèrent le terrain vague, laissant Sandra geindre toute seule. Le ciel nocturne était noir comme de la poix, et il y avait de la glace dans l'air. Francis reconnut que ça ne servait à rien de faire des sermons à Sandra. À quoi ça aurait servi de lui faire des sermons à lui quand il couchait sous les ponts? Mais ça ne veut pas dire que c'est bien qu'elle ne puisse pas rentrer quelque part pour se réchauffer. C'est pas parce qu'on est soûl qu'on n'a pas froid.

– C'est pas parce qu'on est soûl qu'on n'a pas froid, dit-il à Rudy.

– Très juste, dit Rudy. Qui est-ce qui a dit ça?

– C'est moi qui ai dit ça, espèce de macaque.

– Je suis pas un macaque.

– Eh bien, tu ressembles à un macaque.

De la mission provenaient des torrents de musique déversés par un organiste amateur et débordant de zèle, ainsi que des voix qui s'élevaient à la louange de ce bon vieux Jésus, où serions-nous sans lui? Les voix étaient celle du Révérend Chester, accompagnée de celles d'une demi-douzaine de bonshommes en bras de chemise assis au premier rang des chaises pliantes de la chapelle. Le Révérend Chester – un homme au gabarit impressionnant, qui avait un pied bot, une tignasse blanche, et une face rendue rubiconde depuis longtemps et pour toujours par des liens privilégiés entretenus avec le whisky – se tenait derrière le lutrin, avec en face de lui une quarantaine d'hommes et une seule femme.

Helen.

Dès qu'il entra Francis la vit, il vit son béret gris tiré sur l'oreille gauche, il reconnut son vieux manteau noir. Elle n'avait pas comme les autres un livre de cantiques à la main, elle se tenait assise, les bras croisés, dans l'attitude de rébellion de quelqu'un qui refuse la possibilité même de devoir sa rédemption à un Méthodiste tel que Chester; car Helen était catholique. Et si la rédemption devait un jour se trouver sur sa route, elle ferait bien de passer par son Eglise à elle, la seule, la vraie.

«Jésus, chantait le pasteur, avec ses ouailles en bras de chemise, ô nom qui surpasse, Tout nom qu'on puisse exalter, Que jamais je ne me lasse, Nom chéri de te chanter...»

Quant au reste de l'assemblée, des hommes enfouis dans leur pardessus, le chapeau sur les genoux quand ils avaient un chapeau, le visage moustachu, sali, l'air paumé, ils restaient muets, se contentant de marmonner quelques paroles du chant, ou dodelinant déjà de la tête dans leur demi-sommeil. Le chant continuait: «... De son sang et de ses larmes, Il arrosa son chemin, Et c'est par ces seules armes, Qu'il sauva le genre humain.»

Sauf moi, dit Francis en s'adressant à son moi non sauvé, à son moi corrompu, et une fois de plus il reçut une bouffée de son odeur corporelle et put constater qu'elle avait empiré depuis le matin. La sueur d'une journée de travail, l'acidité de la terre qui avait séché sur ses mains et ses vêtements, le parfum putride de l'air du cimetière malgré les prétentions du lieu à une pureté-battue-par-les-vents, tout cela s'était incrusté et venait s'ajouter aux pestilences intimes de son être. Au moment où il s'était jeté sur la tombe de Gerald, la corruption de sa vie, qui montait vers lui par grandes bouffées, avait bien failli l'asphyxier.

« Nos faibles mains se lassent de combattre, Nos tristes cœurs se lassent d'espérer, Viens sans retard ô viens nous délivrer. »

Les tristes cœurs reposèrent tristement leurs livres de cantiques, et le Révérend Chester se pencha par-dessus son lutrin pour observer un peu qui se trouvait là ce soir. Comme toujours il y avait dans le tas des hommes droits et honnêtes, des hommes qui avaient cherché du travail et qui n'en avaient pas trouvé, victimes d'une société ravagée par l'avarice, la paresse, la stupidité, victimes également d'un Dieu courroucé par les excès de Babylone. Ce genre d'hommes ne faisaient que passer à la mission, et tout ce qu'un homme de Dieu pouvait faire pour eux, c'était de leur souhaiter bonne chance, de dire une prière et de leur donner un repas pour la longue route qu'ils avaient devant eux. Les vraies cibles du pasteur c'étaient les autres, les poivrots, les feignants, les faibles d'esprit, les dingos, tous ceux à qui il ne suffisait pas de souhaiter bonne chance. Ce qu'il leur fallait à ceux-là, c'était une stricte discipline, c'était quelqu'un qui sache les guider dans ce dédale d'enfer et de purgatoire qu'était leur vie. Apporter la Parole, la Divine Lumière, c'était le grand combat d'aujourd'hui, car la foi déclinait, et l'anté-Christ gagnait du terrain. Dans l'Évangile selon saint Matthieu et dans l'Apocalypse, il était prophétisé que le respect de la Bible irait décroissant, et qu'iraient croissant le dérèglement, l'iniquité et la turpitude. Le monde, la lumière, le chant, tout cela mourrait bientôt, car sans l'ombre d'un doute on assistait déjà au début de la fin des temps.

« Condamnés, dit le prédicateur, et il attendit que le mot ait résonné jusqu'au tréfonds de leurs cerveaux délabrés. Oh ! condamnés, condamnés à jamais. Hommes et femmes, condamnés sans espoir. Qui vous sauvera de votre fainéantise? Qui vous prendra avec lui sur la grand-route qui mène au salut? Jésus! Jésus est notre Sauveur!»

Le pasteur hurla le mot «Sauveur» et réveilla la moitié de l'assistance. Rudy se réveilla en sursaut avec un geste brusque du bras gauche qui envoya valser le recueil de cantiques que tenait Francis. En tombant par terre, le livre fit un bruit qui attira le regard du Révérend Chester: il planta ses yeux dans ceux de Francis, celui-ci fit un petit signe de tête, et, en échange, le Révérend lui décocha un sourire glacial.

Le prédicateur prit ensuite pour thème les Béatitudes. Bienheureux les pauvres en esprit, car le royaume de Dieu leur appartient. Bienheureux les débonnaires, car ils hériteront de la terre. Bienheureux les affligés, car ils seront consolés.

«Ô vous, les hommes des bas-fonds, vous mes frères qui peuplez les quartiers pauvres d'une cité éternelle dont nous sommes tous les habitants, ne vous désolez pas parce que votre découragement est grand. Ne craignez pas le monde parce que vous êtes d'une nature douce et paisible. Ne craignez pas que vos larmes de deuil coulent en vain, car elles sont la clef qui vous ouvrira le royaume du Seigneur.»

Les hommes se hâtèrent de se rendormir, et Francis prit la résolution de se laver la figure et les mains pour se débarrasser de la puanteur des morts, et aussi de soutirer une paire de chaussettes à Chester. Chester adorait ça, refiler des chaussettes aux ivrognes repentis. Nourrir ceux qui ont faim, vêtir ceux qui ne boivent pas.

«Etes-vous prêts pour la paix de l'âme et du cœur? demandait le pasteur. Y a-t-il un homme ici ce soir qui veuille changer sa vie? Dieu dit: Venez à moi. Le prendrez-vous au mot! Vous lèverez-vous maintenant? Approchez, agenouillez-vous, et nous parlerons. Faites cela maintenant et vous serez sauvés. Maintenant. Maintenant. Maintenant!»

Personne ne bougea.

«Alors amen, mes frères», dit le pasteur d'une voix coupante, et il quitta le lutrin.

– Ouf, dit Francis à Rudy. Maintenant, on va pouvoir l'avoir, cette soupe.

Alors commença la ruée des types vers la cantine, le café qu'on versait dans les tasses, les louches de soupe, le pain coupé par des volontaires pleins de zèle. Francis alla trouver Petit Louis, un brave type qui s'occupait de la mission pour Chester, et il lui demanda un bol de soupe pour Sandra.

– Il faudrait la laisser rentrer, dit Francis. Elle va se geler complètement si elle reste dehors.

– Elle est déjà venue aujourd'hui, dit Petit Louis. Il n'a pas voulu qu'elle reste. Elle était complètement soûle, et tu connais sa position là-dessus. La soupe, il ne fera pas d'histoires, mais pour être tranquille, tu n'as qu'à pas dire pour qui c'est.

– Soupe de contrebande, dit Francis.

Il sortit avec la soupe par la porte de derrière, entraînant Rudy avec lui, et il traversa le terrain vague jusqu'à l'endroit où Sandra était couchée comme avant. Rudy la roula sur le côté et la fit asseoir, et Francis lui mit la soupe sous le nez.

– Ta soupe, dit-il.

– Beurk! dit Sandra.

– Prends-en. Francis porta le bol à ses lèvres et le pencha vers sa bouche. Ça coula le long de son menton. Elle n'avala pas une goutte.

– Elle en veut pas, dit Rudy.

– Elle en veut, dit Francis. Mais elle râle que ça ne soit pas du vin. Il essaya de nouveau, et cette fois Sandra en avala un petit peu.

– Pendant que je dormais là-bas tout à l'heure, dit Rudy, je me suis rappelé que Sandra voulait être infirmière. Ou qu'elle a été infirmière. Pas vrai, Sandra?

– Non, dit Sandra.

– Quoi non? Que tu voulais être infirmière ou que tu l'as été?

– Docteur, dit Sandra.

– Elle voulait être docteur, dit Francis, en essayant de lui faire avaler encore un peu de soupe.

– Non, dit Sandra en repoussant le bol. Francis posa le bol par terre et il lui enfila sa vieille chaussure au pied gauche. Il la souleva, une plume, la porta jusqu'au mur de la mission, et l'adossa en position assise, un peu à l'abri du vent. De sa main nue, il essuya la terre qui était plaquée sur sa figure. Il prit la soupe et lui en donna encore une gorgée.

– Le docteur voulait que je sois infirmière, dit-elle.

– Mais toi tu ne voulais pas, dit Francis.

– Si. Mais il est mort.

– Ah! dit Francis. L'amour?

– L'amour, dit Sandra.

À l'intérieur de la mission, Francis rendit le bol à Petit Louis, qui le vida dans l'évier.

– Elle va bien? demanda Petit Louis.

– En pleine forme, dit Francis.

– L'ambulance veut même plus la ramasser, dit Petit Louis. Il faudrait qu'elle en soit à pisser le sang.

Francis hocha la tête et il se rendit aux toilettes, et là il se lava les mains pour se débarrasser de la terre de Sandra et de sa propre odeur. Puis il se lava la figure, le cou et les oreilles; et quand il eut fini, il recommença toute l'opération. Il se rinça abondamment la bouche, et avec son index gauche il se brossa les dents. Il se mouilla les cheveux et les coiffa avec les doigts de ses deux mains puis il s'essuya avec une serviette humide accrochée au mur. Quand il finit par aller chercher sa soupe et son pain et par s'asseoir à côté d'Helen, un certain nombre de types étaient déjà sur le départ.

– Où tu t'étais cachée? lui demanda-t-il.

– Tu t'en fiches pas mal de savoir où les gens peuvent bien être. Je pourrais crever dix fois en plein milieu de la rue, tu le saurais même pas.

– Et comment je pourrais le savoir, avec toi qui fous le camp comme une cinglée, en faisant tout un cirque?

– N'importe qui deviendrait cinglé avec toi, quand tu dépenses le peu d'argent qu'on a. C'est toi qui tournes pas rond.

– J'ai du fric.

– Combien?

– Six dollars.

– Où t'as eu ça?

– J'ai travaillé toute la sainte journée au cimetière, à remplir des tombes. J'ai travaillé drôlement dur.

– Sans blague, Francis, t'as fait ça?

– Toute la sainte journée.

– Mais c'est formidable. Et t'as pas bu. Et tu manges.

– Et je bois pas de vin. Je fume même pas.

– Ça c'est formidable. Je suis fière de mon petit gars.

Francis avala sa soupe à grandes lampées. Helen souriait, elle sirota la fin de son café. Presque la moitié des types avaient quitté la table; Rudy était encore là, en face d'eux, à manger de bon appétit. Petit Louis et ses volontaires, qui avaient la charité ostentatoire, enlevèrent les assiettes et les portèrent à la cuisine. Le pasteur finit son café et s'approcha de Francis.

– Content de te voir rester dans le droit chemin, dit le pasteur.

– Ouais, dit Francis.

– Et vous, petite madame, comment ça va? demanda-t-il à Helen.

– Je suis un plaisir pour les yeux, dit Helen.

– Tu sais, Francis, je crois que j'ai un boulot pour toi, si ça t'intéresse, dit le pasteur.

– J'ai travaillé au cimetière aujourd'hui.

– Formidable.

– Charrier de la terre, c'est pas exactement mon idée d'un boulot.

– Peut-être que j'ai mieux à te proposer. Le vieux Rosskam, le chiffonnier, est venu aujourd'hui. Il cherche quelqu'un pour l'aider. Ça m'est arrivé de temps en temps de lui envoyer des gars, et j'ai pensé à toi. Si tu continues à te tenir tranquille, tu pourrais te faire un peu d'argent.

– Chiffonnier, dit Francis. À faire quoi, exactement?

– À faire du porte-à-porte avec sa charrette. Rosskam achète les chiffons et les bouteilles, la ferraille, la camelote, les vieux journaux, tout sauf les ordures. Il transporte ça tout seul, mais il se fait vieux, et il a besoin d'un dos solide pour l'aider.

– Où est-ce qu'il crèche?

– Dans Green Street, au-dessous du pont.

– J'irai le voir, merci pour le tuyau. Autre chose qui me rendrait service, ça serait une paire de chaussettes, si vous aviez ça. Celles que j'ai sont complètement pourries.

– Quelle taille?

– Quarante-deux, mais je peux mettre du quarante et un ou du quarante-trois.

– Je vais te trouver du quarante-deux. Et reste sur la bonne voie, Franny. Et vous, petite madame, je suis content de voir que ça va bien pour vous aussi.

– Oh! extrêmement bien, dit Helen. Exceptionnellement bien. Quand il fut parti elle dit: «Il est content de voir que ça va bien pour moi. Ça va parfaitement bien et je n'ai pas besoin qu'il vienne me seriner que ça va bien.»

– Laisse tomber, dit Francis. Il va me donner des chaussettes.

– On va se les chercher, ces bouteilles? demanda Rudy à Francis.

– Quelles bouteilles? dit Helen.

– C'est ce que j'ai dit ce matin, dit Francis. Non, pas de bouteilles.

– Avec six dollars, on pourrait se payer une chambre et récupérer notre valise, dit Helen.

– Je ne peux pas les dépenser tous les six, dit Francis. Il faut que j'en donne un peu à l'avocat. Je m'étais dit que je lui en donnerais deux. Après tout, c'est lui qui m'a trouvé le boulot, et je lui en dois cinquante.

– Où as-tu l'intention de dormir? demanda Helen.

– Où as-tu dormi hier soir?

– J'ai trouvé un coin.

– La voiture de Finny?

– Non, pas la voiture de Finny. Je ne veux plus dormir là-bas, tu le sais bien. Je refuse absolument d'y retourner.

– Alors, où est-ce que tu es allée?

– Et toi, où as-tu dormi?

– J'ai dormi au milieu des herbes, dit Francis.

– Et moi j'ai trouvé un lit.

– Où ça, bon dieu, où ça?

– Chez Jack.

– Je croyais que tu n'aimais plus Jack, ni Clara?

– C'est pas mes meilleurs amis, mais j'avais besoin d'un lit, et ils m'en ont donné un.

– T'as raison, c'est déjà ça, dit Francis.

Petit Louis vint de leur côté avec une deuxième tasse de café et il s'assit en face d'Helen. Petit Louis était gras et chauve, il mâchonnait des cigares toute la journée sans jamais les allumer. Dans sa jeunesse il avait été coiffeur, mais un jour sa femme avait vidé le compte en banque, empoisonné le chien, et s'était tirée avec l'autre coiffeur du coin, celui auquel Petit Louis, grâce à son labeur acharné et à la supériorité de son talent capillaire, avait fait perdre toute sa clientèle. Alors Petit Louis s'était mis à boire, et il avait fini par se retrouver clodo. Mais il ne quittait jamais son peigne et ses ciseaux, pour bien montrer que son talent n'était pas une invention de clochard, et il coupait les cheveux aux autres clochards pour quinze cents, quelquefois cinq. À la mission, il continuait à couper les cheveux, mais gratis.

C'est en revenant à Albany en 1935 que Francis avait fait la connaissance de Petit Louis, et tous les deux n'avaient pas dessoulé pendant un mois. Et là, à peine quelques semaines plus tôt, quand Francis s'était retrouvé à Albany pour s'inscrire pour les Démocrates, à cinq dollars l'inscription, il avait retrouvé Petit Louis. Francis s'était inscrit vingt et une fois avant de se faire pincer par les policiers et de devenir une célébrité locale. Les politicards lui avaient déjà donné cinquante dollars, et ils lui en devaient encore cinquante-cinq dont il ne verrait sans doute jamais la couleur. Quand Francis l'avait retrouvé la seconde fois, Petit Louis ne buvait plus, il débordait d'énergie, et il tenait la mission pour Chester. Il était complètement assagi, ce n'était plus le buveur de gin braillard et inspiré qu'il était avant. Francis gardait de l'affection pour lui, mais il le considérait comme mutilé sur le plan affectif. Désintoxiqué, oui, mais à quel prix?

– Tu as vu qui passe à la Cage d'Or? demanda Petit Louis à Francis.

– Je ne lis pas les journaux.

– Oscar Reo.

– Tu veux dire notre Oscar?

– Soi-même.

– Qu'est-ce qu'il est devenu?

– Barman et chanteur de bar. Une belle dégringolade, non?

– Oscar Reo, celui qu'on entendait à la radio? demanda Helen.

– C'est bien ça, dit Petit Louis. Il a foutu sa carrière en l'air à force de boire, mais il s'est arrêté, et maintenant il tient un bar. Au moins il gagne sa vie, même si c'est pas comme avant.

– Petit Louis et moi, on s'est offert une fameuse cuite avec lui à New York. Ça a duré deux jours, trois jours, pas vrai, Petit Louis?

– Peut-être bien une semaine, dit Petit Louis. On faisait plus le compte. Mais il a chanté des milliers de chansons, et partout où il y avait un piano il en jouait. Un ivrogne peut-être, mais qui avait la musique dans le sang.

– Moi je chantais ses airs dans le temps, dit Helen. «Hindustan Lover», et «Georgie Is My Apple Pie», et une autre, une grande ballade, «Under the Peach Trees with You». Il écrivait des chansons merveilleuses, très gaies, et je les chantais toutes à l'époque où je chantais.

– Je ne savais pas que vous chantiez, dit Petit Louis.

– Mais si, mais si, je chantais, et je jouais aussi très bien du piano. On m'a fait faire de la musique classique jusqu'à la mort de mon père. J'étais étudiante à Vassar.

– Albert Einstein est allé à Vassar, dit Rudy.

– Espèce d'abruti, dit Francis, c'est un collège de filles.

– Il y est allé pour faire une conférence. Je l'ai lu dans les journaux.

– C'est fort possible, dit Helen. Tout le monde fait des conférences à Vassar. Il se trouve que c'est l'un des deux ou trois meilleurs collèges du monde.

– On pourrait aller dire bonjour au père Oscar, dit Francis.

– Pas moi, dit Petit Louis.

– Non, dit Helen.

– Comment ça, non? dit Francis. Vous avez peur qu'on attrape tous une cuite si on va faire un tour là-bas?

– J'ai pas peur de ça.

– Alors allons le voir. C'est un chic type, Oscar.

– Tu crois qu'il se souviendra de toi? dit Petit Louis.

– Peut-être. Moi je me souviens de lui.

– Moi aussi.

– Alors allons-y.

– Je ne pourrai rien boire, dit Petit Louis. Il y a deux ans que je n'ai pas mis les pieds dans un bar.

– Ils ont de la limonade. Tu as droit à la limonade?

– J'espère que c'est pas cher, dit Helen.

– Rien que les consommations, dit Petit Louis. Les prix normaux.

– Est-ce que c'est très sélect?

– C'est une boîte qui ne paie pas de mine, genre saloon, mais ça attire la clientèle des beaux quartiers qui vient s'encanailler.

Le Révérend Chester entra d'un pas alerte, et jeta à Francis une paire de chaussettes de laine grise; ses lèvres s'étiraient en un demi-sourire satisfait, sa vaste poitrine se gonflait du sentiment de sa propre bonté.

– Regarde si celles-là te vont, dit-il à Francis.

– Je vous remercie beaucoup, dit Francis.

– Ce sont de bonnes chaussettes bien chaudes.

– Exactement ce qu'il me faut. Les miennes sont des loques.

– C'est vraiment bien que tu ne boives plus. Tu as l'air costaud aujourd'hui.

– C'est mon masque de carnaval pour la fête de Halloween.

– Ne parle pas comme ça. Aie confiance.

La porte de la mission s'ouvrit, laissant apparaître dans l'encadrement un jeune homme mince qui portait des lunettes à double foyer, un pardessus bleu bien trop petit pour lui, et qui avait des cheveux carotte dressés comme un champ d'épis. Il tenait d'une main le bouton de la porte; et comme il était juste en dessous de l'ampoule du plafond, sa silhouette ne faisait pas d'ombre.

– Ferme la porte, hurla Petit Louis ; alors le garçon fit un pas en avant et la ferma. Il était là à regarder tout le monde à tour de rôle, le visage craquelé comme une vieille assiette, les yeux craintifs comme ceux d'un lièvre.

– Son compte est bon, dit Petit Louis.

Le pasteur s'avança à grands pas jusqu'à la porte et se tint à quelques centimètres du garçon, l'observant, le flairant.

– Tu es soûl, dit le pasteur.

– J'ai bu que deux verres.

– Sûrement pas. Tu as dépassé les bornes.

– Je vous jure, dit le garçon. Deux bouteilles de bière.

– Où as-tu trouvé l'argent pour t'acheter de la bière ?

– Un type m'a rendu ce qu'il me devait.

– Tu as fait la manche.

– Non.

– Tu es un moins que rien.

– J'ai juste bu un coup, monsieur le pasteur.

– Va chercher tes affaires. Je t'avais prévenu que la troisième fois serait la dernière. Louis, va chercher ses bagages.

Petit Louis se leva de table et monta l'escalier qui menait aux chambres où séjournaient quelques résidents, le temps de mettre un peu d'ordre dans leur vie. Le pasteur avait proposé à Francis de rester s'il arrivait à se désintoxiquer. Il aurait un lit propre, des habits propres, trois repas par jour, et une chambre bien au chaud avec Jésus dedans, pendant tout le temps que ça lui prendrait de trouver une réponse à la question : Et ensuite ? Petit Louis détenait le record de durée : huit mois qu'il habitait là, et au bout de trois il avait été chargé de l'intendance, vu son zèle en faveur de la tempérance. Pas d'alcool, pas le droit de fumer dans les chambres (les alcooliques mettent le feu comme un rien), prendre sa part des tâches quotidiennes, et voilà que vous vous éleviez, que vous ne pouviez pas manquer de vous élever jusqu'au Dieu juste qui vous enveloppait de sa Lumière. Les volontaires qui travaillaient aux cuisines interrompirent leur tâche et s'approchèrent avec des airs pleins de commisération pour assister à l'éviction d'une des ouailles de la mission. Petit Louis redescendit avec une valise et la posa près de la porte.

– Donne-moi une cigarette, Petit Louis, dit le garçon.
– J'en ai pas.
– Tu peux en rouler une.
– Je te dis que j'ai pas de tabac.
– Ah bon.
– Il faut que tu t'en ailles, maintenant, Petit Rouquin, dit le pasteur.

Helen se leva et s'approcha de Petit Rouquin, et elle lui mit une cigarette dans la main. Il la prit sans rien dire. Helen frotta une allumette et la lui alluma, puis elle retourna s'asseoir.

– J'ai pas d'endroit où aller, dit Petit Rouquin en soufflant sa fumée en direction du pasteur.

– Il fallait penser à ça avant de te mettre à boire. Tu es un récalcitrant.

– J'ai pas d'endroit où mettre ma valise. Et j'ai laissé un crayon et du papier là-haut.

– Laisse-la ici. Reviens chercher ton crayon et ton papier quand tu auras extirpé le poison de ton organisme et que tu pourras faire des projets raisonnables.

– J'ai mon pantalon là-dedans.

– Il ne lui arrivera rien. Personne ne touchera à ton pantalon.

– Est-ce que je peux boire une tasse de café?

– Si tu as trouvé l'argent pour de la bière, tu en trouveras bien pour une tasse de café.

– Où est-ce que je peux aller?

– Je n'en ai pas la moindre idée. Reviens sans avoir bu, et on te donnera à manger. Maintenant file.

Petit Rouquin saisit la poignée, ouvrit la porte, et fit un pas. Puis il refit le même pas dans l'autre sens et montra sa valise du doigt.

– J'ai des cigarettes là-dedans, dit-il.

– Alors prends tes cigarettes.

Petit Rouquin défit la courroie qui entourait la valise et fouilla jusqu'à ce qu'il ait trouvé un paquet de Camels. Il reboucla la courroie et se releva.

– Si je reviens demain...

– Pour demain on verra, dit le pasteur qui saisit lui-même la poignée, ouvrit la porte, et poussa Petit Rouquin dehors dans la nuit.

– Ne perdez pas mon pantalon, cria Petit Rouquin à travers la vitre de la porte qui venait de se refermer.

Francis, arborant ses nouvelles chaussettes, fut le premier à sortir de la mission, le premier à aller jeter un regard anxieux sur Sandra au coin du bâtiment. Elle était adossée au mur là où il l'avait laissée, les yeux aussi hermétiquement scellés par l'obscurité que ceux d'un oiseau diurne. Francis appuya fermement un doigt sur elle et elle remua un peu, mais sans ouvrir les yeux. Il regarda la pleine lune dans le ciel, c'était un disque d'argent qui illuminait la nuit, éclairant aussi bien les femmes perdant leur sang que les fous écumants ; ce disque le réchauffait grâce à l'ombre immense qu'il projetait sur son chemin. Quand il vit que Sandra remuait, il se pencha sur elle et toucha sa joue du dos de sa main : sa chair était comme de la glace.

– Tu aurais peut-être une vieille couverture ou des chiffons, un vieux pardessus de clodo qu'on pourrait mettre sur elle, demanda-t-il à Petit Louis qui se tenait dans l'ombre à observer la scène.

– Je pourrai peut-être trouver quelque chose, dit Petit Louis qui sortit ses clefs de sa poche et ouvrit la porte de la mission plongée dans l'obscurité ; toutes les fenêtres étaient éteintes, à part celle de la cuisine qui restait éclairée jusqu'à onze heures, heure du couvre-feu. Petit Louis ouvrit la porte et entra à l'intérieur, laissant Rudy, Helen et Francis qui entouraient Sandra et la regardaient respirer. Francis avait bien dû voir déjà deux bonnes douzaines de personnes exhaler leur dernier soupir, toujours des clodos sauf dans le cas de son père, et de Gerald.

– Peut-être que si on lui coupait la gorge, l'ambulance la prendrait, dit Francis.

– Ça n'est pas une ambulance qu'elle veut, dit Helen. Ce qu'elle veut, c'est plonger dans le sommeil pour tout oublier. Je parie qu'elle n'a même pas froid.

– On dirait un bloc de glace.

Sandra remua un peu, tourna la tête vers les voix, mais sans ouvrir les yeux. « Vous n'avez pas de vin ? » demanda-t-elle.

– Non, ma poule, pas de vin, dit Helen.

Petit Louis revint avec une espèce de grand chiffon gris fer tout rêche qui avait peut-être été jadis une couverture ; il le plia en double et en enveloppa Sandra. Il en enfonça un bout dans l'ouverture de son chandail, et fit avec l'autre bout une sorte de capuchon qu'il lui passa derrière la tête, ce qui la fit ressembler à un moine-mendiant dans sa robe de bure.

– Je ne veux plus voir ça, dit Francis, et il partit sur Madison, vers l'Est, en boitant plus qu'avant à cause du froid qui se fait plus pénétrant. Helen et Petit Louis lui emboîtèrent le pas, et derrière eux suivait Rudy.

– Tu la connaissais, toi, Petit Louis ? demanda Francis. Je veux dire, quand elle était en bon état ?

– Bien sûr. On l'a tous connue. À tour de rôle. Et puis elle s'est mise à donner des « soirées d'amour », comme elle les appelait ; sauf que ça tournait mal : elle commençait par vous faire l'amour, et ensuite elle vous mordait comme une chienne. Elle a esquinté pas mal de types, alors il n'y avait plus que les étrangers pour aller avec elle. Ensuite elle a arrêté son cirque, et elle s'est mise avec une cloche qui s'appelait Freddy ; ils se sont donné l'exclusivité pendant un an à peu près, jusqu'au jour où il est parti de son côté, et elle est restée en rade.

– Personne ne souffre comme quelqu'un que l'amour de sa vie abandonne, dit Helen.

– Bonne blague, dit Francis. Il y a des tas de gens qui souffrent et qui n'ont jamais été amoureux de leur vie.

– Ils ne souffrent pas de la même façon, dit Helen.

– Bref. Où elle est, cette boîte, Petit Louis, dans Green Street ?

– Exact. À deux rues d'ici. Là où se trouvait le vieux Théâtre de la Gaîté dans le temps.

– J'y allais à l'époque. Je regardais les chevilles de ces demoiselles, et je regardais leur entrecuisse quand elles dansaient le french cancan.

– Francis, ne sois pas grossier, dit Helen.

– Je ne suis pas grossier. Tu ne trouveras pas moins grossier que moi à trois lieues à la ronde.

Des démons s'approchèrent d'eux dans Green Street, des revenants portant des cagoules, un Charlot avec chapeau melon, canne et moustache, et une petite fille qui portait une volumineuse capeline à l'ancienne avec un oiseau grandeur nature perché dessus.

– Ils vont nous attraper ! dit Francis. Attention ! Il lança les bras en l'air et fit des moulinets en mimant la terreur. Les enfants rirent et lui firent des « bouh », « bouh ».

– Quelle belle nuit, dit Helen. Froide, mais une belle nuit claire, tu ne trouves pas, Fran ?

– Oui, dit Francis, c'est une belle nuit. Très belle.

La porte de la Cage dorée donnait sur l'ancien hall du Théâtre de la Gaîté, devenu l'arrière-salle d'un saloon qui jouait à imiter ceux qu'on trouvait dans les bas-fonds de New York quarante ans plus tôt. Francis tomba en arrêt devant une paire de seins monumentaux à demi drapés, frémissant au-dessous d'une perruque teinte au henné et de lèvres écarlates. Juchée sur une estrade, la propriétaire de ces attributs spectaculaires beuglait une chanson d'atmosphère, « Ah si seulement Jack était là, vous ne m'insulteriez pas comme ça », d'une voix si totalement dénuée de musicalité qu'elle semblait parodier sa propre parodie.

– Elle est catastrophique, dit Helen. Nulle.

– Elle n'est pas formidable, dit Francis.

Ils traversèrent une salle au plancher recouvert de sciure, éclairée par des appliques et des lustres à l'ancienne, tout ça électrique aujourd'hui. Ils allèrent jusqu'au bar en noyer qui occupait tout le fond avec une barre de comptoir en cuivre brillant et trois crachoirs bien astiqués. Il y avait là quelques consommateurs et, derrière le bar, un homme en col montant, nœud papillon, les manches retenues par des élastiques, remplissait des chopes à la pression. Assis au hasard de la disposition des tables se trouvaient des clients que

Francis connaissait bien: putains, clochards, piliers de bistrot; à d'autres tables, disséminées ici et là, des hommes en complet-veston et des femmes en renard et chapeaux à garniture. Du fait de leur seule présence, les tables qu'ils occupaient semblaient marquées du sceau du prestige et de la réussite. La Cage Dorée présentait un échantillonnage de spécimens sociaux artificiellement rassemblés, et le barman accueillit avec le sourire Francis, Helen et Rudy, trois clodos, plus Petit Louis, leur ami à col blanc, qui venaient compléter le tableau.

– Une table, messieurs-dames?

– Pas tant qu'il y aura une barre au comptoir, dit Francis.

– Bienvenue à bord. Qu'est-ce que je vous sers?

– Une limonade, dit Petit Louis.

– Je crois que je vais prendre la même chose, dit Helen.

– Cette bière me fait drôlement envie, dit Francis.

– Tu avais dit que tu ne boirais pas, dit Helen.

– J'avais dit pas de vin.

Le barman servit à Francis un demi avec faux col et regarda Rudy, qui commanda la même chose. Le pianiste entama un pot-pourri sur le thème de «She May Have Seen Better Days» et de «My Sweetheart's the Man in the Moon», et demanda à ceux de la salle qui connaissaient les paroles de chanter avec lui.

– Vous me rappelez un ami à moi, dit Francis au barman avec un regard insistant et son plus beau sourire. Le barman, qui avait des ondulations argentées et de superbes moustaches blanches, lui rendit son regard, le temps de laisser se déclencher un souvenir. Il déplaça son regard sur Petit Louis, qui souriait lui aussi.

– Ma parole, on dirait que je connais ces deux zigotos.

– C'est la vérité, dit Francis, sauf que la dernière fois qu'on s'est vus, vous ne portiez pas ces bacchantes de brochet.

Le barman caressa le duvet argenté de sa lèvre. «Vous m'avez soûlé à New York, tous les deux.»

– C'est vous qui nous avez soûlés, dans tous les bars de la Troisième Avenue, dit Petit Louis.

Le barman tendit la main à Francis.

– Francis Phelan, dit Francis, et voici Rudy Tête de Boche. Il est okay, mais un peu timbré.

– Le genre de type qui me plaît, dit Oscar.

– Petit Louis Packer, dit Petit Louis, la main tendue.

– Je me souviens, dit Oscar.

– Et voici Helen, dit Francis. Elle est avec moi, allez donc savoir pourquoi.

– Eh bien moi, c'est toujours Oscar Reo, les gars, et vrai de vrai je me souviens de vous. Mais je ne bois plus.

– Tiens, c'est comme moi, dit Petit Louis.

– Moi j'ai pas encore fermé le robinet, dit Francis. J'attends d'être à la retraite.

– Ça fait quarante ans qu'il est à la retraite, dit Petit Louis.

– C'est pas vrai. Aujourd'hui j'ai travaillé toute la journée. Je m'enrichis. Comment vous trouvez mes nouvelles fringues?

– Un vrai dandy, dit Oscar. On voit pas la différence avec les rupins de là-bas.

– Rupins, clochards, tout ça c'est du pareil au même, dit Francis.

– Sauf que les rupins, ils aiment bien ressembler à des rupins, dit Oscar, et les clodos, ils aiment bien ressembler à des clodos. J'ai pas raison?

– Tu es vachement malin, dit Francis.

– Tu chantes toujours, Oscar? demanda Petit Louis.

– Histoire de mettre du beurre dans mes épinards.

– Alors vas-y, joue-nous quelque chose, merde.

– Puisque c'est si gentiment demandé, dit Oscar. Et il se tourna vers le pianiste et dit «Sixteen»; et aussitôt sortirent du piano les notes de «Sweet Sixteen».

– Oh! c'est une chanson que j'adore, dit Helen. Je me rappelle quand vous la chantiez à la radio.

– Vous avez la mémoire solide, ma chère.

Oscar se mit à chanter dans le micro du bar, avec un beau timbre; sa voix n'avait pas l'air d'avoir souffert des années passées à boire; il inversait la marche du temps et ramenait son public à l'époque des places de village. Sa voix, pour des oreilles américaines, était aussi familière que celle d'un Al Jolson, par exemple, ou d'un Morton Downey. Même Francis, qui écoutait rarement la radio, et qui n'avait le plus souvent même pas de radio, que ce soit dans le temps ou aujourd'hui, retrouvait le timbre et les trémolos de l'époque où ils avaient fait la bringue à New York, et où cette voix était une perpétuelle source de joie pour tous ceux qui avaient la chance de l'entendre – du moins c'est le souvenir que Francis en gardait après tant d'années. En plus, l'attention avec laquelle les clodos aussi bien que les rupins ou les serveurs écoutaient Oscar montrait bien que cet ivrogne n'était pas un type foutu, qu'il passait tout simplement par une étape de sa vie mouvementée. Et pourtant, pourtant... il était là, dissimulé derrière une moustache, infirme lui aussi, et ses yeux las, ses yeux qui avaient tant vécu, exposaient à Francis les cicatrices auxquelles il reconnaissait un frère de sang, un homme pour qui la vie, même s'il avait connu la réussite, n'avait pas tenu ses promesses, des promesses qui étaient aujourd'hui évanouies à jamais. Oscar chantait une chanson qui avait vieilli, ou plutôt qui s'était usée, une chanson mangée aux mites, une chanson râpée jusqu'à la corde.

De découvrir ça donnait soudain envie à Francis de confesser toutes les occasions où il avait enfreint les lois naturelles, morales, sociales, de passer au crible, pour s'en accuser, tous les défauts de son caractère, même les défauts mineurs. Qu'est-ce qui t'a démoli, Oscar? Tu veux bien nous le dire? Est-ce que tu le sais? Moi, ça n'est pas Gerald. Ça n'est pas l'alcool, et ça n'est pas le baseball, et ça n'est pas vraiment ma mère non plus. Qu'est-ce qui a craqué, Oscar, comment se fait-il que personne n'ait jamais trouvé moyen de nous remettre d'aplomb?

Oscar enchaîna, en virtuose, avec une deuxième chanson, et Francis fut frappé par son talent: qu'il y ait d'un côté ce talent, et de l'autre la vie ratée d'Oscar, c'était un mystère: atteindre à un tel degré de perfection, et que cela ne serve à rien, comment était-ce possible? Francis pensait à son talent à lui tel qu'il s'exerçait, jadis, sur les terrains de baseball, par des après-midi tout embués de lumière; comment il savait suivre le trajet de la balle dès que la batte la frappait, et fondre sur elle comme un vautour fond sur une poule; comment il l'amadouait et la captait en plein vol, soit qu'elle se dirige droit sur lui, soit qu'elle se rapproche de lui en sifflant comme un serpent dans l'herbe. Il l'enserrait dans son gant creusé comme la serre d'un oiseau de proie et, de sa main droite, que Francis soit en train de courir ou qu'il soit en train de tomber, il venait la chercher dans cette poche de cuir, il saisissait la bête de ses griffes bien entraînées; puis il la balançait à travers le terrain en direction de la première ou de la deuxième base, là où il fallait qu'elle aille, et tu es mort, mon vieux, tu es mort. Aucun joueur de baseball dans aucune équipe ne déplaçait son corps avec autant de dextérité que Francis Phelan, une sacrée machine à saisir la balle, la plus rapide de toutes.

Francis se rappelait la couleur et la forme de son gant, son odeur d'huile, de sueur et de cuir, et il se demandait si Annie l'avait gardé. À part ses souvenirs et quelques coupures de journaux, c'est tout ce qui resterait d'une carrière qui était derrière lui, qui s'était épanouie dans les championnats bien trop longtemps après la fin de la grande époque, mais qui lui avait malgré tout apporté, à la pointe du succès, l'espoir qu'une gloire tardive, et méritée, était encore possible: quelque part certainement, il y avait en réserve un hosannah qui célébrerait le nom de Francis Phelan – un sacré bonhomme pour ce qui était de planter le pied en troisième base.

À un passage crucial de la chanson, la voix d'Oscar défaillit à demi pour dire son grand malheur: les larmes l'aveuglent tandis qu'il songe à sa perle perdue, son cœur brisé lance un appel, oui, un appel, ô mon amour. Francis se tourna vers Helen et vit qu'elle pleurait des larmes splendides, cathartiques. Helen qui portait, gravée au tréfonds de son cerveau, l'image du chagrin inconsolable, et qui avait depuis toujours en elle le culte de l'amour brisé, Helen pleurait d'abondance sur toutes les perles perdues depuis le jour où s'était élevée pour la première fois la douce chanson de l'amour.

– Oh! comme c'était beau, comme c'était beau! dit Helen

à Oscar quand il vint les rejoindre et reprendre sa place près du robinet de bière. C'est une de celles que je préfère au monde. Je la chantais moi aussi.

– Vous étiez chanteuse? dit Oscar. Où ça?

– Oh! un peu partout. Des concerts, la radio. À une époque, je passais tous les soirs sur les ondes, mais c'était il y a longtemps.

– Vous devriez nous jouer un air.

– Sûrement pas.

– Ça arrive tout le temps ici que les clients chantent, dit Oscar.

– Non, non, dit Helen, avec l'allure que j'ai.

– Elle vaut celle de n'importe qui, ton allure, dit Francis.

– Je ne pourrais jamais, dit Helen. Mais malgré tout elle se préparait, repoussait ses cheveux derrière ses oreilles, redressait son col droit, lissait son ample, trop ample corsage.

– Qu'est-ce que vous allez choisir? dit Oscar. Joe les connaît toutes.

– Attendez, que je réfléchisse.

Francis vit qu'Aldo Campione était assis à une table à l'autre bout de la salle et qu'il avait quelqu'un avec lui. Ce salaud me suit, se dit Francis. Il fixa la table des yeux, et vit Aldo faire de la main un geste ambigu. Qu'est-ce que tu essaies de me dire, espèce de macchabée, et avec qui tu es? Au revers de son costume de flanelle blanche, Aldo portait une fleur blanche, chose qu'il n'avait pas dans le bus. Qu'est-ce que c'est que ces macchabées qui voyagent en groupe et qui s'achètent des fleurs? Francis dévisagea l'autre type, mais sa tête ne lui disait rien, et il eut soudain envie d'aller le regarder de plus près. Mais si par hasard il n'y a personne à cette table? Si personne d'autre que moi ne les voit, ces mecs? La vendeuse de fleurs s'approcha avec un plateau couvert de gardénias blancs.

– Une fleur, Monsieur? demanda-t-elle à Francis.

– Pourquoi pas? Combien?

– Seulement vingt-cinq cents.

– Donnez-m'en une.

De sa poche de pantalon, il tira une pièce de vingt-cinq

cents, et, avec une épingle que lui donna la vendeuse, il accrocha le gardénia au revers d'Helen.

– Ça fait une paye que je ne t'ai pas offert des fleurs, dit-il. Si tu dois nous chanter quelque chose, il faut te faire belle.

Helen se pencha et embrassa Francis sur la bouche; ça le faisait toujours rougir quand elle faisait ça en public. Elle avait toujours eu un fameux tempérament, entre deux draps, pour peu qu'il y ait des draps, et qu'on passe à l'action.

– Francis m'offrait tout le temps des fleurs, dit-elle. Dès qu'il avait un peu d'argent, la première chose qu'il faisait, c'était de m'acheter une douzaine de roses, ou même une orchidée blanche. Son argent, après, il en faisait n'importe quoi, du moment que j'avais mes fleurs. Tu me gâtais, pas vrai, Fran?

– C'est la vérité pure, dit Francis, qui ne se rappelait pas quand il avait bien pu acheter une orchidée, il ne savait pas au monde à quoi ça ressemblait, les orchidées.

– Nous étions une vraie paire d'amoureux, disait Helen à Oscar, qui s'amusait de voir à son bar une scène d'amour entre clodos. Nous avions un magnifique appartement dans Hamilton Street. Nous avions toute la vaisselle qu'on peut rêver. Nous avions un sofa et un grand lit avec des draps et des taies d'oreiller. Tout ce qu'on peut avoir on l'avait, pas vrai, Fran?

– C'est vrai, dit Francis, qui tâchait de se rappeler l'endroit en question.

– Nous avions des pots de fleurs pleins de géraniums que nous gardions tout l'hiver. Francis adorait les géraniums. Et nous avions un frigo bourré de provisions. On mangeait tellement bien qu'on a été obligés de faire un régime, tous les deux. C'était une époque merveilleuse.

– C'était quand? demanda Petit Louis. Je ne savais pas que tu étais resté sans bouger pendant aussi longtemps que ça.

– Aussi longtemps que quoi?

– Je ne sais pas, moi. Si vous aviez un appartement, ça a dû durer des mois.

– Une fois je suis resté ici un bon bout de temps, peut-être six semaines.
– Oh! nous l'avons eu bien plus longtemps que ça, dit Helen.
– C'est Helen qui sait, dit Francis. Elle se rappelle. Pour moi, un jour en vaut un autre.
– C'est à cause de l'alcool, dit Helen. Francis ne voulait pas s'arrêter de boire, alors on n'a pas pu payer le loyer, et on n'a pas pu garder nos taies d'oreiller et notre vaisselle. C'était de la porcelaine de Haviland, ce qu'on fait de mieux. Il faut toujours acheter ce qu'il y a de mieux, c'est mon père qui m'a appris ça. Nous avions des chaises en acajou massif, et puis mon beau piano droit que mon frère avait gardé jusque-là. Au début, il ne voulait pas me le rendre, tellement il était beau, mais il était à moi. Une fois, en 1909, Paderewski a joué dessus, quand il est venu à Albany. C'est sur ce piano que je jouais toutes mes chansons.
– Elle jouait drôlement bien du piano, dit Francis. Sans blague. Vas-y, chante-nous une chanson, Helen.
– Je sens que je vais me laisser faire.
– Qu'est-ce qui vous plairait? demanda Oscar.
– Je ne sais pas. «In the Good Old Summertime», peut-être.
– C'est bien le moment de chanter ça, dit Francis, pendant qu'on se les gèle.
– Ou plutôt non, dit Helen, je voudrais chanter une chanson pour Francis qui m'a offert cette fleur. Est-ce que votre ami connaît «He's Me Pal», ou «My Man»?
– T'entends, Joe?
– J'entends, dit Joe le pianiste, et il joua quelques mesures du refrain de «He's Me Pal». Helen sourit et se dirigea vers l'estrade avec un aplomb et une grâce dignes de cette rentrée solennelle dans le monde de la musique, ce monde qu'elle n'aurait jamais dû quitter, oh Helen, comment est-il possible que tu l'aies quitté? Elle monta les trois marches, entraînée par les accords familiers qui n'avaient jamais cessé pour elle d'évoquer la joie. Ce n'était pas les accords de cette chanson particulière, c'était toute une époque, trente

ans, quarante ans de chansons qui célébraient les splendeurs de l'amour, et aussi la fidélité, l'amitié, la famille, la patrie, le monde de la nature. L'inconstante Sally était un vrai démon, n'empêche qu'elle est morte fidèle à son amour. Mary était une fille formidable, un don du ciel par un beau matin de Noël, et l'amour garde sa mémoire. Le foin fraîchement coupé, la lune argentée, le feu dans l'âtre, tout cela meublait le sanctuaire de son âme, c'est ce qu'Helen avait toujours chanté depuis qu'elle était petite, cela restait gravé dans sa mémoire, tout comme les classiques qu'elle avait appris par cœur dans sa jeunesse. Ce que ces chansons lui racontaient, ce n'était pas, de façon abstraite, les sommets de l'art qu'elle avait jadis espéré atteindre, non, c'était très simplement, très concrètement, les réalités quotidiennes du cœur et de l'âme. La lune pâle brillera sur nos cœurs entremêlés. Tu as volé mon cœur, mon cher amour, je t'en supplie, ne me quitte pas. Amour qui me fais palpiter, amour qui m'enflammes, voilà ce que lui disaient les chansons. Tu es à moi, je suis à toi, et c'est pour l'éternité. Je ne suis plus la douce jeune fille que tu as connue jadis, l'espoir s'est enfui à jamais. Renvoie-moi d'un sourire, mais, rappelle-toi, tu éteins tout soleil de ma vie.

L'amour.

Des flots d'attendrissement jaillirent dans la poitrine d'Helen. Francis, cet homme triste, était son dernier grand amour, mais elle en avait connu d'autres. Helen avait connu une vie entière d'amours et de chagrins d'amour. Son premier amour l'avait gardée des années dans son étreinte passionnée, mais un jour il avait desserré cette étreinte, et il l'avait laissée glisser, toujours plus bas, jusqu'à la mort de tout espoir en elle, C'est une Helen à l'espoir éteint qui avait rencontré Francis. Et tandis qu'elle montait vers le microphone de la scène de la Cage Dorée, avec le piano qui jouait derrière elle, Helen était assaillie à la fois par des souvenirs insoutenables et par une indomptable joie.

Elle n'était pas intimidée le moins du monde, non, vraiment, car c'était une professionnelle qui ne s'était jamais laissé impressionner par le public quand elle chantait dans une église, ou à des auditions, ou à des mariages, ou devant les grands magasins pour accompagner la vente des partitions de chansons, ou même à la radio à l'époque où toute la ville l'écoutait chaque soir. Oscar Reo, tu n'es pas le seul à avoir chanté sur les ondes pour le public américain. Helen a eu son heure de gloire, et elle n'est pas intimidée du tout.

Mais elle est... comment dire... eh bien elle est passablement bouleversée, car elle sent monter en elle un mélange de joie et de chagrin, et elle ne sait pas lequel des deux va prendre le dessus dans les minutes qui suivent.

– C'est quoi, le nom de famille d'Helen? demanda Oscar.

– Archer, dit Francis. Helen Archer.

– Comment ça se fait que tu m'as dit qu'elle avait pas de nom de famille? dit Rudy.

– Parce que ce qu'on te dit ou pas, c'est du pareil au même, dit Francis. Maintenant ferme-la et écoute.

– Et maintenant, une vraie chanteuse du bon vieux temps, annonça Oscar dans le micro, va nous interpréter une ou deux chansons pour notre plaisir à tous; je vous présente la charmante Miss Helen Archer.

Alors Helen, qui n'avait pas enlevé son manteau noir en loques pour ne pas laisser voir la blouse et la jupe encore plus en lambeaux qu'elle portait dessous, debout sur ses jambes maigres avec son ventre protubérant qui cognait contre le pied métallique du micro et qui lui donnait l'allure d'une femme enceinte de cinq mois, imposant au public l'image de la féminité en déroute, et pleinement consciente de tout ce que cela représentait, Helen tira sur son béret d'un geste de petite fille et le rabattit sur un œil. Elle saisit le micro d'un geste assuré qui repoussait l'effondrement à plus tard, au moins jusqu'à la fin de l'air, et elle se mit à chanter «He's Me Pal», une ritournelle courte et pleine d'allant; elle la chanta avec entrain et esprit, en penchant un peu la tête, en roulant les prunelles et en tournant le poignet d'un geste coquin pour évoquer les grands sentiments. D'accord, c'est un mauvais garçon, chantait-elle, mais quand il aime c'est pour de bon. Il n'hésiterait pas à me donner son dernier dollar. Non, Helen ne voudrait pas d'un millionnaire. Elle préfère son gars, avec ses quinze dollars par semaine. Oh! Francis, si seulement tu pouvais gagner quinze dollars par semaine.

Si seulement.

Les applaudissements furent nourris et prolongés, et cela donna à Helen la force de se lancer dans «My Man», la rengaine à succès de Fanny Brice, et aussi d'Helen Morgan. Deux Helen. Oh! Helen, tu chantais à la radio, mais où cela t'a-t-il menée? Quel mauvais sort t'a empêchée d'atteindre ces sommets auxquels ton talent et ton éducation te donnaient droit? Tu étais née pour être une star, on te l'a toujours dit. Mais c'en est d'autres qui ont atteint les sommets et pas toi, toi tu es restée en rade avec ton amertume. Tourmentée par la jalousie de celles qui se hissaient au sommet de la gloire sans l'avoir mérité, sans talent, sans métier. Il y avait eu Carla, une camarade de classe, qui n'avait pas de voix, mais qui avait fait un film avec Eddie Cantor. Et puis il y avait eu Edna, qui avait connu, brièvement, les ventes de paroles de chansons devant les grands magasins, puis qui avait chanté à Broadway dans un spectacle de Cole Porter parce qu'elle avait appris à tortiller des fesses. Mais Helen était sans amertume, car Carla était tombée d'une falaise en automobile, et Edna s'était ouvert les veines et avait vu sa vie s'écouler jusqu'à la dernière goutte dans la baignoire de son amant. Rira bien qui rira le dernier. En cette minute même Helen est en train de chanter sur scène, et écoutez un peu la voix qu'elle a encore, après tout ce qu'elle a vécu. Regardez tous ces gens sur leur trente-et-un qui sont là, suspendus à la moindre de ses notes.

Helen ferma les yeux et sentit les larmes prêtes à jaillir; elle n'aurait pas su dire si elle était divinement heureuse ou mortellement triste. À partir d'un certain point, cela revenait au même parce que, triste ou heureuse, la vie ne changeait guère pour Helen. Oh! son homme, comme elle l'aime. À un point pas croyable. La pauvre, elle est au désespoir. Si elle partait, c'est à genoux qu'elle reviendrait. Un jour ou l'autre. Elle t'appartient. Pour la vie.

Le tonnerre! Un tonnerre d'applaudissements! Et tous ces gens élégants qui se lèvent pour ovationner Helen, cela n'est pas arrivé depuis quand? Bis, bis, hurlent-ils, et voilà qu'elle pleure à chaudes larmes, est-ce de bonheur, est-ce d'apitoiement sur elle-même, à tel point que Francis et Petit Louis se mettent à pleurer eux aussi. Et bien que les gens continuent à crier bis, bis, Helen redescend avec précaution les trois marches et, la tête haute, le visage ruisselant, elle va fièrement retrouver Francis, et elle l'embrasse sur la joue pour que tout le monde sache bien que c'est lui l'homme dont elle parlait, au cas où vous ne l'auriez pas remarqué quand nous sommes entrés ensemble tout à l'heure. Mon homme, c'est lui.

Tu as été formidable, dit Francis. C'est toi la reine.

Helen, dit Oscar, je vous félicite. Si vous voulez chanter ici, revenez demain, et je vous fais engager. C'est une voix du tonnerre que vous avez là. Du tonnerre.

Oh merci, merci à tous, dit Helen, je vous remercie du fond du cœur. Ça fait tellement plaisir de se voir appréciée pour le talent qu'on a, qui est un don du ciel, et pour l'expérience et le métier qu'on a acquis, et aussi la présence qu'on a sur scène. Oui, je vous remercie, et je reviendrai chanter pour vous, vous pouvez compter là-dessus.

Helen ferma les yeux et sentit les larmes toutes prêtes à jaillir; elle n'aurait pas su dire si elle était divinement heureuse ou effroyablement triste. Des gens ici et là applaudissaient poliment, mais d'autres la regardaient d'un air maussade. S'ils ont cet air maussade, Helen, c'est qu'ils n'ont pas pensé grand bien de ton interprétation. Helen redescend avec précaution les trois marches, va retrouver Francis et tient la tête bien droite tandis que lui se penche et lui donne un petit baiser sur la joue.

– Bravo, mon chou, dit-il.

– Pas mal du tout, dit Oscar. Il faudra revenir un de ces jours.

Helen ferma les yeux et sentit les larmes prêtes à jaillir, et elle sut que la vie ne changeait guère. Si elle partait c'est à genoux qu'elle reviendrait. Ça fait tellement plaisir de se voir appréciée.

Helen, tu es comme un merle dès que le soleil se montre un petit peu. Helen, tu es comme un merle étourdi par le soleil. Mais que vas-tu devenir quand le soleil disparaîtra?

Je vous remercie.

Je reviendrai chanter pour vous.

Oh! merle étourdi! Oh!

## III

Rudy, à moitié soûl après six bières, les quitta pour aller chercher un lit quelque part, et Francis, Helen et Petit Louis reprirent le chemin de la mission par Green Street puis Madison vers l'Ouest. L'idée, c'était de raccompagner Petit Louis, et d'aller prendre une chambre à l'Hôtel Palombo, histoire de s'allonger, de réchauffer ses vieux os. Car Francis et Helen avaient de l'argent: cinq dollars et soixante-quinze cents. Il y avait deux dollars qu'Helen avait gardés sur ce que Francis lui avait donné la veille; plus trois dollars soixante-quinze qui restaient de ce qu'on avait donné à Francis au cimetière, car il n'avait pas dépensé grand-chose à la Cage Dorée, vu qu'Oscar leur avait offert la moitié des consommations.

La ville était calme, à minuit, et la lune était aussi blanche que de la neige fraîchement tombée. Quelques voitures avançaient doucement dans Pearl Street, à part ça les rues étaient silencieuses. Francis remonta le col de son veston et mit les mains dans les poches de son pantalon. Devant la mission, la lune illuminait Sandra, qui était assise là où ils l'avaient laissée. Ils s'arrêtèrent pour voir dans quel état elle était. Francis s'accroupit et la secoua.

– Tu as dessoulé, ma petite vieille?

Pour toute réponse, Sandra l'enveloppa de son silence. Francis releva le capuchon de sa figure, et, dans la lumière crue de la lune, il vit des marques de dents sur son nez, sa joue et son menton. Il secoua la tête, croyant rêver, et remarqua alors que l'un de ses doigts et la chair entre le pouce et l'index de sa main gauche étaient à moitié dévorés.

– Les clebs sont venus.

Il regarda de l'autre côté de la rue et vit un bâtard aux

yeux rouges qui attendait au coin à demi éclairé d'une ruelle; il lui courut alors après, ramassant une pierre au passage. Le chien fila dans la ruelle, et Francis se tordit la cheville contre une brique du trottoir qui dépassait, et s'étala de tout son long. Il se releva, maintenant en sang lui aussi à cause de ce sale cabot, et lécha ses écorchures pour enlever la saleté.

Pendant qu'il traversait la rue, des diablotins qui arrivaient de Broadway, masqués, en guenilles, se mirent à exécuter une danse autour d'Helen. Petit Louis, qui était penché au-dessus de Sandra, se redressa, et la danse se fit de plus en plus frénétique.

– Elle a trop, trop, trop mangé de soupe, hurlaient les diablotins à l'adresse d'Helen. En voyant qu'elle refusait de réagir, ils se mirent à chanter encore plus fort.

– Dites donc les gosses, hurla Francis, foutez-lui la paix.

Mais ils continuaient à danser, et un diable à tête de mort piqua le ventre d'Helen avec un bâton. Pendant qu'elle faisait un geste de la main en direction du démon, un autre démon lui arracha son sac, et à ce moment-là ils filèrent tous.

– Bande de vauriens, cria Helen en leur courant après. Francis et Petit Louis se lancèrent eux aussi à la poursuite des gosses dans le noir, ne sachant plus trop lequel d'entre eux avait une tête de mort. Les démons décampèrent dans les ruelles, tournèrent aux coins de rue, et furent bientôt hors d'atteinte.

Francis retourna rejoindre Helen, qui était loin derrière lui. Elle haletait et pleurait, pliée en deux dans un spasme de rage frustrée.

– Sales petits mecs, dit Francis.

– Mon dieu, dit Helen, l'argent, l'argent.

– Ils t'ont fait mal avec ce bâton?

– Je ne crois pas.

– L'argent, c'est rien. J'en gagnerai d'autre demain.

– C'était pas rien.

– Comment ça, pas rien?

– Il y avait quinze dollars dedans en plus des autres.

– Quinze dollars? Et où est-ce que tu as eu ça?

– C'est ton fils Billy qui me les avait donnés. La nuit où il nous a trouvés chez Georges l'Espagnol. Tu étais K.O. et il nous a donné quarante-cinq dollars, tout ce qu'il avait sur lui. Je t'en ai donné trente, et j'ai gardé les quinze.

– Mais j'ai fouillé ton sac. Je ne les ai pas vus.

– Je les avais épinglés à l'intérieur de la doublure pour que tu ne les boives pas. Je voulais qu'on récupère notre valise. Je voulais qu'on aie notre chambre pendant une semaine pour pouvoir me reposer.

– Eh bien, bravo, maintenant on n'a plus un sou. Toi et tes bon dieu de cachotteries.

Petit Louis revint bredouille.

– Des vrais voyous, dans ce quartier, dit-il. Ça va, Helen?

– Ça va, ça va très bien.

– Tu n'es pas blessée?

– Pas là où ça se voit.

– Sandra, dit Petit Louis. Elle est morte.

– Elle est pire que ça, dit Francis. Elle est à moitié bouffée.

– On va la rentrer à l'intérieur pour qu'ils continuent pas à la bouffer, dit Petit Louis. Je vais appeler la police.

– Tu crois qu'on peut la ramener à l'intérieur sans risquer des ennuis? demanda Francis. Elle a encore tout ce poison dans le corps.

Petit Louis ne dit rien, et il ouvrit la porte de la mission. Francis ramassa Sandra qui gisait dans la saleté, et il la transporta à l'intérieur. Il la posa sur un vieux banc d'église contre le mur, et lui recouvrit le visage avec la couverture rugueuse qui était le dernier cadeau que le monde lui avait fait.

– Si j'avais mon chapelet, je le dirais pour elle, dit Helen, qui était assise sur une chaise près du banc et qui regardait le cadavre de Sandra. Mais il était dans mon sac. Ce chapelet ne m'a pas quittée depuis vingt ans.

– Demain matin, j'irai fouiller dans les terrains vagues et dans les poubelles, dit Francis. On le retrouvera.

– Je parie que Sandra a prié Dieu de la laisser mourir, dit Helen.

– Possible, dit Francis.

– C'est ce que j'aurais fait à sa place. Sa vie, ça n'avait plus rien d'humain.

Helen regarda l'horloge: minuit dix. Petit Louis était en train d'appeler la police.

– Aujourd'hui, c'est une fête d'obligation, dit-elle. C'est la Toussaint.

– Ah bon, dit Francis.

– Je veux aller à l'église dans la matinée.

– Très bien, va à l'église.

– Oui. Je veux assister à la messe.

– D'accord. Mais ça c'est demain. Et cette nuit, qu'est-ce qu'on va faire? Où est-ce que je vais bien pouvoir te mettre?

– Vous pourriez rester ici, dit Petit Louis. Tous les lits sont occupés, mais vous pouvez dormir en bas sur un banc.

– Non, dit Helen, j'aime mieux pas. On peut aller chez Jack. Il m'a dit que je pouvais revenir si je voulais.

– Jack a dit ça? demanda Francis.

– C'est exactement ce qu'il a dit.

– Alors, manions-nous. Jack est O.K. Clara est une sale garce, mais j'aime bien Jack. Et ça date pas d'hier. Tu es sûre qu'il a dit ça?

– «Reviens quand tu voudras», voilà ce qu'il m'a dit au moment où je partais.

– Bon. Eh bien, on va y aller, mon vieux, dit Francis à Petit Louis. Pour Sandra, tu feras ce qu'il faut?

– Je m'occupe du reste, dit Petit Louis.

– Tu connais son nom de famille?

– Non. Je l'ai jamais entendu.

– Ça n'a plus beaucoup d'importance.

– Ça n'en a jamais eu, dit Petit Louis.

Francis et Helen remontèrent Pearl Street vers State, c'était depuis deux siècles le centre des activités de la ville. Un tramway remontait State Street, et un autre arrivait vers eux, sur Pearl Street même, en direction du Sud. Un homme sortit du restaurant Waldorf, referma le col de son veston, eut un bref frisson et poursuivit sa route. Francis avait les ongles engourdis par le froid, les toits des voitures garées étaient recouverts de gelée blanche, et les passants nocturnes exhalaient de petits nuages de buée. D'une bouche d'égout au milieu de State Street, on voyait sortir de la vapeur qui se perdait bien vite dans l'atmosphère. Francis rêvait à ce qui, sous terre, pouvait être à la source de ce phénomène : une énorme tête humaine avec des tuyaux vissés dans les oreilles, et d'une blessure purulente au crâne, la vapeur s'exhalait.

Aldo Campione qui marchait lui aussi dans North Pearl, mais sur le trottoir d'en face, leva la main droite du même geste ambigu que celui que Francis lui avait vu faire dans le bar. Tandis que Francis s'interrogeait sur le sens de ce geste, l'homme qui, dans le bar, était assis à côté d'Aldo, sortit de l'ombre pour entrer dans la lumière d'un réverbère. Le geste d'Aldo devint alors clair : de la main, il présentait Francis à Dick Doolan, le clodo qui avait essayé de couper les pieds de Francis avec un hachoir à viande.

– Je suis allé sur la tombe du gosse aujourd'hui, dit Francis.

– Quel gosse ?

– Gerald.

– Ah bon ? dit-elle. Et c'était la première fois, sans doute ? Oui, sûrement.

– Oui.

– Tu penses à lui en ce moment. Tu en as parlé la semaine dernière.

– J'arrête pas de penser à lui.

– Qu'est-ce qui t'arrive ?

Francis voyait la rue qui s'ouvrait devant lui : Pearl Street, la principale artère de la ville, une ville qui avait été sa ville, et qu'il avait perdue à jamais. Les commerces avec leurs façades lui faisaient un drôle d'effet, tout avait tellement changé, il y en avait plein de nouveaux, des magasins dont il n'avait jamais entendu parler avaient fait faillite. Certaines choses n'avaient pas bougé : Whitney's, Myer's, la vieille First Church qui surplombait Clinton Square, la

Bibliothèque Pruyn. Et, tandis que Francis marchait, les pavés se transformaient en granit, les maisons en magasins, la vie devenait vieille, mourait, se renouvelait, la vision de ce qui avait été et celle de ce qui aurait pu être venaient se rejoindre dans un œil qui n'était en fait pas en mesure de se rappeler l'une ni de déchiffrer l'autre. Qu'est-ce que tu donnerais, Francis, pour n'être jamais parti?

– J'ai dit, qu'est-ce qui t'arrive?

– Rien du tout. Je pense à des trucs, voilà tout. Cette vieille rue. Il y a eu une époque où cette rue était à moi.

– Tu aurais dû la vendre quand l'occasion se présentait.

– L'argent. Ce n'est pas d'argent que je parle.

– J'avais compris. C'était une plaisanterie.

– Pas très drôle, comme plaisanterie. Donc j'ai vu la tombe de Gerald. Je lui ai parlé.

– Parlé? Comment tu as fait pour lui parler?

– J'étais là, j'ai parlé à l'herbe. Peut-être que je deviens aussi timbré que Rudy. Il arrive pas à retenir son pantalon, il lui tombe sur les talons.

– Tu n'es pas timbré, Francis. C'est le fait de te retrouver ici. On ne devrait pas rester ici. On devrait aller ailleurs.

– C'est vrai, ça. Voilà où on devrait aller. Ailleurs.

– Ne bois plus ce soir.

– Écoute, fous-moi la paix, tu veux?

– Ne te remets pas à boire, je t'en supplie. Sois raisonnable.

– Je suis raisonnable. Tu ne trouveras pas plus raisonnable que moi à trois lieues à la ronde. Tu sais, ce qui s'est passé de l'autre côté de la rue. Ce qui s'est passé, c'est que Billy m'a dit des trucs sur Annie. Je ne t'ai jamais dit ça. Billy m'a dit des trucs sur Annie, qu'elle n'avait jamais dit que j'avais lâché le gosse.

– Jamais dit à qui, à la police?

– Jamais à personne. À personne du tout. Ni à Billy, ni à Peg, ni à son frère, ni à ses sœurs. C'est pas quelque chose ça? Je peux même pas croire qu'une femme ait vécu une histoire comme ça et qu'elle n'en ait parlé à personne.

– Tu en parles beaucoup, de ces gens, ça te travaille.

– Non, j'en parle pas.

– Peut-être que tu devrais aller les voir.

– Non, ça servirait à rien.

– Ça te sortirait ça de la tête.

– Ça sortirait quoi de ma tête?

– Eh bien, ce que tu as dans la tête.

– Laisse ma tête tranquille. Comment ça se fait que tu n'as pas voulu rester à la mission quand on te le proposait?

– Je ne veux pas de leur charité.

– Tu as mangé leur soupe.

– Même pas. Tout ce que j'ai pris, c'est du café. De toute manière, je n'aime pas Chester. Il n'aime pas les catholiques.

– Et les catholiques n'aiment pas les méthodistes. Comme ça tout le monde est quitte. D'ailleurs je ne vois pas beaucoup de missions catholiques dans le coin. Il y a une paye que je n'ai pas mangé de soupe catholique.

– Je ne veux pas, un point c'est tout.

– Alors va te geler les fesses où tu voudras. Ta chatte, elle, elle est déjà gelée.

– Je m'en fous.

– Au moins, tu as chanté une chanson.

– Oui. J'ai chanté pendant que Sandra était en train de mourir.

– Elle serait morte de toute façon.

– Non, ça je n'y crois pas. C'est du fatalisme. Moi je crois qu'on meurt quand on ne peut plus supporter la vie. Je crois qu'on tient bon autant qu'on peut, et puis quand on n'en peut plus on meurt; Sandra avait décidé qu'elle pouvait mourir.

– Je vais pas dire le contraire. On meurt quand on peut. C'est une façon de voir les choses.

– Je suis heureuse de constater qu'on est d'accord sur quelque chose, dit Helen.

– On s'entend pas trop mal, va. Tu es une brave fille.

– Toi aussi, ça va.

– On est vachement sympas tous les deux, et on n'a pas le rond, et pas un endroit où crécher. On est des clodos. Manions-nous pour arriver chez Jack avant que tout soit éteint chez lui.

Helen glissa son bras sous celui de Francis. De l'autre côté de la rue, Aldo Campione et Dick Doolan, plus connu, dans les dernières années de sa vie, sous le nom de Dick le Casseur, leur emboîtèrent le pas en silence.

Helen lâcha le bras de Francis et resserra le col de son manteau, puis elle croisa frileusement les bras et enfouit ses mains sous ses aisselles.

– Je suis gelée jusqu'aux os, dit-elle.

– Ça, pour geler on gèle.

– Je veux dire gelée en profondeur, jusqu'à la moelle.

Francis l'entoura de son bras et la soutint pour monter les marches de la maison de Jack. La maison était sur le côté Est de Ten Broecke Street. C'était, dans Arbor Hill, une petite rue de trois pâtés de maisons à laquelle on avait donné le nom d'un héros de la Guerre d'Indépendance. À la fin du siècle dernier, c'était le fief de quelques magnats du bois de construction qui habitaient tous là les uns à côté des autres, rivalisant de faste. Ces nababs s'étaient fait construire, à l'époque, d'élégants hôtels particuliers qui étaient maintenant divisés en appartements tels que celui qu'occupait Jack, ou encore en chambres à louer.

La porte du bas s'ouvrait sans clef. Helen et Francis gravirent le vaste escalier de noyer, qui avait encore de l'allure malgré le tapis élimé, et Francis frappa. Jack ouvrit et glissa dehors un œil de crustacé méfiant. D'une main il tenait la porte entrouverte, de l'autre il s'agrippait à la chaîne de sécurité.

– Salut, Jack, dit Francis, on passait te faire une petite visite. Est-ce qu'une cloche a des chances de se faire offrir un verre?

Jack ouvrit la porte plus grand pour regarder derrière Francis et voir s'il était seul. Quand il vit Helen, il lâcha la chaîne. Un petit phono dont le son était amplifié par le haut-parleur de la radio permettait d'entendre la voix de Kate Smith. La lune de Caroline du Sud brillait sur quelqu'un qui attendait Kate. À côté du phono Clara était assise, se balançant sur un pot de chambre, au milieu de coussins qui la soutenaient de toutes parts, on aurait dit qu'elle chevauchait un gros animal. Ses jambes étaient recouvertes d'un édredon rouge, mais il était à moitié tombé sur le côté, révélant l'extérieur de sa cuisse gauche nue, qu'on voyait jusqu'aux fesses. Une bouteille remplie d'un liquide blanchâtre était posée sur une table près du phono, et, sur une autre table plus petite, il y avait une bonbonne de muscat de Californie posée sur un support à bascule, prête à être versée. Helen s'avança jusqu'à Clara et resta debout devant elle.

– Il fait bigrement froid pour la saison, et on annonce de la neige. Tiens, touche mes mains.

– Je m'excuse, mais je suis ici chez moi, dit Clara d'une voix rauque, et je n'ai pas la moindre intention de toucher tes mains, ni autre chose. Et je ne vois pas de neige.

– Tu veux boire un coup? dit Jack à Francis.

– Volontiers, dit Francis. J'ai pris un bol de soupe vers six heures, mais ça ne tient pas au corps. Il va falloir que je mange quelque chose bientôt.

– Tu fais ce que tu veux, ça m'est égal, dit Jack.

Jack alla dans la cuisine, et Francis demanda à Clara: «Tu te sens mieux?»

– Non.

– Elle a la chiasse, dit Helen.

– Je peux dire ça moi-même, dit Clara.

– Elle a perdu son mari cette semaine, dit Jack qui revenait avec deux grands verres. Il fit basculer la bonbonne et les remplit à demi tous les deux.

– Comment as-tu appris ça? demanda Helen.

– Je l'ai lu dans le journal d'aujourd'hui, dit Clara.

– Je l'ai emmenée à l'enterrement ce matin, dit Jack. On a pris un taxi et on est allés aux pompes funèbres. Ils l'avaient même pas appelée.

– Par rapport à quand on s'est mariés, il avait pas changé du tout, dit Clara.

– Sans blague, dit Francis.

– Sauf que ses cheveux étaient tout blancs, voilà tout.

– Ses enfants étaient là, dit Jack.

– Les salauds, dit Clara.
– Quelquefois je me demande ce qui se passerait si je me tirais, ou que je meure brusquement, dit Francis. Probable qu'Helen deviendrait folle.
– Tu sais, si tu mourais, elle te ferait enterrer avant que tu te mettes à puer, dit Jack. C'est ça qui se passerait.
– Tu n'as pas de cœur, dit Francis.
– Il faut bien enterrer ses morts, dit Jack.
– L'Église catholique en fait une obligation, dit Helen.
– Je ne parle pas de l'Église catholique, dit Francis.
– En tout cas, maintenant qu'elle est célibataire, dit Jack, je vais bien voir ce que Clara va faire.
– Je vais continuer à vivre normalement, dit Clara.
– Normalement, dit Francis, je me demande bien ce que ça veut dire. Moi, ça me réfrigère, le mot normal. Bon dieu, qu'est-ce qu'il peut faire froid cette nuit. Mes doigts. Je me suis frotté pour voir si j'étais vivant. Je voudrais vous poser une question.
– Non, dit Clara.
– Quoi, non? Qu'est-ce que tu veux dire par là?
– Qu'est-ce qu'il va bien demander? dit Jack. Laisse-le poser sa question.
Clara attendit.
– Qu'est-ce que vous racontez de beau?

Clara prit la bouteille de liquide blanchâtre sur la table du phono – le disque de Kate Smith continuait à tourner en grésillant sur le dernier sillon – et elle but à la bouteille. Tout en avalant, elle secoua la tête, et ses mèches graisseuses, mal peignées, se tordirent comme des lanières de fouet. Elle avait les yeux qui tombaient au fond des orbites comme des lunes qui se noient. Elle reboucha la bouteille et prit une lampée de muscat pour faire passer le goût. Elle tira une bouffée de sa cigarette, puis elle toussa et cracha un liquide glaireux dans un mouchoir qu'elle tenait dans sa main fermée.

– Clara a été plutôt mal en point ces temps-ci, dit Jack, en arrêtant le disque.

– Je trotte toujours, dit Clara.

– Tu as une bonne tête pour une malade, dit Francis. Je ne te trouve pas changée.

Derrière son verre, Clara sourit à Francis.

– Personne ne m'a demandé, dit Helen, comment les choses vont pour moi, mais je vais vous le dire. Tout va on ne peut mieux. Le mieux du monde.

– Elle est bourrée, dit Francis.

– Oui, je suis bourrée jusqu'au trognon, dit Helen en pouffant. À peine si je peux marcher.

– Tu n'as pas bu une goutte, dit Jack. C'est Franny qui a bu. Tu es incorrigible, pas vrai, Franny?

– Helen ne s'en tirera jamais si elle reste avec moi, dit Francis.

– J'avais toujours cru que tu étais un type intelligent, dit Jack, et il but d'un coup la moitié de son vin, mais finalement ça ne doit pas être si vrai que ça.

– Peut-être que tu te trompes, dit Helen.

– Te mêle pas de ça, dit Francis, l'écartant d'un geste et se tournant vers Jack. N'importe qui à ma place deviendrait cinglé à se demander à chaque minute où elle va habiter, où elle va passer la nuit.

– J'estime que tu pourrais être un homme charmant, dit Jack, si seulement tu te stabilisais un peu. Tu pourrais avoir vingt dollars en poche en permanence, tu pourrais gagner cinquante ou soixante-quinze dollars par semaine, avoir un bel appartement avec tout ce qu'il faut, et autant à boire que tu veux, une fois que tu mènerais une vie rangée.

– Aujourd'hui, j'ai travaillé au cimetière, dit Francis.

– Un travail stable?

– Juste aujourd'hui. Demain je dois voir un type qui a besoin qu'on l'aide à transporter des trucs. J'ai encore le dos solide.

– Si tu continues à travailler, tu te retrouveras avec cinquante dollars en poche.

– Si j'avais cinquante dollars, je les dépenserais pour elle, dit Francis. Ou alors je m'achèterais une paire de souliers.

Mon autre paire était usée, et Harry, le fripier, m'a donné celle-là pour vingt-cinq cents. Il m'a vu quasiment pieds nus, alors il m'a dit Francis, tu peux pas continuer comme ça, et il m'a donné ceux-là. Mais ils ne me vont pas comme pointure, et il n'y en a qu'un des deux qui ait un lacet. J'ai mis un bout de ficelle à l'autre. J'ai bien un lacet de chaussure dans ma poche, mais je ne l'ai pas encore utilisé.

– Tu veux dire que tu as le lacet et que tu ne l'as pas mis à ta chaussure? dit Clara.

– Je l'ai là dans ma poche.

– Eh bien, mets-le à ta chaussure.

– Je crois que je l'ai dans cette poche-là. Tu sais où il est, Helen?

– Ne me demande pas ça à moi.

– Cherche-le, dit Clara.

– Elle veut que je mette un lacet à ma chaussure, dit Francis.

– C'est ça, dit Clara.

Francis s'arrêta de fouiller dans sa poche et laissa tomber ses mains.

– Pouce, dit-il.

– Quoi? demanda Clara.

– Pouce, je triche et je n'aime pas ça.

Francis posa son verre de vin, se rendit dans la salle de bains, et s'assit sur le siège des cabinets, couvercle fermé, à se demander ce qui lui avait pris de mentir à propos d'un malheureux lacet de soulier. Il sentait monter les effluves de son entrejambes, alors il se leva et fit tomber son pantalon par terre. Il sortit un pied, puis l'autre, puis il enleva son caleçon et le jeta dans le lavabo. Il leva le couvercle des cabinets, s'assit à même le siège et, avec le savon de Jack et l'eau du lavabo qu'il prenait à la main, il se lava le sexe et les fesses, tous les orifices encrassés, les plis et replis les plus intimes. Il se rinça, remit du savon, et se rinça de nouveau. Il s'essuya avec une des serviettes de Jack, reprit son caleçon dans le lavabo, et s'en servit pour essuyer par terre, là où il avait éclaboussé. Puis il remplit le lavabo d'eau chaude, et mit son caleçon à tremper. Il le savonna, et le caleçon se déchira en deux morceaux qui lui restèrent entre les mains. Il vida le lavabo, tordit le caleçon, et le mit dans la poche de son veston. Il entrebâilla la porte et appela «Hé, Jack», et quand Jack arriva, Francis cacha sa nudité avec une serviette.

– Dis donc, Jack, tu n'aurais pas un vieux caleçon? Même moche. Le mien vient de me lâcher.

– Je vais voir.

– Est-ce que je peux me servir de ton rasoir, s'il te plaît?

– Vas-y.

Jack revint avec le caleçon, et Francis l'enfila. Puis, pendant que Francis se savonnait la barbe, Aldo Campione et Dick Doolan, dit le Casseur, entrèrent dans la salle de bains. Dick le Casseur, très chic dans un complet-veston de serge bleue avec une casquette gris perle, s'assit sur le siège des cabinets, couvercle fermé. Aldo, lui, se posa le plus confortablement possible sur le rebord de la baignoire, son gardénia n'ayant rien perdu de son éclat dans le froid vif de la nuit. Le rasoir de Jack n'arrivait pas à venir à bout de la barbe de trois jours de Francis, alors il rinça la mousse, s'aspergea de nouveau le visage d'eau chaude, et remit du savon à raser. Pendant que Francis était occupé à faire pénétrer le savon, Dick le Casseur l'examinait, mais le visage de Francis ne lui disait rien, et pour cause. Car la dernière fois qu'ils s'étaient vus, c'était en pleine nuit, à Chicago, sous un pont situé pas loin du dépôt de chemin de fer; c'était en 1930, et cinq hommes étaient là à faire fortune commune par ces temps de vaches maigres. Sur une pile du pont, au-dessus d'eux, l'un des cinq avait remarqué un poème inscrit là par un ancien occupant des lieux:

*Pauvre petit agneau,*
*Le matin il se réveille,*
*Il a froid jusqu'aux oreilles.*
*Il sait qu'il va mourir bientôt.*
*Ne t'en fais pas, petit agneau,*
*On ira se balader cet été.*

*Et après notre balade*
*On boira de la limonade,*
*Dans un monde plein de gaieté.*

Dick le Casseur se rappelait ce poème aussi nettement qu'il se rappelait le rire de sa sœur, Mary, qui était morte sous les deux patins d'un traîneau tiré par un cheval qui lui était passé dessus un jour où elle faisait de la luge; aussi distinctement qu'il se rappelait la dernière grimace douloureuse de son frère, Ted, qui avait succombé à une malformation cardiaque congénitale. Jusque-là ils étaient trois, et ils vivaient chez un oncle, parce que leurs parents étaient morts à tour de rôle, les laissant seuls. Et puis il n'y avait plus eu que Dick, tout à fait seul à présent, qui était devenu un vrai dur. Il avait d'abord travaillé comme débardeur, et puis il avait trouvé à s'employer comme videur dans les bas quartiers de New York: son travail consistait à casser la gueule des ivrognes qui avaient le vin mauvais, des pickpockets visqueux et des obsédés sexuels bedonnants. Mais ça n'avait pas duré non plus. Rien ne durait pour Dick le Casseur. Il était devenu vagabond, et il s'était retrouvé sous ce pont avec Francis Phelan et trois autres types dont le visage avait aujourd'hui disparu. Tout ce qu'il se rappelait de Francis, c'était sa main, cette même main qui tenait un rasoir avec lequel elle enlevait la mousse sur sa joue.

Ce que Francis, lui, se rappelait, c'est qu'il avait parlé baseball pendant cette fameuse nuit Il avait commencé par évoquer ses souvenirs d'enfance, histoire d'expliquer en prenant tout son temps, puisqu'aucun d'eux n'avait où aller, comment lui était venue sa vocation de troisième base. Au début, disait-il, il avait joué avec des types plus âgés que lui, et il avait observé leur dextérité, leurs particularités, leur aptitude à plonger pour rattraper une balle au sol, pour smasher une volée, pour saisir au bond une chandelle, tout ça le plus naturellement du monde. À l'époque ils jouaient sur le terrain de polo de Van Woert Street (l'ancien pâturage à chèvres de Mulvaney), et ils étaient une douzaine et demie à venir parfois deux ou trois soirs par semaine après leur boulot, pour s'entraîner; des types qui avaient entre vingt-cinq et trente-cinq ans, ou même davantage, et qui revivaient le jeu qui les avait passionnés dans leur adolescence. Il y avait Andy Heffern, grand, mince, hypocondriaque, un tubard qui devait mourir dans un sana des Adirondacks; bon lanceur mais mauvais coureur, il jouait avec un gant à longs doigts qui n'avait aucun rembourrage dans la poche intérieure, rien qu'une lamelle de cuir pour protéger de la balle la paume à toute épreuve d'Andy. Il y avait Windy Evans, qui jouait champ extérieur, avec sa casquette, ses chaussures à crampons, sa coque. Il attrapait les balles derrière son dos, de longues chandelles sur lesquelles il prenait des kilomètres d'avance, et puis toc, la balle venait tomber en douceur dans la paume de son gant, et Windy sautait de joie, ravi, proclamant à la face du monde: on n'en fait plus des comme nous! Et Red Cooley, qui jouait en position d'arrêt-court; dans le souvenir ébloui de Francis, c'était lui l'âme de l'équipe, toujours en train de houspiller les joueurs, il bondissait sur les balles au sol comme si ç'avait été un anneau magique; avec son gant à doigts courts, il voulait à tout prix passer pour le plus grand joueur de baseball de l'époque, sauf que le culte local qu'il avait su créer autour de lui devait le retenir prisonnier à Arbor Hill pour le restant de sa brève existence.

Ces souvenirs évoqués par Francis déclenchèrent chez Dick le Casseur une crise de jalousie sans bornes. Comment un type faisait-il pour avoir le talent de se rappeler toutes ces histoires passionnantes, et en plus pour les raconter si bien qu'il tenait sous le charme cinq cloches réunies autour d'un feu sous un pont? Comment se faisait-il, en revanche, qu'il n'y ait pas de mots pour exposer au grand jour ce qui était enfoui dans le cœur de Dick le Casseur, lui qui, tout en ignorant ce qu'il voulait exprimer, éprouvait un tel besoin de l'exprimer?

Cette question cruciale ne reçut jamais de réponse, et les mots magiques ne furent jamais trouvés. Car les yeux de Dick le Casseur se fixèrent soudain, rageusement, sur les chaussures de Francis le volubile. De tout ce qui se trouvait là sous ce pont de Chicago, ces chaussures étaient à la fois l'objet le plus enviable et, à part les bâtons et les planches qui brûlaient dans le feu, le plus en vue. Dick le Casseur passa la main sous sa chemise, là où était caché le petit hachoir qu'il portait toujours sur lui depuis qu'il avait quitté le Colorado, et il le sortit de son étui qu'il avait confectionné avec du carton, de la toile cirée et de la ficelle. Et à ce moment-là il dit à Francis: je vais te couper tes foutus panards; et tout en parlant il passa à l'action, mais il avait parlé un peu trop tôt pour réussir son coup, car à l'époque Francis avait des réflexes moins racornis sans doute que maintenant, dans la salle de bains de Jack. Il étaient bourrés de sève et d'acide, vifs comme un feu de mitraille, et avant que Dick le Casseur, qui s'était soûlé avec un infect tord-boyaux acheté à bas prix le jour même, ait pu parer à sa réaction instantanée, Francis fit dévier le hachoir, qui ne visait plus ses pieds mais sa tête, perdant dans l'opération les deux tiers de son index droit et environ trois millimètres de chair dans la région médiane de son nez. Il se mit alors à saigner et à tanguer et, d'une main affaiblie, il fit sauter le hachoir de la main de Dick le Casseur, puis saisit Dick par une jambe de pantalon et sous le bras, et il le balança, ô doux agneaux, pleurez, contre la pile du pont où était inscrit le poème. Il le balança comme on balance un bélier pour ébranler la porte d'un château fort, et il fendit le crâne de Dick le Casseur depuis le pariétal gauche jusqu'à l'écaille de l'occipital, faisant de Dick une créature ensanglantée, insensible, qui dégoulinait de partout, et qui se retrouva morte dans l'instant.

Le souvenir que gardait Francis de cette situation inextricable, c'était une irrésistible envie de prendre la fuite, envie qui lui était aussi familière que le besoin de couper court à tout désir de réussite. Aussi, après avoir cherché, avec toute la rapidité dont il était capable, le bout de doigt manquant, et s'être convaincu qu'il avait disparu dans la nature sans qu'il puisse être question de le récupérer; après s'être également arrêté, l'espace d'une seconde, moins dans l'espoir de sauver son nez s'il le pouvait que pour se faire une idée de ce qu'il en restait maintenant qu'il était en deux morceaux, Francis se mit à courir. Et, ce faisant, il se retrouva dans un état qui lui était aussi agréable que naturel:

il avait toujours couru, que ce soit pour atteindre la base dès que la batte avait frappé la balle, ou pour échapper aux accusations des hommes et des femmes, à la famille, à la servitude, à cette indigence morale qui était la sienne à force de s'infliger des punitions rituelles. Courir, finalement, pour lui, c'était la recherche de l'essence même de la fuite, comme quelque chose qui viendrait combler ses exigences spirituelles.

Il finit par atteindre un dépôt de trains de marchandises, trouva un wagon vide dont la porte était ouverte, et repartit pour une nouvelle aventure qui l'éloignait une fois de plus de tout sentiment d'accomplissement: c'était là toute l'histoire de sa vie. C'est seulement quand il fut dans l'Indiana qu'il finit par trouver un hôpital, et l'interne lui demanda: Et le doigt, où est-il? Francis répondit: Dans la nature. Et le nez? Où est le morceau de nez qui manque? Si seulement vous me l'aviez apporté, on aurait pu recoller les morceaux, on n'y aurait vu que du feu. Entre-temps, tout avait cessé de saigner, et Francis se retrouva délivré une fois encore de ces forces fatales qui cherchaient si souvent à trancher le fil de sa vie.

Il avait étanché le sang de sa blessure.

Il s'était tenu fermement irrésolu face aux caprices de l'adversité.

Il avait, cet homme admirable, étanché l'essence même de la mort.

Francis s'essuya la figure avec la serviette, boutonna sa chemise, et remit sa veste et son pantalon. Il fit un signe de tête à Dick le Casseur pour s'excuser d'avoir mis fin à ses jours. Dick comprendrait, cherchait-il aussi à dire, que cela n'avait pas été intentionnel. Dick le Casseur sourit et souleva sa casquette, ce qui fit apparaître un halo brillant autour de son crâne. Francis vit la ligne fracturée du crâne de Dick qui parcourait en zigzag le cuir chevelu, et il comprit que Dick le Casseur était au ciel, ou du moins si près d'y être qu'il était en passe d'acquérir les propriétés d'un ange du Bon Dieu. Dick remit sa casquette, qui était elle-même luminescente, comme lorsque le soleil s'efforce de percer un nuage d'un gris laiteux. «Oui, dit Francis, je suis désolé de t'avoir amoché le crâne à ce point, mais si tu te souviens bien, j'avais de bonnes raisons pour ça (et il montra à Dick le Casseur son doigt sectionné). Tu sais, on ne peut pas être prêtre si on a un doigt qui manque. On ne peut pas non plus lancer une balle de baseball. (Du bout de son doigt amputé, il frotta la bosse de son nez.) Et puis ça fait une bosse, là, enfin tant pis. Le toubib m'avait mis un gros pansement dessus mais ça me grattait, alors je l'ai enlevé. Quand ça s'est infecté j'y suis retourné, et le toubib m'a dit: Vous n'auriez pas dû enlever ce pansement, parce que maintenant il va falloir que je fasse un curetage, et vous aurez une bosse encore plus grosse qu'avant. J'aurais eu une bosse de toute façon. Bah, tant pis, une petite bosse comme ça, ça ne fait pas tellement moche, après tout. Je ne me plains pas. Au bout de cinq ans, je passe toujours l'éponge.»

– Francis, tu vas bien là-dedans? appela Helen. À qui est-ce que tu parles?

Francis fit un signe de la main à Dick le Casseur. Il comprenait que certaines dettes pour des violences passées venaient d'être réglées. Mais il restait pleinement conscient du fait qu'il était au beau milieu d'un calvaire: ce n'était autour de lui que victimes de la colère, de l'alcool, des échecs, des deuils, ou des vents contraires. Aldo Campione fit un geste en direction de Francis, geste qui semblait dire: même si l'on ne peut pas compter là-dessus, il arrive que certaines prières soient exaucées. C'était une révélation qui n'était pas de nature à remonter le moral de Francis, car depuis son enfance il avait toujours été incapable de trouver pour quoi il pourrait bien prier.

– Dis donc, vieille cloche, dit-il à Jack en sortant de la salle de bains, qu'est-ce que tu dirais de servir un verre à une autre cloche?

– C'est pas une cloche, dit Clara.

– Je sais, dit Francis. C'est un type formidable. Un type qui a un boulot.

– Ça commençait à me gratter. Au bout de quatre jours, la moustache se met à s'incruster dans la peau.

– En tout cas, tu es rudement mieux comme ça, dit Clara.

– Ça c'est vrai, dit Jack.

– Je savais que Francis était beau gosse, dit Clara, mais c'est bien la première fois que je te vois sans barbe et sans moustache.

– J'étais en train de penser à tous les vieux clodos que j'ai connus et qui sont morts sous les ponts. Ils se réveillent couverts de neige. Il y en a qui sont morts de froid, tout raides, tout gelés. Il y en a d'autres qui se relèvent et qui arrivent à se tirer de là. C'est ce qui m'est arrivé à moi. Mais les autres, ils sont foutus pour de bon. Tu n'as jamais rencontré, dans tes voyages, un type qui s'appelait Dick Doolan le Casseur?

– Non, jamais, dit Jack.

– Il y avait un autre type, Pete le Pocono, il est mort à Denver, il a gelé comme une pierre. Et Felton le Maraudeur, c'est à Detroit qu'il a écopé. Il a pissé dans son froc, ça a gelé, et il s'est retrouvé collé au trottoir. Et puis une espèce de dingue qu'on appelait Salle Six, il avait pas d'autre nom. On l'a retrouvé avec un glaçon rouge qui lui pendait au nez. Des pauvres vieux qu'ont jamais rien eu, qu'ont jamais rien su, des idiots, des petits voleurs, tous un peu toqués. Phil Tooker le Renard, un avorton, lui il a gelé tout recroquevillé sur lui-même, avec ses genoux sous son menton. Plutôt que de le déplier, on l'a enterré dans une moitié de cercueil. Tous ces pauvres types, quand j'y pense. Ces types-là, qui sont morts comme ça, je parie qu'ils se retrouvent tous au paradis, enfin, s'il y a un paradis.

– Moi je crois que quand on est mort on vous met au trou, et que c'est terminé, dit Jack. Le paradis, j'ai jamais compris à quoi ça rimait.

– De toute façon, ils te laisseraient pas rentrer, dit Helen. Ils ont de la place pour toi ailleurs.

– Dans ce cas-là je reste avec lui, dit Clara. Se retrouver au paradis avec une bande de bonnes sœurs, très peu pour moi.

Francis ne connaissait Clara que depuis trois semaines, mais il avait l'impression de connaître sa vie par cœur: une gosse bien roulée, elle voit le parti qu'elle peut tirer de ses avantages, elle entre dans le métier; au bout d'un moment elle en a marrre, elle se marie, elle fait des mômes, et puis elle laisse tomber tout ça, elle reprend le métier, elle tombe malade, mais alors franchement malade; par là-dessus elle sent qu'elle vieillit, qu'elle enlaidit, elle se colle avec Jack, elle devient un monstre. Mais elle a encore presque toutes ses dents, c'est déjà pas si mal. Quant à ses cheveux, il suffirait de l'emmener chez le coiffeur, de lui faire faire une bonne permanente, et ils seraient pas mal du tout. Et puis de lui mettre des fringues neuves, des talons hauts, des bas de soie. Regardez-moi ces nichons, et puis sa jambe, là, y a pas un poil dessus.

Clara vit Francis qui la détaillait du regard, et elle lui fit un clin d'œil.

– J'ai connu un type, dans le temps, qui te ressemblait. J'en pinçais pour lui.

– Ça ne m'étonne pas, dit Helen.

– Il ne crachait pas sur la marchandise.

– Clara n'a jamais manqué de Jules, dit Jack. J'ai de la veine. Mais en ce moment elle va pas trop fort. C'est pour ça qu'on peut pas vous garder. Tout ce qu'elle mange, c'est des toasts.

– Oh! mais je peux faire des toasts, dit Helen en se levant de sa chaise. Ça te ferait plaisir?

– Je peux me faire mes toasts moi-même si j'en ai envie, dit Clara. Et je suis prête à me mettre au lit. N'oubliez pas de fermer la porte en partant.

Jack attrapa Francis par le bras et l'emmena à la cuisine, et Francis eut juste le temps d'enregistrer l'image de Clara assise au milieu de sa machine à merde, exhalant une puanteur silencieuse qui se dégageait de ses entrailles délabrées.

Quand Jack et Francis revinrent de la cuisine, Francis fumait une des cigarettes de Jack. Il la lâcha pour prendre du vin, et Helen toussota.

– Tout tombe par terre, dit Francis. Vous avez bien raison de fiche à la porte ces clodos, s'ils ne sont pas foutus de se conduire correctement.

– Je ne suis plus habitué à me coucher si tard, dit Jack. Dans le temps, deux trois heures de sommeil par nuit, ça me suffisait, mais plus maintenant.

– Ça fait combien de temps que je n'ai pas dormi ici? demanda Francis. Quinze jours, non?

– Ça va pas, dit Clara. Tu es venu pas plus tard qu'il y a quatre jours. Et Helen hier soir. Et dimanche dernier vous étiez là tous les deux.

– Dimanche on n'est pas restés, dit Helen.

– J'ai dormi ici deux nuits, c'est ça? dit Francis.

– Six, dit Jack. Comme qui dirait une semaine.

– Je m'excuse, mais il y a erreur, dit Helen.

– Plus d'une semaine, dit Jack.

– Je suis sûre que non, dit Helen.

– De lundi à dimanche.

– Jamais de la vie.

– Ça se mélange un peu, dit Francis.

– Pour Jack, des tas de choses se mélangent, dit Helen. J'espère qu'au restaurant où tu travailles, tu mélanges pas tout comme ça.

– Non, dit Jack.

– Pourquoi tu racontes des choses désagréables? dit Francis à Helen.

– Une semaine, dit Jack.

– Tu es un menteur, dit Helen.

– Ne me dis pas que je suis un menteur, parce que je sais que j'ai raison.

– Tu n'as donc pas de cervelle? dit Francis. Toi qui es censée avoir été à l'Université, tout ça.

– J'ai été à l'Université, c'est parfaitement vrai.

– Tu sais ce que j'avais pensé, Franny, dit Jack, c'est que tu pourrais rester un peu ici, le temps de trouver du boulot, de mettre quelques dollars de côté. Sans que tu aies à me payer quoi que ce soit.

– Top là! dit Helen.

– Je ne sais pas si ma proposition tient toujours, dit Jack.

– Parce que je suis une cloche, dit Francis.
– C'est pas ce que j'ai dit.
Jack resservit Francis de vin.
– Je savais bien qu'il ne parlait pas sérieusement, dit Helen.
– Je vais vous avouer un truc, dit Francis. J'ai toujours pensé le plus grand bien de Clara.
– Francis, tu es soûl, hurla Helen, se levant une fois de plus de sa chaise. Reste soûl toute ta vie si ça te plaît. Je te quitte, Francis. Tu es malade, ma parole. La seule chose qui compte pour toi, c'est ton pinard. Tu tournes pas rond.
– Qu'est-ce que j'ai dit? demanda Francis. J'ai dit que j'aimais bien Clara.
– Y a pas de mal à ça, dit Jack.
– C'est pas ça qui me dérange, dit Helen, se rasseyant.
– Je ne sais pas quoi faire de cette bonne femme, dit Francis.
– Est-ce que tu sais seulement si tu passes la nuit ici? demanda Helen.
– Non, dit Jack, emmène-le en partant.
– On s'en va, dit Helen.
– Clara n'est pas en état, tu comprends, Francis, dit Jack.
Francis but son vin à petites gorgées, le reposa sur la table, et prit la pose d'un danseur de claquettes.
– Elles te plaisent, mes nouvelles fringues, Clara? Tu ne m'as pas félicité sur mon élégance.
– Tu fais très smart, dit Clara.
– Francis, le mec qui monte.
– Te fatigue pas, Francis, dit Helen.
– Tu sais que tu me balances des vannes? Écoute, tu veux dormir avec moi dans les hautes herbes cette nuit?
– Je n'ai jamais dormi dans les hautes herbes, dit Helen.
– Jamais? demanda Clara.
– Non, jamais, dit Helen.
– Mais si, dit Francis. Elle a dormi dans les wagons avec moi, et dans les champs.
– Jamais. Tu inventes.
– On a fait toute la vallée ensemble, dit Francis.

– Toi peut-être, dit Helen. Moi je ne suis jamais descendue si bas et je n'ai pas l'intention de le faire.

– Tu en es pas loin. Avant-hier, elle a dormi dans l'auto de Finny.

– C'est la dernière fois. Si je devais en arriver là, je reprendrais contact avec ma famille.

– C'est une très bonne idée, ça, tu devrais le faire, mon chou, dit Clara.

– Ma famille, c'est des gens très huppés. Mon frère est avocat et il est bourré de fric, mais je n'aime pas avoir à lui demander quoi que ce soit.

– Quelquefois on ne peut pas faire autrement, dit Jack. Tu devrais aller habiter chez lui.

– Et alors, adieu Francis. Non, moi j'ai Francis. On se marierait demain si seulement il obtenait son divorce, pas vrai, Fran.

– C'est vrai, ma poule.

– On se bat quelquefois, mais seulement quand il boit. Dans ces moments-là, il devient complètement braque.

– Tu devrais te ranger, Franny, dit Jack. Tu pourrais avoir vingt dollars en poche en permanence. On a besoin de types comme toi. Tu pourrais avoir tout ce que tu veux. Tiens, un phono tout neuf comme celui-là. Un vrai bijou.

– Toutes ces conneries-là je les ai eues, dit Francis.

– Il est tard, dit Clara.

– Ouais les amis, dit Jack. Temps de se mettre au pieu.

– Fais-moi un sandwich, tu veux bien? demanda Francis. À emporter.

– Non, dit Clara.

Helen se leva en hurlant, et marcha sur Clara.

– Tu sais plus ce que c'est que d'avoir faim.

– Assieds-toi et ferme-la, dit Francis.

– Je la fermerai pas. Je me rappelle quand elle est venue chez moi, il y a des années, et qu'elle me suppliait de lui donner à manger. Ça fait un bail que je la connais. Je ne raconte pas des histoires.

– J'ai jamais supplié personne, dit Clara.

– Tout ce qu'il a demandé, c'est un sandwich, dit Helen.

– Je vais lui donner un sandwich, dit Jack.

– Jack ne veut plus que tu reviennes ici, dit Francis à Helen.

– Je ne remettrai plus les pieds ici, dit Helen.

– Il a demandé un sandwich, dit Jack, je vais lui donner un sandwich.

– Ah! j'en étais sûr, lui dit Francis.

– Nom d'un chien, je vais te donner un sandwich.

– Et moi, nom d'un chien, j'en étais sûr, dit Francis.

– Je veux qu'on me foute la paix, dit Clara.

– Au roquefort. tu aimes le roquefort?

– C'est ce que je préfère, dit Francis.

Jack alla dans la cuisine et rentra dans la pièce plongée dans le silence avec un sandwich emballé dans du papier paraffiné. Francis le mit dans sa poche. Helen était à la porte.

– Bonne nuit, mon vieux, dit Francis à Jack.

– Allez, bonne chance, dit Jack.

– À un de ces jours, dit Francis à Clara.

– Bye bye, dit Clara.

Dans la rue, Francis éprouva soudain le besoin de courir. Ten Broeck Street, dans le sens où ils l'avaient prise, descendait doucement vers Clinton Avenue, et il sentait la pente qui l'invitait à se mettre au trot, laissant derrière lui Helen avec ses problèmes. La nuit paraissait plus froide qu'avant, plus claire aussi, et la lune plus haute dans sa solitude aride. North Pearl Street était déserte, pas de voitures, pas de passants à cette heure de la nuit – une heure quarante-cinq à la grande horloge de First Church. Ils marchaient depuis dix minutes en silence, et retournaient maintenant à leur point de départ, se dirigeant vers South End, la mission, les hautes herbes.

– Et maintenant, où tu vas dormir? demanda Francis.

– J'en sais rien, mais je ne serais pas restée là-bas pour un empire, même s'ils m'avaient proposé des draps de soie et des oreillers de vison. Je me souviens d'elle quand elle faisait le trottoir et qu'elle n'avait pas le sou. Et maintenant elle prend des grands airs. Il fallait bien que je dise ma façon de voir.

– Ça ne t'a avancée à rien.

– Jack a vraiment dit qu'ils ne veulent plus de moi?

– Exact. Mais ils m'ont proposé de rester. Clara se méfie de toi à cause de Jack. Ce que je pense, c'est que si je m'occupe un peu d'elle, elle ne fera pas attention à toi, mais aussi, tu fais tellement d'histoires... Tiens. Prends un morceau de sandwich.

– Ça me resterait en travers de la gorge.

– Mais non, tu verras. Ça te fera du bien.

– J'ai ma dignité.

– Moi aussi j'ai ma dignité.

– Ah bon?

– Tu sais ce que je vais faire? (Il l'attrapa par le col de son manteau et par la gorge et il lui hurla les mots à la figure.) Je vais t'envoyer dinguer au beau milieu de la chaussée! Tu m'as assez fait chier comme ça. Apprends à te conduire, bon dieu. C'est pour ça que tu trouves pas où crécher. Moi je peux retourner dormir là-bas si je veux. Jack a dit que je pouvais rester.

– C'est pas vrai.

– Si c'est vrai. Mais ils veulent pas de toi. J'ai demandé un sandwich. Est-ce que je l'ai eu?

– Oh! tu es formidable, quel type, alors.

– Écoute (il la tenait toujours par le col), tu continues à me faire le coup du regard de travers, et je te cogne contre la bagnole qui est là. Voilà neuf ans que tu me bassines. Ils veulent pas de toi parce que tu es bassinante.

Il y avait des phares de voiture qui venaient vers eux, remontant Pearl Street vers le Nord. Francis lâcha Helen. Elle ne fit pas un mouvement mais elle garda les yeux braqués sur lui.

– Tu as de foutus yeux, tu sais ça (Il hurlait.) Je vais te leur foutre un gnon, moi. Tu es un trou du cul. Tu sais ce que je vais faire? Je vais t'arracher ton sale manteau et te déchirer tes habits.

Elle ne bougea pas d'un pouce, ne détourna pas les yeux.

– Je vais bouffer tout le sandwich ; tout le gros morceau de fromage.

– J'en veux pas.

– Moi oui. Demain j'aurai faim. Moi, il ne va pas m'étouffer. Je dis merci pour tout ce qu'on me donne.

– Un saint, voilà ce que tu es.

– Arrête ton cirque, parce que je vais finir par te tuer.

– J'en veux pas. C'est bon pour les rats.

– Je vais te tuer, je te jure ! hurlait Francis. Tu entends ce que je te dis, bon dieu ? Ne me pousse pas à bout. Apprends à te conduire, et trouve-toi un endroit où crécher, merde.

Ils marchaient, pas tout à fait au même pas, en direction de Madison Avenue. Arrivés à South Pearl, ils bifurquèrent vers le Sud, d'où ils venaient. Francis posa légèrement sa main sur le bras d'Helen, elle s'écarta de lui.

– Tu vas dormir à la mission avec Petit Louis ?

– Non.

– Alors tu vas rester avec moi ?

– Je vais appeler mon frère.

– Bonne idée. Appelle-le. Plutôt deux fois qu'une.

– Je lui dirai de me donner rendez-vous quelque part.

– Et où tu vas trouver la pièce de cinq cents pour l'appeler ?

– Ça me regarde. C'est moche, quand même, tu étais O.K. avant de te mettre au pinard. Ton pinard, toujours ton pinard.

– Je vais chercher des cartons. On ira se poser dans le vieil immeuble là-bas.

– La police passe son temps à faire des rondes là-dedans. Je ne veux pas me faire embarquer. Je ne sais pas pourquoi tu n'es pas resté chez Jack et Clara puisque tu étais si bien reçu.

– Tu cherches les claques, tu sais.

Ils étaient maintenant sur Madison, marchant vers l'Est. Ils passèrent devant la mission sans s'arrêter. Helen ne jeta pas un coup d'œil. Quand ils arrivèrent à Green Street, elle s'arrêta.

– Je descends là-bas, dit-elle.

– Tu te fous de moi? dit Francis. C'est pas un endroit pour toi. Tu vas prendre un mauvais coup.
– J'ai connu pire.
– Il faut qu'on trouve quelque chose. On ne laisse pas un chien à la rue.
– Ça te montre ce qu'ils valent, les autres là-haut.
– Reste avec moi.
– Non, Francis. Tu es à moitié fou.
D'une main il saisit sa nuque, puis il prit la tête d'Helen entre ses mains.
– Tu vas me battre, dit-elle.
– Je ne vais pas te battre, ma poule. Je tiens à toi, tu le sais bien. Tu n'es pas complètement gelée?
– Depuis deux jours je ne suis pas arrivée à me réchauffer.
Francis la lâcha, il enleva sa veste et la mit sur ses épaules.
– Non, ne fais pas ça, il fait trop froid, dit-elle. J'ai ce manteau. Tu ne peux pas te promener en bras de chemise.
– Qu'est-ce que ça change? Elle ne me protège pas, cette veste.
Elle lui rendit sa veste. «Je m'en vais», dit-elle.
– Ne t'en va pas sans moi. Tu seras perdue, toute seule.
Mais elle s'en alla. Alors Francis s'appuya contre le réverbère au coin de la rue, alluma la cigarette que Jack lui avait donnée, palpa le billet d'un dollar que Jack lui avait refilé dans la cuisine, finit le sandwich au fromage, et jeta son caleçon déchiré dans la bouche d'égout.

Helen descendit Green Street jusqu'à un terrain vague où elle vit un feu allumé dans un fût métallique. D'où elle était, elle voyait cinq Noirs, hommes et femmes, assis autour du feu. Sur un vieux sofa posé au milieu des hautes herbes, un peu plus loin, elle vit une femme blanche allongée avec un Noir sur elle. Elle retourna à l'endroit où Francis attendait.
– Ça n'est pas possible que je passe la nuit dehors, dit-elle. Si je le fais je meurs.

Francis hocha la tête et ils allèrent à la voiture de Finny. C'était une Oldsmobile noire de 1930 qui n'avait plus ni moteur ni roues et qui était garée dans une ruelle donnant sur John Street. À l'intérieur, il y avait deux types qui dormaient. Finny occupait le siège avant, côté passager.

– Je ne connais pas le type qui est derrière, dit Helen.

– Mais si, dit Francis. C'est Petit Rouquin, le type de la mission. Il te fichera la paix. Sinon, je lui coupe la langue.

– Écoute, Francis, je ne veux pas rentrer là-dedans.

– Au moins, il fait chaud. Dans les herbes, tu te gèlerais, ma poule, ça caille sec. Et si tu te balades toute seule dans les rues, tu te feras pincer vite fait.

– Viens aussi, toi. Mets-toi derrière.

– Non. Y a pas de place là-dedans pour quelqu'un comme moi. J'ai les jambes trop longues.

– Où tu vas aller?

– Je vais me trouver un coin avec des herbes bien hautes, à l'abri du vent.

– Tu reviendras?

– Mais oui, t'inquiète pas. Dors un bon coup, et je te retrouverai ici, ou alors à la mission, demain matin.

– Je ne veux pas rester là.

– Tu n'as pas le choix, ma cocotte. C'est ça ou rien.

Francis ouvrit la portière de droite et secoua Finny.

– Hé, vieux, bouge-toi. Tu as de la visite.

Finny ouvrit des yeux alourdis par le vin.

– Qui c'est, celui-là? dit Finny.

– C'est Francis. Pousse-toi, laisse entrer Helen.

– Francis? Finny leva la tête.

– Allez, je t'apporterai une bouteille demain, mon pote, dit Francis. Elle peut pas rester dehors par ce temps.

– Ah! dit Finny.

– Arrête avec tes ah, pousse tes fesses de là, qu'elle puisse s'asseoir. Elle peut pas dormir derrière le volant, avec son gros ventre.

– Ouin, dit Finny, et il se glissa derrière le volant.

Helen s'assit sur le siège avant, avec les jambes qui pendaient hors de la voiture. Francis lui caressa la joue avec trois doigts, puis il laissa retomber sa main. Elle hissa ses jambes à l'intérieur.

– T'as pas à avoir peur, dit Francis.

– J'ai pas peur, dit Helen. C'est pas ça.

– Finny fera attention à ce qu'il ne t'arrive rien. Sinon je le bute, ce fils de pute.

– Elle sait ça, dit Finny. Elle est déjà venue.

– Mais oui, dit Francis. Il peut rien t'arriver.

– D'accord.

– Allez, à demain matin.

– C'est ça.

– Bonne chance, mon chou, dit Francis.

Et il referma la portière.

L'âme vide, il se mit à marcher en direction de l'étoile polaire, attiré dans cette voie par un soudain désir de modifier le cours de sa destinée. Il lui était trop souvent arrivé de dormir dans les terrains vagues de South End, il ne voulait plus de ça. Comme il devait aller voir le chiffonnier le lendemain matin, il ne voulait pas risquer de se faire arrêter par les flics en allant se glisser dans une des vieilles baraques du bas de Broadway. Les flics passaient leur temps, stupidement, à ratisser ce quartier. Qu'est-ce que ça pouvait bien leur fiche qu'il y ait là quatre ou six ou huit types en train de dormir sous un toit à l'abri du vent, dans une maison dont les escaliers s'étaient effondrés et où l'on pouvait se tuer en passant à travers les trous des planchers, une maison qui depuis cinq ou peut-être dix ans n'était habitée que par les pigeons? Qu'est-ce que ça pouvait leur foutre?

Toujours cap au Nord, il avança dans Broadway, longea Steamboat Square où, quand il était petit, il avait pris des vapeurs pour aller en excursion à Troy ou à Kingston, ou en pique-nique à Lagoon Island. Il passa devant l'immeuble des chemins de fer Delaware & Hudson, et devant celui du *Evening Journal* de Billy Barnes: son frère un peu demeuré, Tommy, avait travaillé à la construction de cet immeuble en 1913. Il arriva au carrefour de Broadway et de Maiden Lane, là où s'élevait jadis le Keeler's Hotel. C'est là que son frère Peter passait parfois la nuit quand il était de sortie avec leur mère. Mais le Keeler's Hotel avait brûlé l'année où Francis avait fichu le camp, et maintenant il y avait des magasins à la place. Une fois Francis avait fait tout Broadway, jusqu'à l'hôtel, en barque, avec Billy dans le bateau. C'était en 1913, l'année où le fleuve avait tellement monté qu'il avait inondé la moitié du centre ville. Le gosse avait adoré ça, il avait dit que c'était encore plus chouette que de faire de la luge. Disparu, l'hôtel. Qu'est-ce qui n'a pas disparu, je vous le demande? Eh bien moi par exemple. Oui, moi. D'accord, il n'en reste pas grand-chose, mais enfin je suis toujours là. Pas prêt du tout à me coucher sur le côté pour mourir.

Francis quitta le centre ville et continua de marcher pendant une demi-heure, toujours vers le Nord, jusqu'à North Albany. Une fois sur Main Street, il bifurqua vers l'Est en direction du fleuve, et prit la rue qui était un peu en pente. Il passa devant la maison des McGraw, puis devant celle des Greene, les seuls gens de couleur de tout North Albany, à l'époque; devant celle des Daugherty, où habitait toujours Martin, et où tout était éteint; devant l'ancienne «Brouette», le saloon de Joe Farrell Bras de Fer, aujourd'hui fermé par une palissade. C'est là que Francis avait appris à boire, c'est là, dans l'arrière-salle, qu'il avait assisté à des combats de coqs, et c'est là qu'il avait parlé à Annie Farrell pour la première fois.

Il marcha vers les marais, là où, jadis, se trouvait le canal, disparu depuis longtemps – on avait remblayé le fossé. L'écluse avait disparu, ainsi que la maison de l'éclusier, et le chemin de halage était envahi par les mauvaises herbes. Et pourtant, en approchant de North Street, Francis vit à sa grande surprise une bâtisse qu'il reconnut. Ça par exemple. La grange de Welt le Rétameur était encore debout, qui l'eût cru? Est-ce que par hasard Welt serait encore vivant? Peu de chances. Pas assez malin pour vivre si longtemps. Est-ce que ça servait toujours de remise et d'écurie? On dirait. Mais qui a encore des chevaux de nos jours?

La grange n'était plus qu'une carcasse: à un bout du bâtiment, il y avait un immense trou béant dans le toit et, à travers ce trou, la lune éclairait de ses rayons glacés un plancher complètement défoncé. Dehors, des chauves-souris décrivaient des arabesques autour du réverbère, le dernier réverbère de North Street. Les fantômes des mules et des chevaux hennirent et piaffèrent pour Francis. Il tâta les planches du bout du pied et s'aperçut qu'elles tenaient bon. Il les toucha de la main et s'aperçut qu'elles étaient sèches. Une des portes de la grange ne tenait plus que par un seul gond, et Francis calcula que s'il pouvait déplacer cette porte d'un ou deux mètres pour dormir à l'abri de ce plan incliné, il serait protégé du vent sur trois côtés. Dans ce coin-là, le toit ne laissait pas passer les rayons de lune. C'était le coin où Welt, dans le temps, rangeait ses râteaux et ses fourches, tous accrochés à des clous à intervalles bien réguliers.

Francis allait ressusciter ce coin, remettre tous les râteaux et les fourches en place, retrouver pour une nuit le visage de Welt le Rétameur tel qu'il était jadis, et se laisser envahir par les souvenirs d'une époque révolue qu'il arracherait au néant. Sur une étagère éclairée par la lune, à l'autre bout de la grange, il vit une pile de journaux et un grand carton. Il étala les journaux dans le coin qu'il s'était choisi, déchira le carton à l'endroit des pliures, et s'allongea sur cette espèce de matelas tout plat.

Il avait vécu jadis à moins de vingt-cinq mètres de l'endroit où il se trouvait à présent.

C'est à vingt-cinq mètres de là que Gerald Phelan était mort le 26 avril 1916.

Dans la voiture de Finny, Helen était sans doute en train de branler Finny ou de lui tailler une pipe. Finny n'était sans doute pas en état de coucher avec elle pour de bon, et Helen était trop grosse pour qu'il soit possible de la culbuter sur le siège avant. Helen serait en tout cas à la hauteur de sa tâche. Il savait, sans qu'elle le lui ait jamais raconté, qu'elle avait dû une fois se faire sauter par deux inconnus pour pouvoir dormir en paix. Francis acceptait ce cocuage tout comme il acceptait la corvée de découvrir la couverture de Clara et de pénétrer aussi avant qu'il le fallait dans la puanteur qui se dégageait d'elle pour gagner le droit à un lit. La fornication était une technique de survie à peu près universelle, il fallait s'y faire.

Peut-être après tout que je ne survivrai pas jusqu'à demain, se dit Francis en glissant ses mains entre ses cuisses. Il remonta ses genoux sur sa poitrine, un peu moins haut que Phil Tooker le Renard, et il se mit à penser à toutes ces morts dont il avait été la cause, et peut-être que ce n'était pas fini. Helen est en train de mourir, et Francis est peut-être celui qui contribue le plus à accélérer sa fin, même si de tout son être ce soir il s'est donné pour mission de l'empêcher de mourir de froid par terre comme Sandra. Je ne veux pas mourir avant toi, Helen, voilà ce que Francis se disait. Tu serais complètement paumée, une vraie môme, si je n'étais plus là.

Il pensa à son père, projeté en vol plané, et il fut certain que le vieux était au ciel. Les meilleurs nous quittent et nous restons pour garder la mémoire de leurs actions d'éclat. Sa mère, elle, devait être au purgatoire, et pas près d'en sortir. Elle n'avait rien fait d'assez grave pour mériter l'enfer, cette putain de garce, qui avait toujours tourné le dos à la vie. Mais il ne la voyait pas non plus mettant un pied au paradis, enfin s'il y a un paradis.

L'air de novembre, glacé, enveloppait Francis comme une couverture de verre. Son poids le paralysait et apaisait son corps, l'immobilité calmait ses angoisses. Dans un rêve qui s'ébauchait à peine, il vit sortir de terre des cors de chasse et des montagnes. Les cors de chasse – des trompettes célestes – résonnaient avec une virtuosité digne des périlleuses aspérités qui agrémentaient les crevasses et les corniches des sentiers de montagne. Francis reconnut l'air que jouaient les trompettes, et il se laissa flotter au gré de la mélodie. Puis, cédant non sans exaltation à son appel énigmatique, il se hissa jusqu'aux hauteurs sublimes du monde où ce chant avait été composé, dans des temps immémoriaux. Et il s'endormit.

# IV

Francis se trouvait sur le chemin qui donnait accès au dépotoir, et il cherchait le vieux Rosskam. Des nuages gris qui ressemblaient à deux piles de chaussettes sales volant à travers les airs passèrent rapidement devant le soleil du petit matin, le monde se mit à miroiter, saisi d'une brusque incandescence, et Francis cligna les yeux. Il parcourut du regard un cimetière d'objets défunts: des cuisinières à gaz complètement rouillées, des poêles à bois déglingués, des frigos hors d'usage, et des bicyclettes aux roues tordues. Une montagne de vieux pneus projetait son ombre sur une vaste plaine de tuyaux rouillés, de chariots d'enfant à roulettes, de grille-pain, de pare-chocs. Un appentis fermé sur trois côtés et long d'une trentaine de mètres abritait des monceaux de cartons, de papiers et de chiffons.

Francis entra dans cet univers de rebut et se dirigea vers une petite baraque en bois, au toit en auvent, devant laquelle se trouvait un cheval bossu attelé à une charrette à quatre roues. Un peu plus loin, un amoncellement de roues de charrette côtoyait tout un bric-à-brac de casseroles, de boîtes de conserve, de fers à repasser, de marmites, de bouilloires, et un véritable océan de bouts de ferraille impossibles à identifier.

Francis vit quelqu'un, sans doute Rosskam, dont la silhouette s'encadrait dans l'unique fenêtre de la baraque, et qui le regardait s'approcher. Francis poussa la porte et se retrouva en face d'un homme d'une soixantaine d'années, court sur pattes, crasseux, avec la silhouette robuste, la figure en forme de lune, le torse large, et des doigts qui ressemblaient aux racines d'un chêne.

– Salut, dit Francis.

– Ouais, dit Rosskam.

– Le pasteur a dit que vous cherchiez un dos costaud.
– Possible. Et t'as ça?
– Plus costaud que pas mal d'autres.
– Tu peux soulever une enclume?
– Parce que vous collectionnez les enclumes?
– Tout ce que je trouve.
– Montrez-moi l'enclume.
– J'en ai pas.
– Alors j'aurais du mal à la soulever.
– Tiens, le bidon là-bas. Tu arrives à soulever ça?

Il montrait du doigt un fût métallique, à moitié rempli de bouts de bois et de ferraille. Francis le ceintura de ses bras et le souleva, non sans peine.

– Où voulez-vous que je le mette?
– Là où tu l'as pris.
– Et vous, vous soulevez des trucs comme ça? demanda Francis.

Rosskam s'approcha et souleva le fût sans effort apparent, puis il le brandit en l'air.

– Vous devez être drôlement en forme, pour soulever ça comme ça, dit Francis. C'est lourd, ce machin.

– Parce que tu trouves ça lourd? dit Rosskam. Et, le soulevant à bout de bras, il posa le rebord inférieur du fût sur son épaule droite. Puis il le laissa glisser à hauteur de sa poitrine, le serra contre lui, et le reposa par terre.

– J'ai passé ma vie à soulever des trucs.
– Je vois ça. C'est à vous que ça appartient, tout ça?
– Exact. Tu veux toujours travailler?
– Vous payez combien?
– Sept dollars. La journée s'arrête quand la nuit tombe.
– Sept. C'est pas beaucoup pour un travail de force.
– Y en a qui se jetteraient dessus.
– Ça vaut bien huit ou neuf dollars.
– Si tu trouves mieux, prends-le. Y a des gens qui nourrissent toute leur famille avec sept dollars par semaine.
– Sept dollars et demi.
– Sept.
– Allez, d'accord. Pour ce que ça change.
– Monte.

Au bout de deux minutes passées dans la charrette qui avançait en brinquebalant, Francis comprit qu'il aurait le coccyx en compote à la fin de la journée, s'il tenait le coup jusque-là. La charrette sautait sur les blocs de granit et sur les rails de tramway. Les deux hommes étaient assis côte à côte, et ils avançaient en silence dans les rues éclairées par le soleil matinal. Francis était content qu'il fasse beau, et il se sentait riche rien qu'à voir les gens de sa ville qui se levaient pour aller travailler, qui ouvraient les boutiques et les marchés, qui se lançaient dans une journée promettant tâches et profits. Quand il avait les idées claires, Francis voyait toujours les choses du bon côté. Chaque fois qu'il voyageait un bon bout de temps dans un train de marchandises sans avoir la possibilité de boire, il se mettait à envisager de nouveaux modes de survie, et il allait parfois même jusqu'à chercher du travail. Mais pour l'instant, même s'il se sentait riche, il y avait en lui comme un ressort cassé. Il n'avait pas trouvé Helen, et il fallait à tout prix qu'il la retrouve. Une fois de plus, Helen avait disparu. Cette bonne femme, ma parole, c'était sa spécialité, de disparaître. Elle était probablement allée à la messe quelque part. Mais pourquoi est-ce qu'elle n'était pas repassée par la mission pour prendre un café et pour chercher Francis? Pourquoi fallait-il qu'elle lui démolisse toujours le moral?

Et puis il repensa à ce qu'il avait lu dans le journal à propos de Billy, et ça lui redonna de l'entrain. C'est Petit Louis qui avait découvert ça, et qui le lui avait montré. C'était un article sur le fils de Francis, Billy, et c'était signé par Martin Daugherty, le journaliste qui habitait dans le temps Colonie Street, à côté de chez les Phelan. L'article racontait que Billy était mêlé à l'enlèvement du neveu de Patsy McCall, le grand patron de la machine politique d'Albany. Le neveu avait été rendu sain et sauf, mais Billy était mêlé à ça parce qu'il avait refusé de donner l'un des suspects. Alors Martin dans son article prenait la défense de Billy, et traitait Patsy McCall de sac de patates pourries parce qu'il avait été dégueulasse avec Billy.

– Et toi, ça te plaît? demanda Rosskam.

– Qu'est-ce qui me plaît ?

– De baiser, dit Rosskam. Les bonnes femmes.

– Je n'aime plus trop ça. Pour dire la vérité, j'ai fait mon temps.

– Un type comme toi? Quel âge tu as? Cinquante-cinq? Soixante-deux?

– Cinquante-huit, dit Francis.

– Eh bien moi, soixante et onze, dit Rosskam. Et je suis toujours un peu là. Quatre, cinq fois par nuit je tire mon coup avec ma bourgeoise. Et dans la journée, quand y a une occase.

– Quel genre d'occase?

– Les bonnes femmes. C'est elles qui en demandent. Quand on fait du porte-à-porte, on vous fait des propositions. C'est un truc connu.

– J'ai jamais fait du porte-à-porte, dit Francis.

– Moi, j'ai passé la moitié de ma vie à en faire, et je sais bien comment ça se passe. On vous fait des propositions.

– On vous refile aussi la vérole.

– Dans toute ma vie, deux fois. On prend les médicaments, ça s'en va. Ces petites dames, elles font pas ça assez souvent pour attraper des maladies. Elles sont en manque, mais elles ont pas la vérole.

– Et elles vous foutent au lit habillé comme ça?

– Dans la cave. Elles adorent que ça se passe dans la cave. Sur le tas de bois. Au milieu du charbon. Sur les vieux journaux. Elles me suivent au sous-sol, et elles se penchent au-dessus des journaux pour me montrer leurs nichons. Ou alors elles relèvent leur jupe dans l'escalier devant moi, et elles me montrent autre chose. La meilleure occase que j'ai eue ces derniers temps, ça s'est passé sur quatre poubelles. Bruyant, mais une sacrée bonne femme. Les choses qu'elle m'a dites, on n'oserait pas les répéter. On peut dire qu'elle avait le feu au cul, celle-là. On va faire un tour chez elle tout à l'heure, à Arbor Hill. Tu m'attendras dans la charrette. Ça prendra pas longtemps, si ça te fait rien.

– Pourquoi ça me ferait quelque chose? C'est votre charrette et c'est vous le patron.

– Exact, c'est moi le patron.

Ils roulèrent jusqu'à Northern Boulevard et prirent

Third Street, dans le sens de la pente pour ne pas crever le cheval. À chaque maison ils s'arrêtaient, et ils ramassèrent des pendules cassées, des radios esquintées, des journaux en veux-tu-en-voilà, deux cartons de livres tout abîmés sur le jardinage, un banjo à manche brisé, des boîtes de conserve, des chapeaux, des chiffons.

– Tiens, dit le vieux Rosskam quand ils arrivèrent à la maison de Feu au Cul. Regarde par le soupirail si tu veux. Elle aime bien qu'on regarde, et moi ça me dérange pas.

Francis secoua la tête et resta seul dans la charrette, avec Third Street en face de lui. Il aurait pu reconstituer cette rue de mémoire. Toute son enfance, et le début de son adolescence, s'étaient déroulés dans les rues d'Arbor Hill, avec les filles qui découvraient qu'elles avaient des désirs, et les garçons qui profitaient de cette découverte. Dans les ruelles, la bande de gamins reluquait les femmes qui se déshabillaient, et un jour ils avaient vu M. et Mme Ryan, tout nus, se peloter avant d'éteindre. Joey Kilmartin s'était branlé pendant le spectacle. Ce vieux souvenir excitait Francis. Est-ce qu'il avait envie d'une femme? Non. D'Helen? Non non. Ce qu'il voulait, c'était pouvoir encore une fois regarder les Ryan se peloter avant de faire l'amour. Il descendit de la charrette et prit le chemin qui menait à la maison de Feu au Cul. Il marchait sans bruit, l'oreille aux aguets, et il entendit des gémissements, des paroles incompréhensibles, et comme un bruit de ressorts métalliques. Il s'accroupit, et jeta un œil par le soupirail qui se trouvait à l'arrière de la maison. Ils étaient là tous les deux, allongés sur les poubelles. Le pantalon de Rosskam lui pendait sur les talons, il était là, allongé sur une bonne femme qui avait sa robe remontée jusqu'au cou. Dès que Francis eut accommodé son regard, il put entendre ce qu'ils disaient.

– Bon d'la de bon d'la, disait Rosskam. Bon d'la de bon d'la.

– Qu'est-ce que j'aime ça, disait Feu au Cul. Mais alors qu'est-ce que j'aime ça.

– T'aimes ça, hein, disait Rosskam. Bon d'la de bon d'la.

– Fourre-moi cette bite, disait Feu au Cul. Vas-y, fourre-la-moi.

– Tiens, prends donc ça, disait Rosskam, prends donc ça.

– Fourre-la-moi, disait Feu au Cul. Je suis en chasse. Vas-y, fourre-la-moi.

– Bon d'la de bon d'la, disait Rosskam.

Feu au Cul vit Francis derrière le soupirail, et elle lui fit un petit signe de la main. Francis se releva et retourna à la charrette, avec des souvenirs qui surgissaient malgré lui.

Des cloches tringlant dans des fourgons à bestiaux, des femmes bourrées par toute une bande sous les ponts, une petite fille de huit ans violée, le violeur tabassé par d'autres clodos, et jeté du train en marche. Il revoyait la cohorte des femmes qu'il avait connues: femmes tête en bas, jambes en l'air, femmes nues, femmes jupes relevées, jambes ouvertes, bouche ouverte, femmes en chaleur, femmes suant et gémissant sous lui ou sur lui, femmes proclamant l'amour, le désir, la joie, la peine, le manque. Helen.

Il avait connu Helen dans un bar à New York, et quand ils s'étaient aperçus qu'ils étaient tous les deux d'Albany, l'amour avait fait tout doucement un quart de tour vers le soleil. Il l'avait embrassée, elle lui avait fourré sa langue dans la bouche. Il avait caressé son corps, qui était déjà vieux, à l'époque, mais qui était encore charnu, plein de vie, qui n'était pas encore rongé par la tumeur, et ils s'étaient avoué qu'ils avaient très fort envie l'un de l'autre. Francis hésitait à aller jusqu'au bout, car il n'avait pas touché à une femme depuis huit mois, ayant eu un mal fou à se débarrasser de ses morpions et d'une pyorrhée chronique. Mais la présence du corps flamboyant d'Helen avait balayé sa peur de la maladie, et, finalement, quand il avait compris qu'il ne s'agissait pas simplement de passer une nuit ensemble, mais que c'était parti pour durer, il lui avait dit: Je ne veux pas te toucher, mon chou. Pas avant d'avoir fait faire les examens. Elle lui dit de se mettre une capote, mais il répondit qu'il ne supportait pas ce genre de truc. On va se faire faire des analyses de sang, c'est ça qu'il faut faire, lui dit-il. Ils mirent leurs fonds en commun, ils allèrent à l'hôpital, et on leur dit à tous les deux que c'était O.K. Alors ils prirent une chambre d'hôtel et firent l'amour jusqu'à plus soif. Amour, tu es ma verge à vif. Amour, tu es un feu inextinguible. Tu me brûles, amour. Tu me roussis le poil, tu me couvres de noir de fumée. Amour, tu me réduis en cendres.

La charrette était repartie, et Francis s'aperçut qu'elle roulait en direction de Colonie Street: c'était la rue où il était né et où il avait passé son enfance, et c'est là qu'habitaient toujours ses frères et sœurs. Les roues de la charrette grinçaient, et la ferraille entassée à l'arrière cliquetait au moindre cahot comme pour annoncer le retour de l'enfant prodigue. Francis vit la maison où il avait grandi: elle était toujours de la même couleur, brun et beige. Quant à l'endroit, tout à côté, où se dressaient jadis la maison des Daugherty et l'École des Frères, qu'un incendie avait détruites par la suite, c'était maintenant un terrain vague envahi par les mauvaises herbes.

Devant la maison, il vit son père et sa mère descendre de voiture, après leur voyage de noces, et monter, enlacés, les marches du perron. Michael Phelan était en bleu de cheminot, et il avait le même air qu'au moment où le train l'avait heurté de plein fouet. Kathryn Phelan, dans sa robe de mariée, avait le même air que le jour où elle avait lancé à Francis une gifle qui l'avait envoyé valser dans le placard à vaisselle.

– Arrête-toi une seconde, s'il te plaît, dit Francis à Rosskam, qui n'avait pas ouvert la bouche depuis qu'il avait émergé de sa cave et de ses ébats amoureux.

– Ici? dit Rosskam, en tirant sur les rênes.

Les jeunes mariés franchirent le seuil et entrèrent dans la maison. Ils montèrent au premier étage jusqu'à la chambre qu'ils allaient partager pendant toutes les années de leur vie conjugale, cette chambre qui était aussi maintenant leur tombe commune. Cette double fonction paraissait aussi naturelle à Francis que la concomitance de deux époques: le présent immédiat, qui représentait la cinquante-huitième année qu'il passait sur terre, et l'année qui avait précédé sa naissance et qui était celle où ses parents avaient été unis par les liens sacramentels du mariage, soit l'an de grâce 1879.

La chambre ressemblait toujours à ce qu'elle était quand il était petit. Le lit et les deux commodes en chêne étaient aussi solidement à leur place que les arbres qui ombrageaient le coin de terrain des Phelan au cimetière. La chambre sentait un mélange des odeurs paternelles et des odeurs maternelles. Ces odeurs devenaient distinctes lorsque Francis enfouissait son visage dans l'un ou l'autre des deux oreillers, ou qu'il ouvrait un tiroir rempli de vêtements intimes, ou encore lorsqu'il respirait l'odeur disons du tabac brûlé dans une pipe froide, ou le parfum d'un savon anglais gardé dans un tiroir comme on garderait un sachet de lavande.

Dans la chambre, Michael Phelan enlaça la jeune épousée qui était sa femme depuis cinquante-neuf ans, et il passa son doigt dans le creux qui séparait ses deux seins; et Francis vit celle qui allait devenir sa mère réprimer un frisson de répulsion devant ce premier contact amoureux. Comme il était l'aîné, Francis avait la chambre située à côté de celle de ses parents, ce qui fait que pendant des années il avait pu entendre leurs affrontements nocturnes; et il était bien placé pour savoir la résistance que sa mère avait opposée, pendant toutes ces années, aux assauts de son mari. Chaque fois que Michael finissait par avoir le dessus, soit à force de s'entêter, soit en la menaçant d'en parler au prêtre, Francis entendait sa mère bougonner de rancune, geindre d'appréhension, et répéter sans fin que tout accouplement qui n'a pas la procréation pour but immédiat est un péché. Elle ne supportait même pas l'idée que les gens sachent que, pour avoir des enfants, elle s'était livrée à la copulation; toute sa vie Francis avait tiré satisfaction de cette contrariété de sa mère.

Et là, au moment où son mari lui enlevait sa chemise de nuit, cette virginale mère de six enfants se rétractait, en proie à une terreur dont Francis comprenait pour la première fois qu'elle avait sa source dans l'éducation que la jeune fille avait reçue. Cette terreur se lisait dans ses yeux, là, en 1879, tout autant que dans la tombe où elle reposait maintenant. Elle avait la peau aussi fraîche et rose que la doublure de taffetas de son cercueil, mais cela ne l'empêchait pas d'être, dans la fleur de sa jeunesse, aussi inerte et insensible que les ramages fuchsia de la robe de brocart dans laquelle on l'avait enterrée. Inerte et insensible, elle l'avait été toute sa vie, une morte-vivante, et, pour la toute première fois, Francis ressentait de la pitié pour cette femme, castrée par des nonnes et par des prêtres qui s'étaient eux-mêmes auto-castrés. Et tandis qu'elle cédait par devoir son jeune corps intact à son mari, Francis la voyait serrée dans le corset de fer d'une chasteté qu'on lui avait imposée; avec les années ce corset s'était resserré jusqu'à étrangler en elle toute sensualité, et son corps était devenu aussi froid et exsangue qu'un ange de granit.

Elle ferma les yeux et retomba sur son lit de noces comme un cadavre, prête à subir l'assaut; et elle reçut dans son corps âgé la sève irréprochable du vieil homme qui jaillit d'un élan passionné, implantant en elle la vie d'une mort conçue à l'instant. Francis vit la goutte originelle de son propre corps immatériel devenir en se convulsant une matière bourgeonnante, il le vit croître et se transformer à la vitesse de la lumière jusqu'à atteindre la taille d'un nouveau-né, il le vit brutalement arraché à la matrice maternelle par son père qui le redressa, lui donna une petite claque pour l'éveiller à la vie, et le modela prestement en une sorte d'herbe animale. Le corps bourgeonna, poussa furieusement jusqu'à atteindre sa taille adulte, pour se retrouver vêtu en fin de compte des habits que Francis portait en ce moment même. Il reconnut la bouche édentée, les phalanges manquantes des doigts, la bosse sur le nez, l'attitude exagérément penchée de cette ombre nouvelle-née, et sut que pendant la suite sans fin des années de sa mort il serait cet être délabré qu'il avait mis si longtemps à devenir.

– Hue! cocotte, dit Rosskam à son cheval, et la vieille rosse descendit cahin-caha la pente de Colonie Street.

– Chiffon-nier! criait Rosskam. Chiffon-nier! Le cri était une mélodie sur trois notes, ré-ré-do dièse à l'octave, ou peut-être fa-fa-mi bémol. La tête d'une femme apparut à la fenêtre de l'ancienne maison des Phelan, de l'autre côté de la rue.

– Hou, hou, appela-t-elle sur deux notes. Chif-fonnier! La-mi-do!

Rosskam arrêta sa charrette devant le chemin qui longeait la maison.

– Derrière, dit-elle. Des journaux, une grande bassine et des habits.

Rosskam mit le frein et descendit de la charrette.

– Eh bien? dit-il à Francis.

– Je ne veux pas entrer, dit Francis. Je la connais.

– Et alors?

– Je ne veux pas qu'elle me voie. C'est Mme Dillon. Son mari est cheminot. Je la connais depuis toujours. Ma famille habite la maison là-bas. C'est la rue où je suis né. Je ne veux pas que les gens d'ici me voient en clodo.

– Mais c'est ce que t'es.

– Toi et moi on le sait, mais eux ils le savent pas. Je transporterai ce que tu voudras, c'est moi qui ferai tout le chargement au prochain arrêt. Mais pas dans cette rue. Tu comprends?

– Une cloche qui a sa fierté. Il a fallu que j'engage un clodo qui a sa fierté.

Pendant que Rosskam allait tout seul chercher la marchandise, Francis regarda de l'autre côté de la rue, et il vit sa mère, en blouse d'intérieur et tablier, qui, en douce, jetait du sel sur les racines du jeune érable qui poussait dans le jardin des Daugherty. Bien qu'il soit dans le jardin d'à côté, cet érable avait le culot de laisser tomber des brindilles, des feuilles et des graines sur les plants de tomates et sur les fleurs des Phelan. Kathryn Phelan avait déclaré à sa presque homonyme, Katrina Daugherty, que les Phelan ne voulaient pas de toutes ces saletés qui tombaient chez eux, ni de l'ombre que faisaient les branches de l'arbre. Katrina tailla comme elle put les branches basses, et elle demanda à Francis qui, à dix-sept ans, rendait des petits services dans le voisinage, de l'aider à tailler les branches hautes. Il s'exécuta: il grimpa dans l'arbre et scia les bras vivants du jeune arbre vigoureux. Mais pour chaque branche coupée, la vie ressurgissait de plus belle un peu plus loin, et l'arbre fut bientôt le plus florissant de tous ceux d'Arbor Hill. Cela mettait Kathryn Phelan hors d'elle, et elle augmentait les doses de sel. Résultat, les racines poussaient à qui mieux mieux, et se glissaient même sous la clôture de bois pour venir faire surface, avec insolence, en plein chez les Phelan.

– Pourquoi veux-tu tuer cet arbre, maman? demandait Francis.

Et sa mère répondait que c'était parce que l'arbre n'avait pas le droit de se faufiler jusque chez eux. Si nous voulons un arbre dans notre jardin, nous le planterons, disait-elle, et elle se remettait à jeter du sel. Certaines feuilles finirent par faner, et une branche mourut définitivement. Mais l'opération salage avait échoué au bout du compte, car aujourd'hui l'arbre était toujours là; il avait doublé de taille et de volume, c'était un vrai géant qui s'élevait au-dessus des mauvaises herbes, droit vers le soleil, à l'emplacement de l'ancien jardin des Daugherty.

Et voilà que sous le soleil de midi qui brillait de tout son éclat, en cette journée de 1938, l'arbre rapetissait de moitié, jusqu'à retrouver la taille qu'il avait quarante et un ans plus tôt, par une matinée de juillet de 1897. Francis était assis sur une branche du milieu, en train de scier une autre branche située au-dessous de lui. Il entendit s'ouvrir et se refermer la porte donnant sur le jardin de la nouvelle maison de Daugherty. De là où il était perché, il jeta un coup d'œil en bas, et il vit Katrina Daugherty, avec son petit sac à provisions, qui portait un chapeau de soleil gris sur la tête, des mules en satin gris aux pieds, et rien d'autre. Elle descendit les cinq marches de la véranda et se dirigea vers la nouvelle grange où les Daugherty remisaient leur calèche et leur cheval.

– Madame Daugherty? appela Francis de là-haut, et il sauta au bas de l'arbre. Vous allez bien?

– Je descends en ville, Francis, dit-elle.

– Est-ce que vous ne devriez pas mettre quelque chose? Des vêtements?

– Des vêtements? dit-elle. Elle porta les yeux sur son corps nu, puis elle releva la tête et écarquilla les yeux, ce qui leur donna une expression fixe, indéchiffrable.

– Madame Daugherty, dit Francis, mais elle resta muette, sans faire un geste. Sur la balustrade qu'il construisait pour la véranda, Francis prit un morceau de toile vert mousse dont il voulait faire un store pour une des fenêtres, et il en enveloppa la jeune femme; puis il la souleva dans ses bras, et il la ramena dans la maison. Il l'assit sur le sofa du petit salon. La toile glissa doucement de ses épaules, alors il partit à la recherche d'un vêtement, et finit par trouver une robe de chambre qui était accrochée à la porte de l'arrière-cuisine. Il fit lever Katrina, lui enfila la robe de chambre, serra la ceinture autour de sa taille, pour bien couvrir son corps, et il défit le ruban qui passait sous son menton et retenait le chapeau. Puis il la rassit sur le sofa.

Dans un meuble, il trouva une bouteille de whisky; il lui en versa un fond dans un verre à pied qu'il trouva dans le placard à vaisselle, il l'approcha de ses lèvres et lui en fit boire une gorgée. Le whisky, c'est magique, ça résout tous vos problèmes. Katrina but la gorgée, sourit et dit: «Merci, Francis, tu es très gentil»; elle n'avait plus les yeux écarquillés ni fixés dans le vide, sa rigidité avait disparu, son visage et son corps avaient retrouvé leur douceur.

– Vous vous sentez mieux? lui demanda-t-il.

– Ça va très bien, très bien, merci. Et toi?

– Est-ce que vous voulez que j'aille chercher votre mari?

– Mon mari? Mon mari est à New York, ce serait un peu difficile de le trouver. Pourquoi veux-tu aller chercher mon mari?

– Vous ne voulez pas que j'aille chercher quelqu'un de votre famille? On dirait que vous avez eu comme une crise.

– Une crise? Qu'est-ce que tu veux dire, une crise?

– Dehors. Derrière la maison.

– Derrière la maison?

– Vous êtes sortie sans aucun vêtement, et vous êtes devenue toute raide.

– Franchement, Francis, tu ne trouves pas que tu deviens un peu cavalier?

– C'est moi qui vous ai passé cette robe de chambre. Je vous ai transportée ici.

– Tu m'as transportée?

– Enveloppée dans cette toile. Là-bas. Et il montra du doigt le morceau de toile qui était par terre près du sofa.

Katrina regarda le morceau de toile avec incrédulité, elle passa la main à l'intérieur de la robe de chambre et sentit le contact de son sein nu. Sur son visage, quand elle posa à nouveau les yeux sur lui, Francis vit une majesté lunaire, un mélange saisissant de beauté et de désespoir. Tout au fond du grand salon, caché derrière un fauteuil et regardant tout, Francis vit aussi le front et les yeux du fils de neuf ans de Katrina Daugherty, Martin.

Un mois s'écoula, et un jour où Francis était occupé aux finitions des portes de la remise à voitures des Daugherty, Katrina l'appela de la véranda et lui fit signe d'entrer dans la maison, puis dans le petit salon; elle s'assit alors sur le même sofa que la première fois. Elle portait une longue robe jaune habillée, avec un col châle. Elle fit signe à Francis de s'asseoir sur une chaise en face d'elle, et Francis trouva qu'elle ressemblait à un rayon de soleil.

– Est-ce que je peux te faire une tasse de thé?

– Non merci, madame.

– Est-ce que tu veux un des cigares de mon mari?

– Non merci, madame. Je ne fume pas le cigare.

– Un garçon qui n'a pas de vices? Peut-être que tu bois du whisky?

– Ça m'est arrivé, mais je bois plutôt de la bière.

– Dis-moi, Francis, est-ce que tu penses que je suis folle?

– Folle? Comment ça?

– Folle. Folle à lier. Bizarre. Détraquée si tu préfères. Est-ce que tu penses que Katrina est détraquée?

– Mais non.

– Même pas après ma crise?

– Je me suis juste dit que c'était une crise. Une crise, ça ne veut pas dire qu'on est détraqué.

– Eh bien, tu as raison, Francis. Je ne suis pas détraquée. As-tu parlé à quelqu'un de ce qui s'est passé ce jour-là?

– Oh non, madame, à personne.
– À personne? Même pas à ta famille?
– Non, à personne.
– C'est ce que je pensais. Je peux te demander pourquoi?
Francis baissa les yeux, parla comme pour lui-même. «C'est pas sûr que les gens auraient compris. Ils auraient pu se faire des idées.»
– Quel genre d'idées?
– Ils auraient pu penser qu'il se passait des choses. Des gens qui se promènent tout nus, ça n'est pas très catholique.
– Tu veux dire que les gens seraient allés s'imaginer des choses? Inventer par exemple des choses pas convenables entre toi et moi?
– Possible. Il n'en faut pas beaucoup aux gens pour faire des racontars.
– Alors, en ne disant rien, tu nous as protégés des commérages?
– Oui, madame.
– Tu veux bien t'arrêter de m'appeler madame. On dirait que tu es un domestique. Appelle-moi Katrina.
– Oh non, je ne peux pas.
– Pourquoi ça?
– Ce serait trop familier.
– Mais c'est mon nom. Il y a des dizaines de gens qui m'appellent comme ça.
Francis fit oui de la tête, et il fit venir le mot sur sa langue. Il s'exerça en silence, puis il secoua la tête.
– Je n'y arrive pas, dit-il, et il sourit.
– Dis-le. Dis Katrina.
– Katrina.
– Tu vois, tu y es arrivé, Redis-le.
– Katrina.
– Très bien. Maintenant dis: Est-ce que je peux vous aider, Katrina?
– Est-ce que je peux vous aider, Katrina?
– Bravo. Maintenant je ne veux plus jamais t'entendre m'appeler autrement. J'y tiens. Et moi je t'appellerai Francis. C'est comme ça qu'on nous a nommés à la naissance, et ça a été confirmé par le baptême. Entre amis, on ne doit pas

faire de cérémonies, et toi qui m'as sauvée des commérages, toi, Francis, on peut vraiment dire que tu es mon ami.

Perché tout là-haut sur sa charrette de chiffonnier, Francis voyait bien que Katrina avait été dans sa vie un oiseau rare, le plus rare qu'il ait jamais rencontré, mais le plus rare aussi, sans doute, qui ait jamais fait son nid dans Colonie Street. Elle avait apporté dans cette rue ouvrière un air d'élégance qui lui avait, au début, valu l'hostilité instinctive et les regards d'envie de ses voisins. Cette nouvelle maison était la réplique, en plus petit, de la grande maison d'Elk Street où elle était née et où elle avait été élevée, entourée d'autant de soins qu'une orchidée tropicale. C'est dans cette maison qu'elle avait vécu jusqu'au jour où elle avait épousé Edward Daugherty, l'écrivain qui, par son œuvre, son écriture, sa façon de parler, sa race, représentait tout ce que le père de Katrina détestait. Alors, Daugherty avait fait une sorte de compromis: il avait fait construire pour Katrina une réplique de la maison de son enfance, ce qui lui permettrait de ne pas quitter son cocon, mais il l'avait fait construire dans un quartier où lui-même ne serait jamais un étranger; il avait pour cela jeté l'argent par les fenêtres jusqu'au moment où il s'était retrouvé à court de fonds, ce qui explique qu'il ait été obligé, pour finir l'installation, de faire appel aux services rémunérés de ses voisins, Francis par exemple. Au bout d'un an de séjour dans cette nouvelle maison, le charme et la générosité de Katrina, et ses mille autres vertus avaient fait fondre l'hostilité des voisins, la transformant en gentillesse et en admiration affectueuses. Dès qu'il l'avait vue s'installer dans la maison à côté de la sienne, Francis avait été ébloui par l'allure de Katrina: ses cheveux blonds balayés vers le haut en une couronne souple, ses yeux brun foncé, brillants et veloutés à la fois, le maintien royal de son corps épanoui aux courbes majestueuses, ses dents grandes et irrégulières qui ne faisaient que rendre sa beauté plus singulière encore. Et voilà que cette déesse, qui avait traversé sa vie entièrement nue et qu'il avait portée dans ses bras, était maintenant assise sur le sofa; et voilà que, se penchant vers lui en le regardant droit dans les yeux, elle lui posait la question: «Est-ce que tu es amoureux de quelqu'un?»

– Non, ma..., non. Je suis trop jeune.

Katrina rit, et Francis rougit.

– Un beau garçon comme toi. Des tas de filles doivent être amoureuses de toi.

– Non, dit Francis. Je n'ai jamais eu beaucoup de succès auprès des filles.

– Mais comment se fait-il?

– Je ne leur dis pas ce qu'elles ont envie d'entendre. Je ne suis pas beau parleur.

– Il y a des filles qui n'aiment pas qu'on leur fasse des discours.

– Celles que je connais, si. Est-ce que je te plais? Beaucoup? Est-ce que je te plais plus que Joan? Des trucs comme ça. Moi j'ai pas de temps pour ce genre de choses.

– Est-ce que tu rêves à des femmes?

– Des fois.

– Est-ce que tu as déjà rêvé de moi?

– Une fois.

– C'était agréable?

– Pas trop.

– Oh! mon dieu. Qu'est-ce qui se passait?

– Vous ne pouviez pas fermer les yeux. Vous les gardiez ouverts tout le temps sans battre des paupières. Ça faisait peur, à la longue.

– Je comprends parfaitement ce rêve. Tu sais, un grand poète a dit un jour que l'amour entre par les yeux. Il faut faire attention à ne pas trop voir. Il faut se modérer. Pour la plupart d'entre nous, le monde est beaucoup trop beau. Il peut nous détruire à force de beauté. Est-ce que tu as déjà vu quelqu'un s'évanouir?

– S'évanouir? Non.

– Non qui?

– Non, Katrina.

– Alors, mon cher Francis, je vais m'évanouir pour toi.

Elle se leva, s'avança jusqu'au milieu de la pièce, regarda

Francis droit dans les yeux, ferma les yeux, et s'abattit sur le tapis, touchant le sol de sa hanche droite, puis s'affalant en arrière, le bras droit couché contre la tête, le visage tourné vers le mur extérieur du petit salon. Francis se leva et la regarda.

– C'était vraiment pas mal fait, dit-il.

Elle ne bougea pas.

– Maintenant vous pouvez vous relever, dit-il.

Mais elle ne bougeait toujours pas. Il se baissa, saisit sa main gauche, et tira doucement. Elle se laissait faire sans bouger, et elle n'ouvrait pas les yeux. Il la mit en position assise, mais elle restait molle comme une chiffe, les yeux fermés. Il la prit dans ses bras, la souleva de terre, et la déposa sur le sofa. Au moment où il l'assit, elle ouvrit les yeux, et se tint bien droite. Francis avait toujours une main posée sur son dos.

– C'est ma mère qui m'a appris ça, dit Katrina. Elle disait que ça pouvait aider à se tirer d'affaire quand on était dans une situation embarrassante. J'ai fait ça dans une fête, une fois, ça a eu beaucoup de succès.

– C'était réussi, dit Francis.

– Je sais aussi très bien tomber en catalepsie.

– Je ne sais pas ce que c'est.

– C'est quand on se bloque dans une position et qu'on ne bouge plus. Comme ça.

Et d'un seul coup elle devint toute raide, les yeux fixes, écarquillés.

Une semaine plus tard, Katrina passa devant le pâturage de Mulvaney, dans Van Woert Street. Francis était en train de jouer au baseball, une séance d'entraînement. Elle était là, sur le gazon, un peu en retrait par rapport à la rue, juste en face du terrain où Francis, en joueur de troisième base, sautillait sur place tout en houspillant ses camarades. Quand il la vit, il se tut. Dans cette reprise-là il n'eut pas l'occasion de courir. La reprise suivante, ce ne fut pas son tour d'être à la batte. Elle regarda trois jeux avant de le voir rattraper une balle droite, puis toucher un coureur en double-jeu; elle le vit aussi frapper une longue chandelle qui parcourut la distance de deux bases. Elle le vit courir et rejoindre la deuxième base. Alors elle reprit le chemin de Colonie Street.

Le jour où il installa les nouveaux stores, elle l'invita à déjeuner. Depuis cette première fois où ils s'étaient parlé, elle s'arrangeait toujours pour bavarder un peu avec lui quand son mari était absent et son fils en classe. Elle servit un homard au gratin, des asperges à la sauce hollandaise, et du blanc de blanc. De tout ça, Francis ne connaissait que les asperges, sans la sauce. Elle servit le repas sur la table de la salle à manger, sans un mot, puis elle s'assit en face de Francis et se mit à manger en silence, et il en fit autant.

– C'est fameux, finit-il par dire.

– Vraiment? Et le vin, il te plaît?

– Pas énormément.

– Tu apprendras à l'aimer, c'est un vin délicieux.

– Vous avez sûrement raison.

– Tu as encore rêvé de moi?

– Une fois. Mais je ne peux pas vous raconter.

– Mais si, raconte.

– C'était complètement fou.

– C'est comme ça, les rêves. Katrina n'est pas folle. Dis: Est-ce que je peux vous aider, Katrina?

– Est-ce que je peux vous aider, Katrina?

– Tu peux m'aider en me racontant ton rêve.

– Eh bien, voilà, vous êtes un petit oiseau, mais en même temps vous restez comme vous êtes, et un corbeau arrive et il vous mange.

– C'est qui, le corbeau?

– Juste un corbeau. Les corbeaux, ça mange les petits oiseaux.

– Tu es protecteur avec moi.

– Je ne sais pas.

– Qu'est-ce que ta mère sait de moi? Elle sait que toi et moi nous avons bavardé en amis?

– Je ne lui ai pas dit. Je ne lui ai rien dit du tout.

– Tu as bien fait. Pas la peine que tu parles de moi à ta mère. Elle, c'est ta mère, et moi je suis Katrina. Et dans ta vie, je serai toujours Katrina. Tu sais ça? Tu n'en connaîtras jamais une autre comme moi. Une autre comme moi, ça n'existe pas.

– Ça, je suis sûr que c'est vrai.

– Ça t'arrive d'avoir envie de m'embrasser?

– Tout le temps.

– Et qu'est-ce que tu as envie de faire d'autre avec moi?

– Je ne peux pas le dire.

– Mais si, dis-le.

– Jamais. Plutôt mourir.

Après le repas, Katrina remplit son verre et celui de Francis, et elle les posa sur la table de marbre octogonale qui se trouvait devant le sofa où elle s'asseyait toujours. Lui s'assit dans ce qui était devenu sa chaise. Il but son vin, et elle remplit de nouveau son verre; et ils continuèrent à parler de homard et d'asperges; elle lui apprit ce que c'était que ce mot bizarre, «gratin», et pourquoi on se servait d'une expression française pour décrire un plat qu'on faisait à Albany avec un homard pêché dans le Maine.

– Il y a des choses formidables qui viennent de France, lui dit-elle. Le vin aidant, il se sentait planer dans une atmosphère euphorique où tout devenait possible, et il prêtait à Katrina la plus extrême attention. «Est-ce que tu connais saint Antoine le Grand? C'est quelqu'un de ta confession, une confession que je respecte même si ce n'est pas la mienne. Je parle de lui à cause de la façon dont il a été tenté par la chair, et je parle aussi de mon poète, qui me fait peur parce qu'il sait voir dans les femmes ce qui doit demeurer caché aux yeux des hommes. Il est mort depuis vingt ans, mon poète, mais il sait dire qui je suis avec cette image qu'il avait trouvée d'une femme en cage qui déchire avec ses dents le corps d'un lapin vivant. Ça suffit comme ça, dit le gardien, tu ne dois pas dépenser en un seul jour tout ce qu'on te donne, et il lui arrache le lapin, ce qui fait qu'il y a des bouts d'intestins de la bête accrochés à ses dents et qui pendent. Elle reste sur sa faim, n'ayant eu qu'un aperçu de ce qui pourrait la nourrir. Mon petit Francis, tu es ce lapin pour moi, mais il ne faut pas avoir peur de moi. Je ne te mettrai pas en pièces, et tes adorables intestins ne resteront pas accrochés à mes dents. Mon beau Francis, toi qui es si doux, si adroit pour tant de choses, toi, bel adolescent que je désire, je t'en prie, ne dis pas de mal de moi. Ne dis pas, Katrina est faite pour brûler au feu de la luxure ; il faut que tu comprennes que je suis saint Antoine tenté par le diable, je suis tentée par la douceur de ta présence dans ma maison, dans ma cuisine, dans mon jardin, dans mon arbre d'entre les arbres, ô mon doux Francis, toi qui m'as portée nue dans tes bras. »

– Je ne pouvais pas vous laisser aller dans la rue toute nue, dit Francis. Vous vous seriez fait arrêter.

– Je sais bien, dit Katrina. C'est même pour ça que je l'ai fait. Mais ce que je ne sais pas, c'est les conséquences que ça aura. Je ne sais pas si j'aurai ou non la force de résister aux tentations que je mets moi-même sur mon chemin. Tout ce que je sais, c'est que j'aime aux quatre vents, et que je ne devrais pas, parce que c'est les putains qui font ça. Mon poète dit que la femme en cage qui tient le lapin entre ses dents représente la vraie image, l'image terrible de ce qu'est la vie; que la vie ce n'est pas comme on croit une femme qui se lamente en psalmodiant le chant funèbre des espoirs inaccessibles, des espoirs morts, morts à jamais, comme c'est triste. Il faut bien que tu saches que je ne suis pas morte. Je suis simplement une femme qui s'est elle-même laissé emprisonner, qui s'est mise sous la tutelle d'un homme admirable, enfermée dans un mode de vie que, lui, il appelle un sacrement et que, moi, j'appelle une prison dorée. Saint Antoine a vécu en ermite, et j'ai pensé moi aussi à ce moyen-là pour tromper l'ennemi. Mais mon mari me vénère, je le vénère moi aussi et tous deux nous vénérons notre fils d'entre les fils. Vois-tu, nulle part il n'existe une richesse de contact comme il y en a dans cette maison. Nous sommes une famille qui cultive le respect mutuel, les accomplissements de tous ordres, la cicatrisation en douceur des blessures. Nous avons besoin du contact physique, de la présence les uns des autres. Nous ne pouvons pas vivre sans cela. Et pourtant tu es là et je rêve de toi; j'aspire à ces plaisirs dont tu n'oses pas me parler, à des joies que ta jeunesse ne peut même pas imaginer. J'aspire aux plaisirs que connut Mademoiselle Lancet, cette femme qui poursuivait les docteurs comme je poursuis mon jeune garçon à la douce haleine, mon Adonis d'Arbor Hill. Cette Mademoiselle Lancet était folle de tout ce que ses docteurs étaient et faisaient. Le sang qui couvrait leur blouse était pour elle la marque de leurs exploits dans la salle d'opération, et elle y portait les lèvres comme je porte les lèvres à ta gorge de cygne avec son collier de saleté, buvant dans tes yeux la poignante ignorance des êtres jeunes. Crois-tu qu'il y ait un Dieu, Francis? Bien sûr que oui, et moi aussi, et je crois qu'il m'aime et qu'au paradis il me prodiguera sa tendresse comme je lui prodiguerai la mienne. Nous serons amants. Dieu m'a faite à son image, et c'est pourquoi je crois que Dieu est lui aussi une espèce de monstre innocent, qui aime les êtres comme moi, qui aime en moi la séductrice d'enfants. Il aime cette bête en cage qui a du sang et des bouts d'intestins entre les dents, qui embrasse ses propres blouses tachées de sang, puis qui s'agenouille devant l'autel de tout ce qui est sacré, adoptant la pose pénitente de toutes les créatures hypocrites. Quand je t'ai appelé, ce jour-là, pour que tu descendes de ton arbre, as-tu jamais rêvé que tu pourrais pénétrer dans cet univers qui est le mien? Si je fermais les yeux, est-ce que tu m'embrasserais? Si je m'évanouissais, est-ce que tu déferais les boutons de ma robe pour que je puisse respirer plus à l'aise?

Katrina mourut en 1912 dans l'incendie qui se déclencha dans l'École des Frères avant de gagner la maison des Daugherty. Quand elle mourut, Francis n'était plus à Albany, mais il apprit la nouvelle par le journal et il revint assister à son enterrement. Il ne la vit pas dans son cercueil, qui fut présenté fermé aux gens venus se recueillir sur sa dépouille. Ce qui l'avait tuée, c'était la fumée, pas les flammes; tout comme c'était les cendres et non pas les flammes de sa sensualité qui avaient fini par étouffer son désir; c'est en tout cas ce que croyait Francis.

La tombe de Katrina se trouvait dans le Cimetière rural d'Albany, qui était le lieu où les protestants accédaient au monde souterrain des morts. Dans les années qui suivirent sa mort, sa tombe fut recouverte de pissenlits sauvages, et elle devint un objet de curiosité pour les artistes méticuleux qui étaient chargés de la tapisserie florale du cimetière. Et ce fut comme pour l'érable, que Katrina et Francis n'avaient fait que rendre plus luxuriant à force de le tailler: plus on arrachait les mauvaises herbes de sa tombe, plus elles repoussaient; pour chaque poignée qu'on arrachait, on aurait dit qu'il en repoussait cent. Au point que, pendant les dix années qui suivirent la mort de Katrina, sa tombe était devenue une curiosité, et les visiteurs s'émerveillaient de voir la couleur dorée printanière qui recouvrait sa dernière demeure. Et puis on cessa d'y penser, mais les fleurs sont encore là aujourd'hui. C'est maintenant un prodige du temps passé dont seuls les anciens ont gardé le souvenir, et si un promeneur solitaire le découvre en errant au milieu des tombes, il se contente d'attribuer ce phénomène à un caprice de la nature généreuse.

– Alors, dit Rosskam, tu t'es bien reposé?

– J'appellerais pas ça se reposer, dit Francis. Tu as pris tout ce que tu voulais?

– Oui, dit Rosskam, et il jeta dans la charrette une brassée de vieux vêtements. Francis leur jeta un coup d'œil, et il aperçut une chemise propre, damassée, à col mou, avec une manche à moitié arrachée.

– Cette chemise, dit-il. J'aimerais l'acheter. (Il plongea la main dans la charrette et la sortit de la pile.) Vingt-cinq cents, ça irait?

Rosskam examina Francis comme il aurait examiné un crapaud d'une espèce rare.

– Prends-les sur ma paye, dit Francis. Marché conclu?

– Et depuis quand une cloche a besoin d'une chemise propre?

– Celle que j'ai sur moi pue comme un chat crevé.

– Un clodo qu'aime être propre sur lui. Un clodo qu'a sa fierté et qu'aime être propre sur lui, voilà ce que j'ai récolté.

Katrina défit le paquet qui se trouvait sur la table de la salle à manger, puis elle prit Francis par la main et le fit se lever de sa chaise. Elle déboutonna sa chemise bleue de travail.

– Enlève ce vieux machin, dit-elle, et elle brandit son cadeau, une chemise de soie blanche damassée, quelque chose qui était aussi exotique pour Francis que les fruits de mer et le Château Pontet-Canet qu'il venait de déguster.

Quand il fut torse nu, il reçut comme un choc un baiser de Katrina et sentit ses doigts qui exploraient toute la surface de son dos. Il la tenait dans ses bras comme il aurait tenu un vase de cristal, conscient de sa fragilité à elle mais aussi de la sienne à lui. Quand il put voir de nouveau ses lèvres, ses yeux, la sainte vallée de sa bouche, quand il la vit là, à quelques centimètres de lui, les mains agrippées à son dos nu, il porta à son tour ses doigts sur le visage et le cou de Katrina. Imitant ce qu'elle faisait, il se mit à explorer les zones exposées de ses épaules et de sa gorge, laissant la courbe naturelle de son col le guider jusqu'au premier bouton de son chemisier. Puis, lentement, comme si leurs doigts dansaient un ballet, les siens à elle revinrent vers sa propre poitrine, frôlant au passage les doigts de Francis, qui poursuivaient leur tâche avec la plus grande douceur, et Katrina fit tomber le long de son épaule gauche l'encombrante bretelle de sa combinaison. Ses doigts à lui firent alors le même geste pour son épaule droite. Il tremblait de plaisir et d'émotion, n'osant qu'à peine penser aux possibilités qui existaient en dessous de la ligne de démarcation tracée par la lingerie tombée.

– Tu aimes ma cicatrice? demanda-t-elle, en effleurant légèrement la cicatrice ovale, blanche bordée de rose, qui marquait la naissance de son sein gauche.

– Je ne sais pas, dit Francis. Je ne suis pas sûr que j'aime les cicatrices.

– Tu es le seul homme, en dehors de mon mari, et du docteur Fitzroy, à l'avoir vue. Je ne peux plus jamais porter de robe décolletée. C'est tellement laid, cette chose, que je crois que mon poète adorerait ça. Ça t'offusque?

– C'est là. Ça fait partie de vous. Ça ne me dérange pas. Rien de ce que vous faites ne me dérange, ni rien de ce qui vient de vous.

– Tu es adorable.

– Et comment est-ce que ça a pu vous arriver?

– Un morceau de bois enflammé, pendant un incendie, qui a volé dans les airs et m'a transpercée comme une flèche. C'était l'incendie de l'hôtel Delavan.

– Oui. J'avais entendu dire que vous étiez dans cet incendie. C'est une chance qu'il ne vous ait pas frappée dans le cou.

– C'est vrai, je suis une femme qui a beaucoup de chance, dit Katrina, et elle s'appuya contre lui et l'entoura à nouveau de ses mains. Et à nouveau ils s'embrassèrent.

Il ordonna à ses mains de s'approcher des seins de Katrina, mais elles refusèrent. Tout ce qu'elles consentirent à faire, c'est de rester fermement agrippées à ses bras nus. C'est seulement lorsqu'elle déplaça ses doigts des omoplates de Francis vers le creux sous ses bras que ses doigts à lui osèrent se rapprocher du creux sous ses bras à elle. Et c'est seulement lorsque, s'étant un peu reculée à nouveau, elle se mit à pincer et caresser de ses doigts la toison précoce sur la poitrine de Francis, qu'il permit à ses doigts à lui d'explorer la courbe fluide, la blancheur charnue, la plénitude palpitante de ses seins magnifiques, pour finir par les pointes rosées qui observaient pour lui un état de parfaite catalepsie.

Quand Francis passa sa nouvelle chemise et jeta la vieille à l'arrière de la charrette, il vit Katrina, debout sur son perron de l'autre côté de la rue, qui lui faisait signe. Elle le conduisit jusqu'à une chambre qu'il n'avait jamais vue, et là, il vit une muraille de flammes l'assaillir sans détruire ne fût-ce que l'ourlet de sa robe – cette même robe qu'elle portait ce jour d'été de 1897 où elle était venue le voir jouer au baseball. Il se tenait de l'autre côté du lit conjugal, de l'autre côté d'une passerelle d'années d'amour et de saisons de rêve.

Jamais il n'y aurait une femme comme Katrina. Qui l'avait forcé d'abord à essayer cette chemise devant elle, puis à l'emporter chez lui pour qu'un jour elle puisse le voir dans la rue portant la chemise, et qu'elle revive alors cette journée; qui l'avait forcé, pour commencer, à trouver pour la chemise une cachette hors de chez lui, le temps de penser à une excuse: comment justifier le fait qu'un gosse de dix-sept ans appartenant à un milieu ouvrier ait en sa possession une chemise comme seuls pourraient s'en payer les poètes sublimes, les acteurs de théâtre, ou les nababs du bois de charpente. Il inventa une histoire de gage: il avait joué au poker dans un club, en ville, avec un type qui s'était trouvé à court de dollars et qui avait joué sa chemise neuve; Francis avait examiné la chemise, elle lui avait plu, il avait accepté, et c'est lui qui avait gagné la partie grâce à un full.

Sa mère n'eut pas l'air de trop croire à cette histoire. Mais elle ne fit pas le rapprochement entre le cadeau et Katrina. Elle trouvait toujours moyen, malgré tout, de dire du mal de Katrina devant Francis, comprenant qu'il s'était lié d'amitié, ou peut-être davantage, non seulement avec une femme, mais avec la femme à qui appartenait l'arbre ennemi.

Elle est prétentieuse, hautaine. (Faux, disait Francis.)

Désordre, mauvaise ménagère. (Va donc voir toi-même, disait Francis.)

Elle fait son intéressante en restant assise près de sa fenêtre avec un livre. (Là, Francis, à court d'arguments s'il s'agissait de défendre un livre, rageait en silence et quittait la pièce.)

Dans les fenêtres de flammes qui assaillirent Katrina et son lit, Francis vit des corps nus accouplés, se tordant dans une étreinte lascive, s'étreignant jusqu'à la douleur. Il vit lui-même et Katrina dans un furieux assaut qui n'avait jamais eu lieu dans la réalité, puis dans des caresses comblées qui auraient pu avoir lieu, puis dans une fusion sublime du désir qui, elle, ne cesserait jamais d'exister.

S'étaient-ils aimés? Non, ils ne s'étaient jamais aimés. Ils s'étaient toujours aimés. Ils avaient connu un amour qu'aurait traîné dans la boue le poète de Katrina. Et eux, leur imagination s'était traînée dans la boue pour trouver là une forme d'amour que le poète de Katrina aurait approuvée, célébrée. L'amour est toujours incomplet. C'est toujours un mensonge. Amour, tu es la chemise propre de mon âme. Pauvre imbécile d'amour.

Francis étreignit Katrina et s'enfonça en elle avec la sève irréprochable du premier amour, et elle lui donna en échange non pas un être vivant mais un mot: compassion. Et le mot gonfla comme la miséricorde de son membre gonflé qui se dressait pour offrir à Katrina le don durable, érubescent, du péché réparateur. Et alors cette femme, se dissimulant au centre même des flammes, vint faire irruption dans sa vie, lui souriant avec la magnifique lubricité de ses rêves. Et elle éveilla en lui le désir d'avoir un amour qui soit tout à lui, un amour qui n'appartiendrait à nul autre homme, qu'il n'aurait jamais à partager avec un homme ou un garçon comme lui.

– Hue! cocotte, cria Rosskam.

Alors, tandis que le soleil approchait de son zénith, la charrette se mit à dévaler la pente, et, au bout de Colonie Street, le cheval prit la direction du Nord.

# V

Ah! dis-moi, donc, bergère, dans ton pays, les filles sont-elles aussi jolies? Mais oui, mon bon monsieur, chez moi il y a de jolies filles, et tralalaire et tralala.

C'était charmant, cette vieille chanson.

Les yeux posés sur le mur qu'éclairait le soleil de l'après-midi, Helen fredonnait. Elle était dans son kimono: ce kimono, c'était de la soie de bazar, hélas! mais il n'était pas dépourvu d'élégance, ça ressemblait tellement à de la vraie soie qu'on ne voyait pas la différence; personne d'autre que Francis ne l'avait jamais vue dedans, et plus personne ne la verrait dedans; personne ne l'avait vue faire le jour où elle l'avait adroitement piqué dans un rayon de Woolworth; dans ce kimono donc, sans rien dessous, elle s'enfonça encore un peu plus dans le vieux fauteuil qui perdait son rembourrage; et elle resta là à regarder, sur la gravure au verre cassé, le cygne recouvert de poussière; le cygne au joli col blanc, au joli dos blanc: adieu mon beau cygne.

Ta da da
Ta da di da da
Ta da di da da
Ta da da.

Elle chanta. Et le monde en fut transformé.

Ô pouvoir exquis qu'a la musique de faire retrouver sa jeunesse à Helen. La mélodie la ramenait à cette époque de porcelaine où elle avait la très noble ambition de faire une carrière classique. Son projet, qui avait commencé par être celui de son père pour elle, était de marcher sur les traces de sa grand-mère, et d'atteindre des sommets qui feraient d'elle la gloire de la famille: d'abord Vassar College, puis, si elle était vraiment aussi douée qu'elle semblait l'être, le

Conservatoire de Paris, ensuite le monde des concerts, et, pour finir, le monde entier. Comme sa grand-mère Archer le lui avait dit quand Helen semblait fléchir, si on aime quelque chose suffisamment fort, on est prêt à mourir pour ce quelque chose, car dès qu'on aime de toutes ses forces, cela tue en nous notre petit moi égoïste, et donc on n'a plus peur de mourir. Serais-tu prête à mourir pour ta musique? demandait Helen. Et sa grand-mère répondait: je crois que c'est déjà fait. Un mois plus tard, la mort la fauchait pour de bon.

Adieu, mon beau cygne.

La première mort d'Helen.

Elle connut la seconde à Vassar College, pendant un cours de mathématiques, deux mois après son arrivée comme étudiante de première année. Mme Carmichael, qui était jeune, jolie, qui boitait un peu et qui portait des talons hauts, vint la chercher pour l'emmener au parloir. Vous avez une visite, dit Mme Carmichael, votre oncle Andrew. Son oncle Andrew lui apprit que son père était malade.

Et, dans le train de Poughkeepsie, il remplaça malade par mort.

Et dans la voiture qu'ils avaient prise au terminus d'Albany et qui remontait State Hill, il ajouta que son père, si incroyable que cela puisse paraître, s'était jeté du haut du viaduc de Hawk Street.

Helen, qui arrivait mal à distinguer en elle la part de la peur et la part du chagrin, retint ses larmes pendant l'enterrement et les deux jours qui suivirent; jusqu'au moment où sa mère lui annonça, Vassar, ma chère enfant, c'est terminé. Si Brian Archer s'était tué, c'est qu'il avait dilapidé son argent, et l'argent qui restait ne serait pas gaspillé à payer des études à une petite sotte comme Helen; il servirait à financer la dernière année de Patrick à la faculté de droit d'Albany. En effet un juriste peut assurer le salut de sa famille. Alors qu'une pianiste de concert, à quoi est-ce que ça peut bien servir, je vous le demande.

Helen avait le sentiment qu'elle était dans ce fauteuil depuis des heures, même si elle n'avait aucun moyen de vérifier la durée réelle. Il lui semblait bien qu'une heure au moins s'était écoulée depuis que le vieux Donovan, tout infirme, était venu à sa porte et lui avait dit: Helen, est-ce que ça va bien? Vous n'avez pas bougé de la journée. Vous ne voulez pas manger quelque chose? Je fais du café, vous en voulez? Et Helen avait dit: Oh merci, vieil infirme, de bien vouloir te rappeler que j'ai un corps, alors que moi j'en ai presque totalement oublié l'existence. Et non, non merci, mon bon monsieur, pas de café. Dans ton pays, les hommes sont-ils aussi gentils?

*Freude, schöner Götterfunken,*
*Tochter aus Elysium!*

La journée avait pratiquement commencé en musique. Helen avait quitté la voiture de Finny en fredonnant le « Te Deum »: en quel honneur, elle n'aurait pas su le dire. À six heures du matin, alors qu'il faisait encore nuit, et que Finny et l'autre type ronflaient tous les deux, il se trouve que c'était cela le thème musical qui avait accompagné son chemin. Tout en marchant, elle pensait à son avenir immédiat et à ses douze dollars: douze dollars, voilà tout ce qui lui restait comme capital au bout de sa vie; c'était une somme dont elle s'était bien gardée de parler à Francis, une somme qu'elle dissimulait soigneusement dans son soutien-gorge.

Ne touche pas à mes seins, Finny, ils me font trop mal, avait-elle dit et répété, de peur qu'il ne découvre l'argent. Finny avait accepté, il s'était contenté de la palper entre les cuisses. Il avait essayé de toutes ses forces d'éjaculer, et elle, Seigneur ayez pitié d'elle, avait fait ce qu'elle pouvait pour l'aider. Mais il n'était pas parvenu à ses fins, et, à bout de forces, indifférent, il était retombé sur la banquette et s'était endormi. Helen, elle n'avait pas dormi, elle n'avait pas pu. Le sommeil lui paraissait de l'ordre des choses révolues.

La seule forme de repos qu'elle connaissait, depuis plusieurs semaines, c'était une manière de rêve éveillé: des anges chantant la gloire du Seigneur, des multitudes agenouillées devant l'Agneau de Dieu, d'humbles chenilles qui finissaient par créer un immense papillon de cheveux d'ange; oui, c'était cela la vision joyeuse d'Helen

Pourquoi Helen était-elle joyeuse dans cet état de veille? Parce qu'il lui était donné de se retirer loin des amours coupables et des araignées sanguinaires. Parce qu'elle avait découvert l'art de se réfugier dans la musique et les plaisirs de la mémoire. Elle remit sa culotte, se glissa hors de la voiture, et se mit à marcher dans le jour naissant; dans le ciel nocturne qui commençait à pâlir, l'étoile du matin était encore visible. Vénus, tu es ma bonne étoile.

Helen marcha vers l'église en courbant la tête. Elle était en train de regarder où elle mettait les pieds quand l'ange apparut (et elle qui était encore dans son kimono...); il l'appela: *Sentez-vous vos âmes pleines, D'un ardent et noble espoir?*

Merveilleux.

L'église était l'église Saint-Antoine: saint Antoine de Padoue, le pilier du nouveau testament, celui qui faisait des miracles, qui pourfendait les hérétiques, qui retrouvait les objets perdus; le saint patron des pauvres, des femmes enceintes et des femmes stériles. C'est dans cette église qu'allaient les Italiens pour sauver leur âme, eux qui, dans cette ville, étaient les nouveaux Irlandais et les nouveaux nègres. D'habitude, Helen allait à la Cathédrale de l'Immaculée-Conception, un peu plus haut sur la colline, mais avec sa tumeur qui pesait le poids d'une pierre dans son ventre, elle choisit Saint-Antoine, plus facile d'accès, malgré le fait que les Italiens lui faisaient peur. Les Italiens avaient toujours un air sombre, menaçant. Et puis elle n'aimait pas trop la nourriture qu'ils mangeaient – leur ail, surtout. On aurait dit que ces gens-là ne mouraient jamais. C'est parce qu'ils mangent de l'huile d'olive toute la journée, lui avait dit sa mère: qui peut se vanter d'avoir jamais vu un Italien malade?

De dehors, on entendait l'orgue résonner à l'intérieur de l'église, avant le début de la messe, et Helen, sur le trottoir, savait que la journée s'annonçait bonne pour elle, avec cette musique bénie qui l'accueillait dès l'aube. Dans l'église, il y avait peut-être trois douzaines de personnes, pas grand monde pour une fête d'obligation. Ce n'est pas tout un chacun qui comprend comme Helen ce que c'est qu'une obligation, mais il faut dire aussi qu'il n'était pas encore sept heures du matin.

Helen remonta toute la nef et alla s'asseoir au troisième rang, à gauche de l'allée centrale ; il y avait devant elle un homme qui, de dos, ressemblait à Walter Damrosch, le chef d'orchestre. Elle aperçut soudain le présentoir à cierges, elle se leva, s'en approcha, et mit dans le tronc les deux cents qu'elle avait dans la poche de son manteau, c'était toute sa monnaie. L'organiste faisait des improvisations libres à partir d'airs grégoriens, et pendant ce temps-là Helen alluma un cierge offrant un Je Vous Salue Marie pour que le Seigneur aide Francis à y voir clair dans ses problèmes. Il avait tant à se reprocher, le pauvre.

Helen avait le sentiment d'aider Francis à sa façon, en n'allant pas le retrouver. Elle avait pris cette décision pendant qu'elle tenait le petit pénis rêche, flétri, non circoncis de Finny. Elle n'irait pas à la mission, elle n'irait pas retrouver Francis dans la matinée comme prévu. Elle se tiendrait à l'écart de sa vie, à cause d'une chose qu'elle avait comprise : en la déposant une fois de plus auprès de Finny, Francis, qui savait exactement ce que cela impliquait, avait accepté de se faire cocufier, de la souiller, elle, et, du coup, il les avait coupés tous deux de ce qui pouvait subsister de leur amour et de leur estime mutuelle.

Pourquoi Helen avait-elle laissé Francis leur faire ça ?

Eh bien, c'est qu'elle est soumise à Francis, et depuis toujours. C'est elle qui, par cette soumission, avait permis à leur relation de se prolonger pendant neuf ans. Combien de fois s'était-elle éloignée de lui ? Des douzaines de fois. Combien de fois, sachant toujours où le retrouver, était-elle revenue ? Les mêmes douzaines de fois, moins une maintenant.

Pendant qu'Helen était près du présentoir, l'homme qui ressemblait à Walter Damrosh l'observait avec la même attention que, dans ses souvenirs, Walter Damrosh lui-même scrutant du regard la partition de la *Neuvième Symphonie* ; c'est à Bleecker Hall, quand elle avait seize ans, qu'elle l'avait vu faire ça. Écoute bien cette symphonie, lui avait dit son père. Comme l'a noté Debussy, c'est l'éclosion magique d'un arbre dont les feuilles s'ouvrent toutes en même temps. C'est la toute première fois, lui avait dit son père, que la voix humaine intervient dans une œuvre symphonique. Toi aussi, mon Helen, peut-être que tu créeras un jour un grand chef-d'œuvre de la musique. On ne sait jamais ce que contient en germe le cœur humain.

Une clochette résonna, annonçant l'arrivée du prêtre et de deux enfants de chœur qui sortaient de la sacristie, et la messe commença. Helen, qui n'avait pas son chapelet à réciter, chercha quelque chose qu'elle pourrait lire, et elle trouva, sur le banc devant elle, un missel intitulé «Pour bien suivre la messe». Elle lut d'abord l'ordinaire de la messe, puis, à propos de la Toussaint, elle en arriva à la Lecture du Livre de l'Apocalypse: Jean voit un Ange de Dieu qui monte de l'Orient, et l'Ange de Dieu voit quatre autres Anges auxquels il a été donné de nuire à la terre et à la mer, et l'Ange de Dieu dit à ces quatre mauvais Anges: Ne nuisez ni à la terre ni à la mer...

Helen referma le missel.

Comment était-il possible que des anges soient envoyés pour nuire à la terre et à la mer? Elle n'avait jamais lu ce passage, ça ne lui rappelait rien, mais c'était vraiment affreux. Ange du tremblement de terre, toi qui ouvres les entrailles de la terre. Ange de la mer des Sargasses, toi qui étouffes la mer sous les algues.

Helen ne supportait pas de penser à des choses pareilles, alors elle reporta son regard sur les autres assistants, et elle vit un petit garçon qui avait peut-être neuf ans: un petit garçon qui aurait pu être son fils et celui de Francis, si elle avait eu un enfant au lieu de faire une fausse couche – cette fausse couche était la seule forme de fertilité qu'ait jamais connue son ventre. Devant le petit garçon, il y avait une femme agenouillée qui avait la maladie de Parkinson et des os tout tordus; on voyait ses deux mains déformées qui s'accrochaient au dossier du prie-Dieu. Ô Seigneur, calmez son tremblement et redressez ses os, pria Helen. Puis le prêtre se mit à lire l'Évangile. Bienheureux ceux qui pleurent, car ils seront consolés. Vous serez heureux, lorsque les hommes vous maudiront et vous persécuteront et diront toute sorte de mal de vous à cause de moi. Réjouissez-vous et tressaillez de joie, parce que votre récompense sera grande dans les Cieux.

Réjouissez-vous. Oui.
*Ah ! qu'un hymne retentisse*
*À vos cœurs mêlant nos cœurs.*

Helen ne put pas rester debout pendant tout l'Évangile. Une faiblesse la saisit, et elle se rassit. Après la fin de la messe, elle tâcherait d'avaler quelque chose. Une tasse de café, un morceau de toast.

Elle tourna la tête et recensa le nombre des présents: l'église était maintenant au tiers pleine, cent cinquante personnes peut-être. Ça n'était sûrement pas tous des Italiens, d'ailleurs il y avait une femme qui ressemblait un peu à la mère d'Helen, l'imposante Mme Mary Josephine Nurney Archer, dans son élégante capeline noire. Helen avait un point commun avec Francis: ils avaient tous deux été victimes du mépris de leur mère.

Ce n'est qu'au bout de vingt et un ans qu'Helen avait découvert, plié dans un agenda fermé à clef, le simple bout de papier qui représentait le dernier testament de son père; c'est le testament qu'il avait rédigé après avoir décidé de se suicider, et Helen en avait jusqu'alors ignoré l'existence. Il laissait à Helen la moitié du peu de fortune qui lui restait, le reste devant être partagé entre sa mère et son frère.

La mère d'Helen était entre-temps devenue paralytique; Helen s'en occupait, seule, depuis dix ans, pour la mener doucement à la tombe. Quand elle avait découvert le testament, elle le lui avait lu à haute voix, et avait reçu en échange un sourire de triomphe maternel: oui, elle avait volé à Helen son avenir afin que la mère et le fils puissent vivre comme une paonne et un paon, un fils qui était devenu un avocat plus ou moins véreux connu pour le talent avec lequel il savait dépouiller les veuves de leur héritage; c'est ce fils qui raccroche toujours quand Helen lui téléphone.

Helen ne t'a jamais rendu la monnaie de ta pièce pour ce que, sans le comprendre, tu lui as fait, Patrick. Même toi, qui fus le principal bénéficiaire de l'opération, tu n'as jamais compris jusqu'où étaient allées l'hypocrisie et la malhonnêteté de ta mère. Mais avec elle, oui, Helen put prendre sa revanche; elle la quitta le jour même et partit pour New York, laissant à son cher frère le soin de s'occuper d'elle jusqu'à la fin; c'est ce qu'il avait fait en plaçant la vieille dame infirme dans ce qu'Helen appellerait volontiers un asile (et qui était en fait la maison de retraite municipale), laissant à la municipalité d'Albany le soin de payer les frais.

Toute seule à l'asile, abandonnée des siens.

Où sont donc passées vos plumes de paon, ma mère?

Enfin, Helen. Comment oses-tu être si rancunière? N'as-tu pas eu toi-même ton plumage, à une certaine époque, même si cela n'a pas duré, même si c'était il y a bien longtemps? Non mais regarde-toi, assise là, les yeux rivés sur le lit aux draps sales qui semble t'inviter. Ta délicatesse s'offusque de ces draps, n'est-il pas vrai? Pas seulement à cause de leur saleté, mais aussi parce que tu détestes l'idée d'être allongée sur le dos sans rien d'un peu joli sur quoi poser les yeux, non, rien que le plâtre tout fendillé et la peinture du plafond qui s'écaille; alors que, tant que tu restes assise dans le fauteuil, tu peux au moins regarder ce cygne qui est ta grand-mère, ou même ce carton bleu à la porte avec une horloge dessinée dessus, qui pourrait t'aider à évaluer à quel moment de ta vie tu en es. PRIÈRE DE ME RÉVEILLER À...: comme si, dans un établissement comme celui-ci, ça pouvait venir à l'idée des clients de se servir d'un truc de ce genre... de toute façon, à supposer qu'ils s'en servent, il y aurait peu de chance pour que le vieux Donovan s'en aperçoive ou en tienne le moindre compte. De l'esbroufe.

Quand, dans une chambre comme celle-ci, tu es assise sur le rebord du lit, en te retenant au montant de cuivre, et que tu regardes ces draps sales, que tu vois les flocons de poussière accumulés dans les coins, il te prend une irrésistible envie d'aller jusqu'au cabinet de toilette, où tu viens de dégueuler pendant une demi-heure, et de te laver à fond. Non. L'envie qui te vient, c'est d'aller jusqu'à la salle de bains à l'autre bout du couloir, celle où se trouve la baignoire dans laquelle tu as si souvent dû tuer et noyer les cafards avant de te mettre à la récurer, et je te frotte, et je te frotte. Tu irais jusqu'à la salle de bains dans ton kimono japonais, avec un savon aux amandes douces enveloppé dans ta serviette de bain rose, et les tapis du couloir seraient doux et épais sous les semelles de tes mules; ce sont les mules que tu laissais sous le lit quand tu étais petite fille, les mules avec le gland de laine marron sur le dessus, et la doublure jaune douce comme de la peau d'agneau, les mules que tu avais trouvées sous l'arbre de Noël emballées dans une boîte de chez Whitney's. Tiens, le Père Noël fait ses courses chez Whitney's.

Quand finalement plus rien de tout ça n'a d'importance, ni Whitney's, ni le Père Noël, ni les chaussures ni les pieds, ni même Francis; quand cela même qui ne cesserait, pensais-tu, qu'avec ton dernier souffle s'est complètement effiloché, et quand tu es le genre de femme que tu es, alors tu t'accroches fermement au montant du lit; avec la même assurance que tu aurais pour marcher pieds nus dans le couloir, ou dans tes chaussures dont une bride est cassée, pour marcher sur le vieux tapis élimé, crasseux, et aller te laver sous les bras et entre les seins (tes vieux seins fripés), en te servant du gant de toilette, afin d'atténuer tes odeurs corporelles, comme tu ferais tout cela s'il y avait quelqu'un pour qui se donner cette peine.

Bien sûr Helen se hausse du col avec cette pensée, car elle est bien comme sa mère, lavant le gant de toilette à l'eau froide, pas le choix, et n'osant se laver la figure avec que quand elle l'a lavé deux fois. Ce qu'elle fait ensuite (ce qu'elle faisait, ce qu'elle ferait, oui c'est la vérité, tu l'imagines? tu t'en souviens?) c'est de se mettre sur tout le corps du talc «Madame Pompadour», de se mettre derrière les oreilles une goutte de parfum «Violette de Paris», de donner à ses cheveux soixante coups de brosse dans un sens, soixante coups de brosse dans l'autre, et de dire à son image dans la glace, «il faut souffrir pour être belle». Arthur aimait qu'elle soit belle.

Quand Helen sortit de l'église Saint-Antoine après la messe, elle vit un homme qui ressemblait un peu à Arthur, un peu chauve comme Arthur l'avait toujours été. Ce n'était pas lui, car Arthur était mort, et il l'avait bien mérité. En 1906, à dix-neuf ans, Helen avait trouvé du travail dans le magasin de pianos d'Arthur. Au début, elle vendait seulement des partitions, mais par la suite son travail avait consisté à montrer aux clients quels sons magnifiques on pouvait tirer des pianos d'Arthur pour peu qu'on sache s'y prendre.

Regardez-la assise devant le piano droit Chickering, jouant « Viens donc faire un tour chez moi » pour ce couple élégant qui n'y connaît rien du tout. Et regardez-la devant le piano à queue Steinway, jouant une suite de Bach pour cette belle femme qui, elle, s'y connaît. Regardez comment, dans les deux cas, grâce au talent magique d'Helen, les clients achètent le piano.

Mais un jour elle a vingt-sept ans et sa vie derrière elle; elle a en tout cas compris qu'elle ne se marierait jamais, et que sa musique ne la mènerait sans doute jamais plus loin que les quatre murs de ce magasin; ce jour-là, Helen se met à penser à Schubert, dont le seul métier consistait à enseigner la musique à des enfants, qui était pauvre et malade, qui gagnait de quinze à vingt sous pour chaque chanson qu'il composait et qui, à trente et un ans, était mort; cet affreux jour, Helen s'assied devant le piano à queue d'Arthur et elle se met à jouer « Qui est Silvia? », puis elle joue tout ce qu'elle arrive à se rappeler du vol du corbeau dans *Le Voyage d'hiver*.

La fleur en bouton de Schubert,
Qui s'ouvre en une fleur invisible,
Comme Helen.
Est-ce à cause d'Arthur?

Arthur la tenait prisonnière de son amour le mardi et le jeudi, jours où le magasin fermait de bonne heure, et aussi le vendredi soir, jour où il disait à sa femme qu'il allait aux répétitions du Club Mendelssohn. Voici Helen, dans la petite chambre de High Street, derrière les rideaux tirés, assise nue sur le lit cependant qu'Arthur se lève, passe sa robe de chambre et disserte, non plus sur les plaisirs du lit, mais sur la *Missa Solemnis*, ou peut-être sur les lieder de Schubert, ou encore, voyons, sur la radieuse *Neuvième*, que Berlioz comparait aux premiers rayons du soleil levant au mois de mai.

Il parlait des trois, en réalité, et de beaucoup, beaucoup d'autres, et Helen écoutait avec adoration les propos du merveilleux Arthur tandis que sa semence s'écoulait d'elle, et elle aurait voulu connaître et posséder toute la musique jamais jouée, chantée, ou imaginée au monde.

Dans sa nudité pendant cette succession de mardis et de jeudis, et pendant ces vendredis semblables les uns aux autres, Helen voit maintenant le germe stérile d'un rêve de femme : un germe qui pousse et donne finalement une graminée informe qui vole au vent, graminée qui n'a aucune valeur d'aucune sorte, même pour sa propre espèce, car elle ne produit pas de graines à son tour ; le changement se produit au cours d'une belle journée, comme c'est le cas pour toutes les herbes folles, puis elle se fane, elle meurt, elle tombe, elle disparaît.

La fleur en bouton d'Helen.

On ne sait jamais ce que contient en germe le cœur humain.

Qui eût cru qu'Arthur abandonnerait un jour Helen pour une femme plus jeune, une secrétaire n'ayant aucune oreille, totalement ignare en matière de musique, et avec un gros derrière.

Tu peux rester aussi longtemps que tu voudras, mon ange, avait dit Arthur à Helen ; je n'ai jamais eu une vendeuse aussi formidable que toi.

Hélas ! pauvre Helen, appréciée pour de mauvaises raisons par l'exquis Arthur, à qui il fut donné de faire du mal à Helen ; qui fit l'éducation de son corps et de son âme, pour ensuite rejeter l'un et l'autre en enfer.

De l'église Saint-Antoine, Helen regagna South Pearl Street, et remonta la rue vers le Nord à la recherche d'un café. Elle se serait bien vue assise à l'une des petites tables du salon de thé de State Street, où l'on servait d'élégants sandwiches au cresson, sans la croûte, du thé dans des bols japonais avec des soucoupes, et de petits cubes de sucre dans un sucrier en argent avec une ravissante pince à sucre elle aussi en argent.

Mais elle se contenta de la cafétéria Waldorf, où le café coûtait cinq cents et un toast beurré dix cents. Discrètement, elle sortit un de ses billets d'un dollar de son soutien-gorge et le tint bien serré dans sa main à l'intérieur de la poche gauche de son manteau. Elle ne le lâcha que le temps nécessaire pour aller poser le café et le toast sur une table, puis elle le serra de nouveau, ce billet qui avait maintenant un trou de quinze cents. Onze dollars quatre-vingt-cinq, voilà tout ce qui lui restait. Elle mit du sucre et de la crème dans son café, puis elle en but une ou deux gorgées. Elle mangea la moitié d'un toast, mordit dans l'autre et laissa le reste. Elle finit son café, mais la nourriture n'arrivait pas à passer.

Elle paya son addition à la caisse et retourna sur North Pearl, serrant sa monnaie dans sa main fermée. Elle se demandait où pouvait bien être Francis, et ce qu'il fallait qu'elle fasse maintenant. Malgré le soleil qui réchauffait un peu l'atmosphère, l'air était vif, et elle aurait bien aimé être à l'intérieur quelque part. Elle se dirigea donc vers la bibliothèque municipale qui était un havre possible. Elle s'assit à une table, toute transie. Petit à petit elle se réchauffait mais elle était encore glacée jusqu'aux os. Sans fausse honte, elle piqua un petit somme, prenant son vol vers la côte ensoleillée où passent les oiseaux blancs, et une bibliothécaire aux cheveux blancs la secoua pour la réveiller et lui dit: «Madame, le règlement ne permet pas qu'on dorme ici»; puis elle posa devant Helen un vieux numéro de *Life Magazine*, prit sur la table d'à côté le *Times-Union* du matin, présenté sur un bâton, et le lui donna en disant: «Mais si vous souhaitez lire, vous pouvez rester ici aussi longtemps que vous voudrez.» La femme sourit à Helen derrière son pince-nez, et Helen lui rendit son sourire. Il y a des gens gentils sur terre, et quelquefois c'est sur eux qu'on tombe. Quelquefois.

Helen feuilleta *Life* et remarqua sur une photo qui représentait une interminable file d'attente à Saint Louis, en plein hiver: sur une centaine de mètres, des hommes et des femmes, vêtus de manteaux et de chapeaux sombres, les mains enfoncées dans les poches, attendant qu'on leur distribue leurs allocations de chômage. Elle vit une photo de Millie Smalls, une blanchisseuse noire toute souriante, qui gagnait quinze dollars par semaine et qui venait de gagner 150 000 dollars avec son billet de loterie irlandaise.

Helen referma le magazine et regarda le journal. Beau et moins froid, disait la météo. Menteuse. Peut-être qu'aujourd'hui ça montera jusqu'à dix, mais hier il faisait zéro. Glacial. Helen frissonna et se dit qu'elle devrait prendre une chambre. D'après les derniers sondages, Dewey mène devant Lehman. Le professeur Benjamin Ross, de l'Observatoire Dudley, à Albany, affirme que les Martiens ne peuvent pas attaquer la terre, et il ajoute: « Il est difficile d'imaginer qu'une fusée ou qu'un vaisseau spatial puisse atteindre la terre. La terre est une très petite cible, et un vaisseau spatial venant de Mars aurait toutes les chances de passer à côté. » Le maire d'Albany, M. Thatcher, dément l'information selon laquelle il y aurait eu 5 000 électeurs inscrits frauduleusement en 1936. Une femme s'empoisonne en apprenant que son fils s'est tué en essayant d'attraper un train de marchandises en marche.

Helen tourna la page et tomba sur l'article de Martin Daugherty concernant Billy Phelan et le kidnapping. Elle le lut et se mit à pleurer, n'y comprenant rien, sachant bien que si Francis se détachait d'elle, c'était à cause de sa famille. Si Francis et Helen avaient encore une maison à eux, Francis ne la quitterait jamais, jamais. Mais, depuis le début de 1930, ils n'avaient plus jamais eu de maison. À l'époque, Francis travaillait comme réparateur dans le South End. Pour que personne ne puisse le reconnaître, il portait la barbe, et il se faisait appeler Bill Benson. Et puis l'atelier de réparations avait fait faillite, et Francis s'était remis à boire. Au bout de quelques mois sans travail, et sans espoir d'en trouver, il avait quitté Helen. « Je ne te sers à rien du tout, ni à toi ni à personne, avait-il dit juste avant de partir, un soir qu'il avait le vin triste. J'ai toujours été un rien du tout, et ça n'est pas près de changer. »

Quelle lucidité, Francis. Quel véritable don de prophétie que d'avoir vu que tu serais toujours un rien du tout, même aux yeux d'Helen. En ce moment Francis est quelque part, tout seul, et même Helen ne l'aime plus. Plus du tout. Parce que tout ce qui touche à l'amour de près ou de loin est mort, usé par la fatigue. Ce n'est pas de façon sentimentale qu'Helen aime Francis, cet amour-là s'est fané il y a bien longtemps, ce fut une rose qui fleurit l'espace d'un matin, puis mourut à jamais. Ce n'est pas non plus en tant que compagnon qu'elle aime Francis, parce qu'il passe son temps soit à l'engueuler, soit à l'abandonner, et à laisser n'importe qui la peloter. Et ce n'est sûrement pas en tant qu'instrument de plaisir, parce que, de ce côté-là, il n'est plus capable de rien du tout. Il a essayé tant qu'il a pu, il s'est donné un de ces mals, tu n'en reviendrais pas, Finny, mais ça n'a abouti à rien, sauf que ça faisait mal à Helen de voir ça. Ça ne lui faisait pas mal physiquement, parce que ces organes-là, chez elle, c'est tellement vieux, tellement distendu, que rien ne peut plus lui faire de mal.

Même quand Francis avait toute sa force, il n'arrivait pas à la pénétrer jusqu'au bout, parce qu'elle était trop profonde pour lui. À l'époque il lui fallait un très gros calibre, pas comme Francis. Il y a une chose qu'elle avait comprise, quand elle s'était mise à cavaler un peu, après Arthur qui, lui, avait une grande queue; mais elle ne trouvait jamais chaussure à son pied. Une fois, peut-être. Qui était-ce, déjà? Helen n'arrive pas à mettre un visage sur ce «une fois». Elle ne se rappelle rien du tout sauf que, cette nuit-là, cette fois-là, quelque chose en elle fut touché: quelque chose au plus profond d'elle-même qui n'avait jamais été touché jusque-là et qui ne le fut plus jamais depuis. C'est à ce moment-là qu'elle s'est dit: Voilà pourquoi il y a des filles qui en font leur métier. Parce que c'est une telle jouissance, et comme ça il y a toujours quelqu'un, un nouveau type, qui peut vous aider à la trouver.

Mais une femme comme Helen n'aurait pas vraiment pu faire ça, elle n'aurait jamais pu ouvrir les cuisses pour n'importe quel type qui se présentait sous prétexte qu'il lui refilait de quoi vivre un jour de plus. Qui oserait prétendre qu'Helen a jamais été comme ça?

L'Hymne à la joie, s'il vous plaît.

*Freude, schöner Götterfunken,*
*Tochter aus Elysium!*

Helen avait l'estomac qui gargouillait, et elle quitta la bibliothèque pour aller respirer profondément l'air salubre du matin. Pendant qu'elle descendait Clinton Avenue et qu'elle prenait Broadway vers le Sud, elle sentit une vague nausée s'emparer d'elle. Elle s'arrêta entre deux voitures en stationnement et s'appuya à un poteau télégraphique, prête à vomir. Mais la nausée passa, et elle continua de marcher. Devant la gare de chemin de fer, elle eut soudain le regard attiré par les instruments de musique qui étaient en devanture dans la Modern Music Shop. Elle laissa ses yeux errer sur les banjos et les ukulélés, le tambour à timbre et le trombone, la trompette et le violon. Au-dessus des instruments, il y avait des disques exposés sur des présentoirs: Benny Goodman, les Dorsey Brothers, Bing Crosby, John McCormack chantant Schubert, l'Appasionata de Beethoven.

Elle entra dans le magasin et regarda les instruments de musique, les toucha. Elle regarda les partitions des nouvelles chansons, «The Flat Foot Floogie», «My Heart Belongs to Daddy», «You Must Have Been a Beautiful Baby». Elle alla au comptoir et demanda au jeune vendeur qui avait des cheveux bruns bien lisses: «Avez-vous la Neuvième Symphonie de Beethoven? Elle fit une pause. Et est-ce que je pourrais voir l'album de Schubert que vous avez en devanture?»

«Mais oui, madame, oui à vos deux questions», dit le vendeur. Il alla les chercher et les lui tendit, et il lui indiqua d'un geste la cabine où elle pouvait écouter seule la musique.

Elle commença par le Schubert; «Qui est Silvia?» demandait John McCormack. «Qu'a-t-elle de si rare, pour que nos jeunes paysans fassent tous son éloge?... Est-elle aussi bonne que belle?» Helen adorait McCormack, et elle était folle de Schubert, mais elle arrêta le disque pour mettre à la place le quatrième mouvement de la Symphonie avec chœurs.

*Sainte joie, auguste flamme,*
*Qui pour nous descend du ciel!*

Les mots se bousculaient en allemand, et Helen les convertissait en mots joyeux dans sa propre langue:

*Luttez-vous pour la justice,*
*Êtez-vous déjà vainqueurs?*

Elle était en extase. Les sons lui donnaient le vertige: les hautbois, les bassons, les voix, la grande marche du thème de la fugue. Scherzo. Molto vivace.

Helen s'évanouit.

Une jeune cliente la vit tomber et fut aussitôt à son côté. Lorsqu'Helen revint à elle, elle avait la tête posée sur les genoux de la jeune femme, et le vendeur l'éventait avec une pochette de disque verte. Beethoven, jadis vert et fringuant, vert comme un sous-bois. L'aiguille frottait contre le dernier sillon. La musique s'était arrêtée, mais pas dans la tête d'Helen. Elle l'entendait encore résonner, c'était les premiers rayons du soleil levant au mois de mai.

– Comment vous sentez-vous, madame? demanda le vendeur.

Helen sourit, elle entendait des flûtes et des altos.

– Ça va, je crois. Vous voulez bien m'aider à me relever?

– Reposez-vous quelques minutes, dit la jeune fille. Le temps de vous remettre. Voulez-vous qu'on appelle un médecin?

– Non, non merci. Je sais ce que c'est. D'ici une minute ou deux, tout ira bien.

Mais maintenant elle savait qu'il fallait qu'elle prenne cette chambre, et qu'elle la prenne sans plus attendre. Elle ne voulait pas s'effondrer en traversant la rue. Il lui fallait un endroit bien à elle, au chaud et au sec, avec ses affaires près d'elle. Le vendeur et la jeune cliente l'aidèrent à se remettre sur ses pieds et restèrent près d'elle pendant qu'elle se rasseyait sur la banquette de la cabine d'écoute. Quand ils eurent constaté qu'Helen était bien réveillée et qu'elle n'allait sans doute pas retomber dans les pommes, ils la quittèrent. C'est à ce moment-là qu'elle glissa le disque du quatrième mouvement à l'intérieur de son manteau, sous sa blouse. Elle le plaqua contre sa tumeur dont le médecin disait qu'elle était bénigne. Comment est-ce qu'une tumeur aussi grosse pouvait être bénigne? Elle resserra son manteau autour d'elle autant qu'elle put sans risquer d'abîmer le disque, remercia ses deux bienfaiteurs, et sortit du magasin.

Sa valise était à l'hôtel Palombo, et c'est de ce côté-là qu'elle se dirigea. Ce n'était pas tout près, c'était de l'autre côté de Madison Avenue. Arriverait-elle jusqu'à l'hôtel sans s'effondrer avant? Oui, elle y arriva. Elle était à bout de forces, mais elle trouva le vieil infirme, Donovan, installé sur le palier entre le rez-de-chaussée et le premier étage, qui était tout ce que l'hôtel possédait en fait de hall d'entrée; il était assis dans son rocking-chair à moitié défoncé avec son crachoir à ses pieds. Helen lui dit qu'elle voulait reprendre sa valise et louer une chambre, la chambre qu'ils prenaient toujours, Francis et elle, quand elle était libre. Justement elle était libre.

Six dollars pour reprendre la valise, lui dit le vieux Donovan, et un dollar et demi pour une nuit, ou alors deux dollars cinquante pour deux nuits de suite. Une seule, dit Helen, mais aussitôt après elle se dit: Et si je ne meurs pas cette nuit? J'en aurai encore besoin demain. Elle prit donc le forfait, ce qui lui laissait trois dollars trente-cinq cents.

Le vieux Donovan lui donna la clef de la chambre du premier étage, et il alla chercher sa valise à la cave.

– On ne vous a pas beaucoup vus, dit Donovan en apportant sa valise dans la chambre.

– On était très pris, dit Helen. Francis a trouvé du travail.

– Du travail? Ça alors.

– Notre vie s'organise, voilà ce qu'on peut dire. Nous allons peut-être louer un appartement dans Hamilton Street.

– La chance est revenue. Formidable. Francis viendra ce soir?

– Peut-être que oui, mais ça n'est pas sûr, dit Helen. Ça dépendra de son travail, s'il est très pris ou non.

– Je comprends, dit Donovan.

Elle ouvrit la valise, trouva le kimono et le mit. Alors, elle alla se laver, mais avant de pouvoir se laver elle vomit; elle s'assit par terre devant la cuvette des cabinets, et elle vomit jusqu'à ce qu'il n'y ait plus rien qui vienne; ensuite, pendant cinq bonnes minutes, elle eut encore des haut-le-cœur, et elle finit par avaler quelques gorgées d'eau pour avoir au moins quelque chose à vomir. Dire que Francis croyait qu'elle faisait un caprice, quand elle avait refusé le sandwich au fromage de Jack.

Cela finit par passer, alors elle se rinça la bouche et se passa de l'eau sur ses yeux qui la piquaient, puis elle se lava, oh oui, aussi à fond qu'elle put. Ensuite elle revint à petits pas jusqu'à sa chambre, foulant le tapis élimé. Elle s'assit dans le fauteuil, au pied du lit, et resta là à regarder le cygne et à repenser aux nuits qu'elle avait passées dans cette chambre avec Francis.

Clara, cette petite pute à cent sous, avait piqué son fric au gentil jeune homme en complet marron, et ensuite elle était venue se réfugier ici. Francis avait dit, si tu veux coucher avec un type, couche avec. Sois régulière, merde. Si tu veux piquer son fric à un type, pique-lui son fric. Mais ne commence pas par coucher avec pour ensuite lui piquer son fric. En matière de morale, Francis faisait des distinguos subtils. Clara, pourquoi tu viens ici nous apporter tes problèmes? Tu crois qu'on n'en a pas assez comme ça? Tout ce que Clara avait ramassé, c'était quatorze dollars. Remarquez, c'est déjà une somme.

Helen posa son disque de Beethoven bien en vue sur l'oreiller, au milieu du lit, et admira cet objet précieux. Puis elle fouilla dans sa valise pour voir et pour toucher tout ce qui s'y trouvait: une autre culotte bouffante, le papillon en strass, la jupe bleue avec un accroc, et puis les affaires de Francis, son rasoir mécanique et son couteau pliant, ses vieilles coupures de journaux sur le baseball, sa chemise rouge, et une de ses chaussures marron, la gauche, la droite avait disparu; mais Francis estimait qu'une chaussure, c'est toujours mieux que pas de chaussure du tout. Sandra aussi avait perdu une chaussure, mais Francis la lui avait retrouvée. Il était très serviable, Francis. Très ceci, très cela. Très catholique, même s'il prétendait le contraire. C'est pour ça que Francis et Helen n'avaient jamais pu se marier.

Est-ce que ça n'était pas bien trouvé ça, de mettre la religion en travers de leur mariage?

Est-ce que ça n'était pas une excellente idée?

Car, en vérité, Helen tenait au moins autant que Francis à garder sa liberté. Après Arthur, elle avait décidé qu'elle ne se laisserait plus jamais piéger, même s'il fallait payer le prix.

Arthur, Arthur, il y a longtemps qu'Helen a cessé de t'en vouloir. Elle sait que tu étais un homme assez fluctuant dans tes engagements, pas comme Francis de ce point de vue-là. Elle sait aussi que si tu lui as fait du mal, c'est qu'elle l'a bien voulu.

Helen se rappelle le visage d'Arthur et son expression de soulagement, elle se rappelle comme il avait souri en lui souhaitant bonne chance le jour où elle lui avait annoncé qu'elle partait parce qu'elle avait trouvé un travail qui consistait à accompagner au piano des films muets et des sketches de music-hall. À l'époque, et aujourd'hui encore, elle avançait dans la vie en n'en faisant qu'à sa tête, Helen. Une volonté non de puissance mais de grâce, si on peut dire les choses ainsi, même si cette grâce s'est révélée bien fugitive.

Mais peut-être qu'en croyant n'en faire qu'à sa tête Helen se racontait des histoires?

Peut-être qu'elle avançait, plutôt, en réponse à des impulsions venues de ce quelque chose au plus profond d'elle-même?

Comment se faisait-il que les choses ne tournent jamais bien?

Pourquoi est-ce que la vie d'Helen se fourvoyait toujours dans des ruelles en cul-de-sac, comme une vieille chatte qui traîne dans les rues?

Qui est Helen?

Qui est Silvia, je vous prie?

Répondez.

Helen se lève, elle se retient au montant de cuivre. Les pieds d'Helen sont comme du cuivre poli. Pas du cuivre terni comme celui du lit. Helen est la personne polie avec infiniment de soin qui se trouve au bout du lit du bout de la chambre du bout de l'hôtel du bout de la ville du bout du monde.

Et quand une personne comme Helen se trouve au bout de quelque chose, ça la rend nostalgique et sentimentale. Elle a toujours apprécié les choses raffinées dans la vie: la musique, les mots gentils, les bonnes manières, les fleurs, le soleil qui brille, et les hommes de cœur. Il y a de quoi être triste quand on pense à ce qu'aurait pu être la vie d'Helen si elle avait pris une autre direction que celle qui l'a amenée dans cette chambre.

Il y a peut-être même de quoi pleurer, en se disant que des femmes comme Helen doivent pouvoir vivre assez longtemps pour trouver leur voie, se réhabiliter, découvrir des joies immenses, au lieu de connaître une fin solitaire. On peut se dire aussi qu'il y a eu quelque chose quelque part qui a mal tourné, et que si seulement cette chose-là avait tourné autrement, jamais une femme comme Helen ne serait tombée aussi bas.

Mais c'est là qu'est l'erreur. Car il n'existe pas de femmes comme Helen.

Helen n'est pas le symbole d'un je-ne-sais-quoi perdu, ce n'est pas la personne-qui-s'est-trompée-de-route, la personne qui peut se dire ah-si-j'avais-su.

Helen n'est pas un cas de pur instinct dévoyé, de réponse à des impulsions venues du plus profond d'elle-même et lui enjoignant de vouloir tout posséder, y compris le pouvoir d'autodestruction.

Helen n'est pas un chat qui erre à la fin de sa neuvième vie.

Car, ayant reçu de son père une éducation extrêmement élégante, et ayant su pour sa part cultiver ses dons de façon exquise, Helen a toujours pris elle-même ses décisions, des décisions fondées sur la logique, une assez bonne culture générale, le sens de ses propres limites, et ce qu'elle a pu apprendre, comme tout un chacun, de ses amis, de ses amants, de ses ennemis, et d'autres encore. Elle n'a jamais été blessée à la tête, et, contrairement à ce que certains pourraient croire, son cerveau n'est pas imbibé. Elle n'a jamais omis de lire les journaux, même si, au cours des dernières années, son intérêt s'est un peu émoussé, parce qu'il n'y a pratiquement plus que des mauvaises nouvelles. Elle a toujours écouté la radio et s'est toujours tenue au courant de ce qui se passait dans le monde de la musique. Et l'hiver, à la bibliothèque, elle lisait des romans sur les femmes et l'amour: elle n'ignore rien de la Lily Bart d'Edith Wharton ni de la Daisy Miller d'Henry James. Elle a toujours eu le souci de son apparence et de son hygiène corporelle. Elle a toujours lavé son linge régulièrement, porté des vêtements décents et des boucles d'oreilles, elle a toujours eu son chapelet sur elle, jusqu'au jour où elle se l'est fait voler. Elle n'a jamais dormi en dehors des heures réservées au sommeil. Elle a suivi le cours de sa vie en se disant: j'ai vraiment le sentiment que je fais, en gros, ce qu'il convient de faire. Je crois en Dieu. Je salue le drapeau. Je me lave sous les bras et entre les jambes, et après tout, si j'ai pas mal picolé, qu'est-ce que ça peut faire? Qui est-ce que ça regarde? Est-ce qu'on a fait le compte de tout ce que je n'avais pas bu?

On ne pense pas à ces choses-là quand on traite une femme comme Helen de vieux sac à vin et de vieux sac à sperme. Qu'est-ce qui peut bien leur prendre (comme ce salaud de Petit Rouquin, à l'arrière de la voiture de Finny) de vouloir la traîner dans la boue de cette façon? Quand elle entend les gens dire des grossièretés sur elle, Helen fait celle qui est au-dessus de tout ça. Elle fabule. Helen se souvient du mot fabuler, même si Francis prétend qu'elle a oublié tout ce qu'elle avait appris. Ce n'est pas vrai. Elle n'est pas une ivrogne, ni une putain. Ce qu'elle dit, elle, c'est: au cours de toutes ces années que j'ai vécues, jamais un homme n'a pu m'avoir pour de l'argent. Bien souvent j'ai payé ma part. Je laissais les hommes me payer à boire, mais c'est parce que c'est le rôle des hommes.

Et quand vous êtes une femme comme Helen, qui n'est pas devenue putain, qui n'a jamais corrompu la jeunesse... (Bon, il y a bien eu quelques jeunes garçons par ci par là, dans sa vie, des garçons qui traînaient dans les bars comme Helen elle-même, mais ceux-là, apparemment, n'étaient plus à corrompre. Une fois pourtant...)

Une fois.

Cette fameuse fois, c'était un jeune garçon?

Oui, avec un visage de prêtre.

Ô Helen, quel blasphème que d'avoir ce genre de pensée. Grâce au ciel, tu n'as jamais fait l'amour avec un prêtre. Comment t'y prendre pour expliquer ça?

Parce que les prêtres sont des hommes de cœur.

Et donc Helen, tout en se retenant au montant de cuivre,

et en regardant la pendule de carton qui dit toujours onze heures moins dix, et tout en pensant aux escarpins vernis, à la musique, au grand papillon de strass, au galet blanc qui porte un nom caché, Helen a cette pensée fugitive sur les prêtres. Car, quand vous avez reçu l'éducation qu'Helen a reçue, vous voyez dans les prêtres les détenteurs des clefs du salut. Quel que soit le nombre des péchés que vous avez pu commettre (sables du désert, sel de la mer), il vous faut bien en venir à la notion de salut quand vous en êtes à vous retenir au montant de cuivre et à regarder une pendule en carton, et à vous rappeler comment il vous arrivait même de mettre du « Violette de Paris » sur votre soutien-gorge pour que, quand il ouvrirait votre robe pour vous embrasser à cet endroit-là, il ne sente pas l'odeur de sueur.

Mais les prêtres, Helen, ça n'a rien à voir avec les soutien-gorge et les baisers des hommes, et tu devrais avoir honte d'avoir mis tout ça dans la même pensée. Helen est sincèrement désolée d'avoir eu cette pensée, mais il faut comprendre que ces derniers temps ont été passablement troublés, pour elle et pour sa religion. Elle est allée prier à la messe ce matin, c'est vrai, et pendant le reste de la journée il lui est arrivé de prier, par intermittence, et hier soir elle a prié dans la voiture de Finny, disant son « Bénissez, ô mon Dieu, le repos que je vais prendre », alors qu'elle savait bien qu'elle ne pourrait pas prendre le moindre repos ; mais malgré toutes ces prières, la vérité, c'est qu'Helen ne ressent pas du tout le besoin de confesser ses péchés pour recevoir l'absolution.

Elle en est même arrivée à se demander si, oui ou non, elle est vraiment catholique, et ce que ça veut dire, de nos jours, d'être catholique. Il est bien possible qu'elle ne le soit plus, au fond. Mais dans ce cas, elle n'est certainement rien d'autre non plus. Et sûrement pas méthodiste, monsieur Chester.

Ce qui l'a amenée à cet état de doute, c'est le nombre effrayant de ses péchés ; parce que si l'on tient à appeler ça péchés, c'est sûr qu'il y en a tout un paquet. Mais Helen préfère appeler ça des décisions qu'elle a prises, c'est pourquoi elle ne ressent pas le besoin de les confesser. Et, de l'autre côté, Helen se demande si on sait bien voir à quel point sa vie a été vertueuse et méritante, en fait. Elle n'a jamais trahi personne et, finalement, c'est ça le plus important pour elle. Qu'elle soit en train de quitter Francis, elle le reconnaît, mais qui pourrait appeler ça une trahison? On pourrait, à la rigueur, parler d'abdication, comme lorsque le roi d'Angleterre a abdiqué pour la femme qu'il aimait. Helen abdique pour l'homme qu'elle a aimé; elle abdique pour qu'il puisse être aussi libre qu'Helen souhaite qu'il soit, aussi libre qu'elle-même l'a toujours été, à sa façon, aussi libre qu'ils l'étaient tous les deux, même à l'époque où ils étaient le plus parfaitement unis. Quand Helen était malade, en 1933, est-ce que Francis n'a pas mendié pour elle dans la rue? Pour son propre compte, il n'avait jamais mendié. Si Francis a pu devenir mendiant par amour, Helen ne peut-elle pas abdiquer pour la même raison?

Bien sûr, aux yeux de certains, les relations qu'Helen a eues avec Arthur et avec Francis ont pu passer pour un péché. Elle est prête à admettre que certaines autres libertés qu'elle a prises vis-à-vis des commandements de Dieu et de l'Église risquent d'être retenues contre elle au jour du Jugement dernier (montant de cuivre, pendule de carton). Mais, quoi qu'il en soit, il n'y aura pas de prêtre pour venir la voir, et ce n'est sûrement pas elle qui ira en chercher un. Rien ne l'amènera jamais à déclarer à quelqu'un qu'aimer Francis était un péché, alors que c'est très probablement – non, très certainement – ce qui lui est arrivé de mieux dans la vie. Ça a été mieux, finalement, que d'aimer Arthur, parce qu'Arthur n'avait pas le sens de l'honneur.

Et donc, quand l'infirme Donovan frappe à nouveau à onze heures et demande si Helen a besoin de quelque chose, elle répond non merci, vieil infirme, je n'ai plus besoin de rien ni de personne. Et le vieux Donovan dit: «Le gardien de nuit va arriver, alors je rentre chez moi. Je serai là demain matin. Et Helen dit: Merci, Donovan, merci mille fois de t'occuper de moi, merci d'être venu me souhaiter bonne nuit. Et une fois qu'il est parti, elle lâche le montant de cuivre et elle pense à Beethoven. L'Hymne à la Joie.

Elle entend les multitudes joyeuses qui s'avancent:

Ta da da,
Ta da di da da.
Elle sent ses jambes qui deviennent comme des plumes, et elle voit sa tête qui flotte et descend pour venir les rejoindre, et son corps qui se plie en deux sous le poids d'une telle joie.
Regarde ce corps qui flotte avec une lenteur infinie,
Tandis que l'oiseau blanc glisse au-dessus de l'eau et vient finalement se poser sur le kimono japonais
Qui est tombé sans un bruit
Avec une infinie douceur,
Sur l'herbe où s'étale le clair de lune.

## VI

Pour commencer, il y eut l'incendie qui se déclara dans le bas de Broadway, près de l'ancienne fonderie Fitzgibbon. Le feu s'épanouit dans sa propre sphère, puis il atteignit sa perfection de feu, et s'élança en longues flammes à l'assaut du ciel. Francis et Rosskam avaient arrêté leur charrette derrière des camions et des voitures, et le cheval de Rosskam se cabrait et renâclait, en proie à une peur viscérale. Le feu heurta soudain des monceaux de poudre qui dormaient là, et tout un pan de l'entrepôt explosa, faisant jaillir comme de la bouche d'un canon une fleur de fumée noire que le vent rabattait sur eux. Les automobilistes avaient aussitôt remonté leurs glaces, mais Francis, Rosskam et le cheval, que rien ne protégeait, recevaient en plein dans leurs yeux fragiles la fumée délétère.

Devant eux, un policier fit faire demi-tour aux voitures et détourna la circulation vers le Nord. Rosskam jura dans une langue étrangère que Francis ne reconnut pas. Mais, qu'il s'agisse de jurons, ça on ne pouvait pas s'y tromper. Les deux hommes repartirent vers Madison Avenue, le visage ruisselant de larmes qui leur brûlaient les yeux.

La charrette qu'ils tiraient était vide pour le moment, car ils venaient de décharger sur le terrain de Rosskam leur premier chargement de la journée. Francis avait déjeuné sur place d'une pomme que Rosskam lui avait donnée, et il avait mis sa nouvelle chemise blanche damassée, jetant l'ancienne, la bleue, sur la pile de vieux chiffons de Rosskam. Ils étaient alors repartis pour la seconde tournée de la journée, qui devait les mener vers les fins fonds du South End, et puis voilà qu'à trois heures l'incendie leur avait fait rebrousser chemin.

Rosskam s'engagea dans Pearl Street, et la charrette se rapprocha de North Albany, avec la fumée qui continuait à s'élever dans le ciel derrière eux et maintenant au-dessous d'eux. Rosskam fit entendre son chant funèbre sur trois notes : Chiffon-nier! et il parvint à attirer l'attention d'un petit groupe de ménagères. Dans l'arrière-cour d'une maison d'Emmett Street, Francis récupéra une brouette métallique sans roues trouée par la rouille. Ayant toujours dans ses narines l'odeur du feu, il la ramenait vers la charrette quand il aperçut, assis sur un vieux pot de chambre en étain posé par terre à l'envers et qu'un cowboy amateur avait criblé de trous, Quain le Violoneux.

Le Violoneux, ex-conducteur de tramways, portait pour l'heure un complet de tweed beige, un nœud papillon à pois marron, et un canotier. Il fit à Francis un beau sourire, le premier depuis ce jour de 1901 où, dans Broadway, ils avaient tous deux allumé les draps imprégnés d'essence qui avaient arrêté le tramway venu briser la grève.

Quand un soldat avait fendu le crâne du Violoneux d'un coup de crosse, la foule compatissante l'avait aidé à disparaître avant qu'on puisse l'arrêter. Mais le coup qu'il avait reçu avait rendu l'homme idiot, et il survécut pendant une douzaine d'années, livré aux soins de sa sœur vieille fille, Martha. Promue elle-même au rang de martyre par cette blessure, Martha exhibait le Violoneux dans les rues comme un légume héroïque pour que les voisins puissent mesurer les conséquences de la grève que des gros malins avaient lancée.

À l'enterrement du Violoneux qui eut lieu en 1913, Francis proposa de faire partie des porteurs de cercueil. Mais Martha ne voulut pas de lui, car elle jugeait que c'était cette cervelle brûlée de Francis qui avait entraîné le Violoneux dans l'engrenage de la violence en cette matinée fatale. Tes mains ont déjà fait assez de mal comme ça, avait-elle dit à Francis. Tu ne toucheras pas au cercueil de mon frère.

T'occupe pas d'elle, dit le Violoneux sur son perchoir, le pot de chambre transformé en passoire. Je ne te reproche rien. Après tout, j'avais dix ans de plus que toi. J'aurais bien pu prendre mes décisions tout seul.

Mais aussitôt après le Violoneux lança à Francis un regard chargé d'ondes troublantes et déclara avec solennité: C'est à ces mains traîtresses que tu as, qu'il faudra que tu pardonnes.

Francis frotta la rouille qui lui restait sur les doigts et repartit derrière la maison chercher d'autres morceaux de ferraille. Quand il revint, les bras chargés, il trouva, assis à côté du Violoneux avec son canotier sur les genoux, le briseur de grève Harold Allen qui portait une veste noire et une casquette de conducteur. Quand Francis posa son regard sur eux, Harold Allen enleva sa casquette. Les deux hommes avaient le crâne ouvert et ensanglanté, mais les blessures, toujours visibles, ne saignaient plus; elles s'étaient, de toute évidence, cicatrisées, et faisaient partie de leur corps céleste au même titre que leurs yeux, qui brûlaient d'un feu pâle caractéristique des hommes morts assassinés.

Francis jeta la ferraille dans la charrette et leur tourna le dos. Quand il se retourna pour voir si les images étaient toujours là, il y avait deux hommes de plus, assis cette fois sur la brouette sans roues. Francis n'aurait pas su dire leur nom, mais, à l'étonnement qu'on lisait dans leurs orbites creuses, il comprit qu'il s'agissait du vendeur de chemises et du client qui, se trouvant par hasard sur les lieux, avaient été tués au cours des représailles aveugles des soldats après que Francis eut défoncé le crâne d'Harold Allen avec le gros caillou bien lisse.

– Je suis prêt, dit Francis à Rosskam. Et toi?

– Pourquoi tu es si pressé? demanda Rosskam.

– Y a plus rien à charger. Pas de raison de rester ici, non?

– Et en plus il est impatient, ce clodo, dit Rosskam. Et il monta dans la charrette.

Francis, sentant les yeux des quatre ombres braqués sur lui, ne leur donna à contempler que sa nuque, et la charrette repartit en brinquebalant sur Pearl Street, en direction du Nord. Pearl Street, la rue d'Annie. On se rapprochait. Il releva le col de sa veste pour se protéger du vent qui fraîchissait; le ciel à l'Ouest se couvrait de nuages gris menaçants. À la devanture de l'épicerie d'Elmer Rivenburgh, l'horloge Coca-Cola indiquait presque trois heures et demie. Le premier vrai jour d'hiver. S'il pleut cette nuit et qu'on est dehors, on se gèlera le cul une bonne fois.

Il frotta ses mains l'une contre l'autre. Était-il possible que ce soient elles, l'ennemi? Comment un homme pouvait-il être trahi par ses mains? Elles étaient pleines de cicatrices, de cals, d'ongles fendus, d'os mal réparés qui s'étaient cassés à taper sur la mâchoire de tel ou tel, de veines si gonflées, si bleues qu'elles semblaient sur le point d'éclater. Elles avaient de longs doigts, sauf là où l'un d'eux manquait, et maintenant, avec l'âge, les doigts s'étaient épaissis, comme les branches basses d'un arbre.

Elles, trahir? Comment était-ce possible?

– Tu aimes tes mains? demanda Francis à Rosskam.

– Aime, c'est ça que t'as dit? Si j'aime mes mains?

– Ouais. Tu les aimes?

Rosskam regarda ses mains, regarda Francis, puis regarda ailleurs.

– Sans blague, dit Francis. Des fois j'ai l'impression que mes mains font des choses toutes seules, tu vois ce que je veux dire?

– Non, pas encore, dit Rosskam.

– Elles n'ont pas besoin de moi. Elles font ce qui leur chante.

– Ah ha! dit Rosskam. (Et de nouveau il regarda ses mains noueuses, puis il regarda Francis.) Cinglé, dit-il, et il frappa le dos du cheval avec les rênes. Hue! cocotte, ajouta-t-il, changeant de sujet.

Francis revoyait la main gauche de Maguire dit Vif-Argent, ce premier été, là-bas à Dayton, dans l'Ohio. Vif-Argent était le copain avec qui Francis partageait une chambre, c'était un lanceur. Un grand type, gaucher, et qui roulait les mécaniques. Sur la butte du lanceur, on aurait dit le roi, il dominait le terrain. Même quand il ne bougeait pas, il donnait l'impression de rouler les mécaniques. Mais un jour sa main gauche s'était déchirée en deux, les doigts d'abord, puis la paume. Il avait soigné sa main avec amour: il l'avait graissée, mise au soleil, l'avait baignée dans un mélange de bière et de sels, mais la main refusait de guérir.

Le capitaine de l'équipe s'impatientait. Alors, au cours d'une séance d'entraînement, Vif-Argent lança la balle pendant dix minutes sans tenir compte de sa blessure, ce qui rendit la balle toute rouge, déchira la paume et les doigts de sa main et en fit une masse de chair sanguinolente. Le capitaine dit à Vif-Argent qu'il était un imbécile, et il les exclut de l'équipe, lui et sa main inutilisable.

Ce soir-là, Vif-Argent envoya le capitaine à tous les diables, se soûla plus que d'habitude et, bien qu'on fût au mois d'août, fit un feu dans le poêle à charbon; quand le poêle fut à plein régime, il plongea la main dedans et saisit une poignée de braises. Et il lui donna une bonne leçon, à cette traîtresse de main. Pour sauver sa main, le toubib dut l'amputer de trois doigts.

Bon, à des gens comme Rosskam, Francis peut paraître un peu cinglé, mais lui ne ferait jamais une chose pareille. Enfin... il regarda ses mains, rattachant chaque cicatrice à un souvenir. Son doigt, c'est Dick le Casseur qui l'avait eu. La cicatrice en zigzag à l'intérieur du petit doigt... il la devait à un coup de soif terrible, ça venait de la nuit où il avait brisé d'un coup de poing la devanture d'un magasin de vins et liqueurs, au milieu de Chinatown, pour piquer une bouteille. Le majeur, c'était sur la Huitième Avenue, pendant une bagarre avec une cloche qui voulait s'envoyer Helen; Francis s'était cassé la première jointure, et elle s'était ressoudée de travers. Quant au pouce gauche, c'est une espèce de fou, à Philadelphie, qui avait voulu lui voler son chapeau et qui lui en avait arraché le bout d'un coup de dents.

Mais Francis leur avait rendu la monnaie de leur pièce. Pour chaque cicatrice, il s'était vengé, et il n'avait oublié aucun de ces enfants de salauds, dont la plupart devaient être morts, à l'heure qu'il est, peut-être même de leur propre main. Ou de celle de Francis?

Dick le Casseur.

Harold Allen.

Ce nom fut soudain comme une clef magique qui ouvrait à Francis sa propre mémoire. Pour la première fois, il sentait qu'il y avait eu à l'œuvre dans sa vie quelque chose qui n'était pas de l'ordre de la volonté consciente ; toute la violence qui avait parsemé son histoire prenait forme, une forme où venaient s'inscrire tous ceux qui étaient morts de sa main ou qu'il avait mutilés, ou qui étaient morts des suites indirectes de sa brutalité, comme ces deux pauvres ombres qui n'en étaient pas encore revenues. Aujourd'hui Francis boitait, et il boiterait jusqu'à la fin de ses jours à cause de cette plaque qu'il avait dans la jambe gauche, et tout ça à cause d'un type qui lui avait piqué une bouteille de soda. Il avait retrouvé le type, un nabot, et il avait récupéré son soda. Mais le nabot lui avait cogné dessus avec un manche de hache, et lui avait fracturé l'os. Et Francis, qu'est-ce qu'il avait fait ? Le nabot était trop petit pour qu'on puisse le tabasser, alors Francis lui avait plongé la figure dans la boue, et lui avait mordu la nuque, lui arrachant un bon morceau de chair.

Il y a des choses que je n'ai jamais voulu apprendre à faire : voilà une des pensées qui venaient à Francis.

Et il y a des choses que j'ai faites sans avoir eu à les apprendre.

Celles-là, je ne voulais pas trop en entendre parler.

Les mains de Francis, telles qu'elles se présentaient à lui en ce moment, semblaient être les messagères de quelque coin rebelle de sa conscience, les agents, à son insu, de quelque instance fatale dans sa vie. Il lui semblait, rétrospectivement, avoir toujours été le tueur de la famille. Car, dans sa famille, personne d'autre, à sa connaissance, n'avait jamais vécu de manière aussi violente que lui. Et pourtant, ce mode de vie, il ne l'avait pas recherché.

Mais moi, en tout cas, tu étais bien décidé à me tuer, dit silencieusement Harold Allen à l'arrière de la charrette.

– Non, dit Francis sans se retourner. Ni toi ni personne. Je voulais juste faire du grabuge, prendre ma revanche. Briser une vitre du tramway, peut-être, faire du raffut, des trucs comme ça.

Mais tu savais bien déjà, à l'époque, que tu visais drôlement juste. Tu en étais fier, même. C'est ça qui t'a amené sur le lieu de la grève ce jour-là, et c'est pour ça que tu as passé la matinée à chercher des pierres qui aient à peu près le poids d'une balle de baseball. Si tu m'as pris pour cible, c'était pour devenir un héros.

– Mais pas pour te tuer.

Alors quoi, pour me crever un œil, par exemple?

Et Francis revoyait soudain le corps dressé d'Harold Allen dans le tramway, une cible qu'on ne pouvait pas manquer. Il se rappelait la coordination entre son regard et le mouvement de son bras, entre l'appréciation de la distance et le geste vif du poignet. Il n'avait jamais oublié la façon précise dont Harold Allen s'était écroulé quand la pierre avait frappé son crâne à la naissance des cheveux. Il n'avait pas entendu, mais il s'était toujours représenté le bruit qu'avait fait la pierre en heurtant (à la vitesse de cent dix kilomètres à l'heure, peut-être?) le crâne d'Harold Allen. Un bruit creux, un bruit d'explosion, comme si une batte de baseball avait frappé une pastèque.

Francis considérait ses mains et leur autonomie vouée au mal, et il se demandait ce que Maguire Vif-Argent, par la suite, avait fait de l'instinct suicidaire de sa main gauche. Pourquoi est-ce que le suicide revenait sans cesse à l'esprit de Francis? On se réveille en plein champ près de Pittsburgh, à moitié gelé, paralysé par le froid, inerte et aussi raide qu'une vieille barre de fer, et on se dit: Pas question de revivre une autre nuit, une autre matinée comme celle-ci. Le moment est venu d'aller se jeter tête la première du haut du pont.

Mais au bout d'un moment on se lève, on enlève la gelée qui s'est coincée dans l'oreille, on va se réchauffer quelque part, on se fait donner cinq cents pour se payer un café, et on se remet à marcher vers un endroit qui ne soit pas près d'un pont.

Francis ne comprenait rien à ce flirt avec le suicide, ni à cette fuite loin du suicide. Il ne savait pas pourquoi il n'avait pas fait le grand saut, comme le père d'Helen quand il avait appris qu'il était foutu. Trop occupé, peut-être, à se demander toujours comment régler les problèmes du quart d'heure qui suit. Ce n'est pas Francis qui peut aller voir ce qui se passe de l'autre côté du miroir, parce que lui, il est plutôt du genre à se tailler quand quelque chose ne tourne pas rond. Il n'avait jamais eu le temps de se poser tranquillement quelque part pour mourir.

Mais, au fond, il n'aimait pas non plus tellement foutre le camp. Juste après son mariage avec Annie, qui aurait pu croire que sa mère annoncerait à la famille, en plein repas de Thanksgiving, que ni lui ni cette petite femme très ordinaire ne mettraient plus jamais les pieds dans cette maison. Au bout de deux ans, la vieille bique était revenue à de meilleurs sentiments, et Francis s'était vu accorder un droit de visite. Mais il n'en avait profité qu'une fois, et encore, sans franchir le seuil de la porte, quand il s'était aperçu que ce précieux privilège n'incluait pas Annie, qui était à son côté et qui n'avait rien d'ordinaire.

C'est ainsi que les contacts de Francis avec sa famille de Colonie Street furent rompus de façon spectaculaire. Il quitta l'appartement qu'il avait loué à neuf maisons de là, alla s'installer dans le North End pour être près de la famille d'Annie, et ne remit plus les pieds dans cette foutue baraque jusqu'au jour où sa mère, qui n'avait jamais enterré la hache de guerre (cette vieille femme triste, tordue, entêtée, pitoyable), avait fini par crever.

Départ.

Sa première fuite, en somme.

Nouvelle fuite, quand il avait tué le briseur de grève.

Et nouvelle fuite encore, chaque été, aussi longtemps que ce fut possible, afin d'affirmer le seul talent qui lui donnait pouvoir et liberté, qui lui permettait de danser sur terre au son des fanfares, des acclamations rauques et des applaudissements de la foule en liesse. Fuir, c'est ce qui avait permis à Francis de ne pas devenir fou, au cours de toutes ces années, allez savoir pourquoi. Il adorait vivre avec Annie et les gosses, il adorait sa sœur Mary, il aimait bien ses frères Peter et Chick, et aussi son petit frère à moitié idiot, Tommy, et tous venaient le voir chez lui depuis qu'il n'avait plus le droit d'aller chez eux.

Il y avait à Albany des tas de choses qu'il adorait, ou qu'il aimait bien.

Mais voilà qu'un jour c'est de nouveau février,

Et dans très peu de temps on va voir la neige disparaître à nouveau,

Et l'herbe reverdir,

Alors Francis a toute cette musique de danse qui lui monte à la tête,

Et l'envie de fuir le reprend,

Alors il fuit.

Un homme sortit d'un petit immeuble derrière l'église du Sacré-Cœur, et fit signe à Rosskam, qui tira sur les rênes et descendit négocier de la ferraille. Francis, sur la charrette, vit un groupe d'enfants qui sortaient de l'école d'en face et qui traversaient la rue. Une femme qui avait l'air d'être leur maîtresse se tenait, la main levée, au milieu du carrefour, comme pour renforcer le pouvoir d'arrêt du feu rouge, alors qu'il n'y avait pas d'automobile en vue: il n'y avait que la charrette de Rosskam, et, de toute façon, elle était à l'arrêt. Les enfants, une fois leur journée de classe terminée, traversaient comme une colonne de fourmis pour aller au catéchisme sous la conduite de deux bonnes sœurs: deux formes noires qu'on voyait avancer en glissant de l'autre côté de la rue, et qui inculqueraient à ces jeunes esprits la Sainte Vérité du Bon Dieu: Bienheureux les débonnaires. Francis revit Billy et Peg quand ils étaient petits, et qu'on les amenait de la même façon de la vieille école à cette même église pour les instruire dans les voies du Seigneur: comme si on était jamais arrivé à les déchiffrer, ces fameuses voies du Seigneur.

Rien que de penser à Billy et Peg, Francis en tremblait. Il n'était qu'à une rue de là où ils habitaient. Et maintenant il avait leur adresse, grâce au journal. Je viendrai un dimanche, j'amènerai une dinde, c'est ce que Francis avait dit à Billy la première fois que Billy lui avait demandé de revenir. Et tout ce que Billy avait répondu: c'est tout le monde s'en fout, d'une dinde. Tu as raison, tout le monde s'en fout, avait répondu Francis à l'époque. Mais maintenant il se disait: Moi pas, au fond.

Rosskam remonta sur sa charrette, sans avoir fait affaire avec le type de l'immeuble qui voulait qu'on le débarrasse de ses ordures.

– Y a des gens, dit Rosskam en s'adressant à la croupe de son cheval, qui ne savent pas qu'il ne faut pas confondre ordures avec ferrailles et chiffons. Ça n'a rien à voir.

Le cheval repartit, et, à chaque claquement de sabots, Francis sentait se resserrer les bandelettes qui lui entouraient la poitrine. Comment allait-il s'y prendre? Qu'est-ce qu'il allait dire? Y a rien à dire. Bon, pas de discours. Tu frappes à la porte, tout simplement. Eh bien, c'est moi. Ou alors peut-être: Je peux m'inviter pour une tasse de café? Et voir ce que ça donne. Tu ne demandes rien, tu ne promets rien. Tu ne t'excuses pas, tu ne pleures pas. Tu expliques que c'est une simple visite. Tu prends des nouvelles, tu salues tout le monde, et tu te tires.

Et la dinde, alors?

– Je crois que d'ici une rue ou deux je vais quitter ta charrette, annonça Francis à Rosskam, qui le regarda d'un œil torve. De toute manière, on approche de la fin de la journée. D'ici une heure ou deux il va faire nuit, pas vrai? Il regarda le ciel, gris mais lumineux, avec une vague trace de soleil à l'ouest.

– Tu avais dans l'idée de partir avant qu'il fasse nuit? dit Rosskam. Tu attendras qu'il fasse nuit.

– J'ai des gens à voir dans le coin. Ça fait une paye que je les ai pas vus.

– D'accord, barre-toi.

– Naturellement, je veux ma paye pour ma journée.

– D'abord, t'as pas travaillé une journée entière. Passe me voir demain, j'aurai fait les comptes.

– J'ai travaillé pratiquement toute la journée. Sept heures minimum, et sans déjeuner.

– Tu as travaillé une demi-journée. Il y a encore trois heures de jour.

– J'ai travaillé bien plus. J'ai travaillé plus de sept heures. Disons que tu peux m'enlever un dollar, ça serait correct. Tu m'en donnes six au lieu de sept, moins vingt-cinq cents pour la chemise. Cinq dollars soixante-quinze.

– Tu travailles une demi-journée, je te paye une demi-journée. Trois dollars et demi.

– Je ne marche pas.

– Non? C'est moi le patron.

– D'accord, tu es le patron. Et tu es assez costaud, d'accord. Mais moi je ne suis pas une poire, et je sais quand je me fais rouler. Alors, monsieur Rosskam, je vous préviens que je peux être très méchant si je me mets en colère. Il leva sa main droite pour bien la faire voir. Si tu crois que j'hésiterai à me battre pour avoir ce qui me revient, regarde bien. Cette main, elle a tout vu. Tout et le pire. Elle a expédié pas mal de types dans l'autre monde. Tu vois ce que je veux dire?

Rosskam tira sur les rênes, mit le frein à la charrette, et passa les rênes autour d'un crochet fixé sur le marchepied. La charrette était au milieu du pâté de maisons, en plein Pearl Street, en face de l'entrée de l'école. Les gosses continuaient à sortir et à se diriger par colonnes désordonnées vers l'église. Bienheureux les débonnaires. Rosskam scruta la main de Francis, toujours ouverte devant lui, avec ses phalanges qui manquaient, ses cicatrices luisantes, ses veines qui battaient, ses doigts repliés en une amorce de poing.

– Des menaces, dit-il. Monsieur fait des menaces. Moi j'aime pas ça, les menaces. Je te paye cinq dollars vingt-cinq, pas un sou de plus.

– Cinq dollars soixante-quinze. Moi je dis que cinq dollars soixante-quinze, c'est la somme correcte. Il faut être correct, dans la vie.

De sous sa chemise, Rosskam tira un porte-monnaie qui était attaché à son cou par une lanière de cuir. Il l'ouvrit et, d'une liasse de billets il tira cinq billets d'un dollar, les recompta, et les mit dans la main ouverte de Francis, qui renversa sa paume pour les recevoir. Puis il ajouta les soixante-quinze cents.

– C'est indécrottable, une cloche, dit Rosskam. Bien la dernière fois que j'engage un clodo!

– Je vous remercie, dit Francis, en empochant l'argent.

– Ta gueule ne me revient pas, dit Rosskam.

– Moi je vous avais plutôt à la bonne, dit Francis. Et

moi, quand on me connaît, on s'aperçoit que je suis brave type, dans le fond. Il sauta à terre, et salua Rosskam qui repartit sans un mot et sans un regard, avec sa charrette pleine de ferraille, mais vide du moindre revenant.

Francis s'approcha de la maison en tirant la patte, il boitait plus fort que les semaines précédentes. Sa jambe lui faisait mal, mais c'était supportable. Malgré ça, il n'arrivait pas à la soulever du trottoir pour en obtenir une démarche normale. Il marchait avec une extrême lenteur, quelqu'un qui l'aurait vu aurait dit qu'il avançait sur un trottoir enduit de colle. Arrivé à quelques mètres de la maison, il ne la voyait toujours pas, il ne voyait qu'une véranda grisâtre qui semblait en faire partie. Il vit une femme d'un certain âge, assez forte, sortir d'une autre maison, et s'arrêta. Quand elle arriva à sa hauteur, il lui adressa la parole.

– Pardon, madame, est-ce que vous savez où je pourrais trouver une belle petite dinde?

La femme le regarda d'un air médusé, puis, affolée, elle fit demi-tour et repartit en vitesse chez elle. Francis la regarda, sidéré. Il n'avait pas bu, il portait une chemise propre, comment se faisait-il qu'il fasse peur à une femme rien qu'à lui poser une simple question? La porte se rouvrit et un type en gilet de corps et pantalon, pieds nus, chauve, apparut dans l'embrasure.

– Qu'est-ce que vous avez demandé à ma femme?

– Je lui ai demandé si elle savait où je pouvais trouver une dinde.

– Pour quoi faire?

– C'est que, dit Francis, et il marqua un temps d'arrêt, en raclant le sol avec son pied, mon canard est mort.

– Allez, dégage, mon vieux, reste pas ici.

– D'accord, dit Francis, et il repartit en boitant.

Il vit un groupe d'écoliers qui traversaient la rue et venaient vers lui, et il leur fit signe.

– Dites donc, les mômes, vous connaissez pas une boucherie dans le coin?

– Oui, dit l'un des gosses, y a Jerry's, au coin de Broadway et de Lawn.

Francis remercia d'un geste, les gosses restaient plantés là à le dévisager. Quand Francis reprit son chemin, ils firent tous demi-tour, et coururent devant lui. Il passa devant la maison sans la regarder, il boitait un peu moins fort. Il faudrait faire cent mètres jusqu'à la boucherie, et autant pour revenir. Espérons qu'ils auraient une dinde à lui vendre. Ou alors il pourrait se rabattre sur un poulet? Ça non.

Le temps qu'il arrive à Lawn Avenue, il marchait avec plus d'aisance, et quand il arriva à Broadway sa démarche était, pour lui, normale. Chez Jerry's, le sol était un simple plancher couvert de sciure, et extraordinairement propre. Les présentoirs blancs, vitrés, laqués, offraient de magnifiques rangées de foie, de rognons, de bacon, de côtelettes et de steaks appétissants, et aussi de la chair à saucisse et de la viande hachée de première qualité: tout ça pour Francis, unique client.

– Vous désirez? demanda un homme en tablier blanc. Ses cheveux étaient si noirs que la peau de son visage paraissait blanche comme un linge.

– Une dinde, dit Francis. Je voudrais une belle dinde morte.

– C'est tout ce qu'on a, dit le boucher. Elles sont toutes belles et toutes mortes. Quel poids?

– Quel poids elles ont, les vôtres?

– C'est des bêtes énormes, vous n'avez même pas idée.

– Dites un peu, pour voir.

– Douze, treize kilos.

– Et ces grosses-là, ça vaut dans les combien?

– Ça dépend du poids.

– D'accord. Alors, combien le kilo?

– Quatre-vingt-cinq cents.

– Quatre-vingt-cinq. Disons quatre-vingts. Il attendit un peu. Vous auriez une bête de cinq-six kilos?

Le boucher entra dans la chambre froide et en ressortit avec une dinde dans chaque main. Il pesa l'une, puis l'autre.

– Celle-là, quatre kilos et demi, et celle-là six kilos.

– Donnez-moi la grosse, allez, dit Francis, et il posa sur

le comptoir blanc ses cinq billets d'un dollar, pendant que le boucher enveloppait la dinde dans du papier paraffiné blanc. Le boucher posa sur le comptoir les vingt cents de monnaie.

– Les affaires, comment ça marche? demanda Francis.

– Pas fort. Y a plus d'argent nulle part.

– Mais si, y a de l'argent. C'est juste qu'il faut aller le chercher là où il est. Regardez ces cinq dollars que je viens de vous donner. Eh bien, j'ai gagné ça cet après-midi.

– Et si je dois aller chercher l'argent à droite à gauche, qui est-ce qui va s'occuper du magasin?

– Hé oui, dit Francis, y a des types qui doivent rester posés là à attendre. Au moins vous, vous attendez dans un bel endroit bien propre.

– Un boucher qui est sale, il perd sa clientèle.

– La chair fraîche, ça s'entretient, pas vrai?

– Exact. Et ça vaut pour tout le monde. J'espère qu'elle sera bonne, votre dinde morte.

Il descendit Broadway jusqu'au bar de Brady le Roi, et, de là, plongea son regard en bas de North Street, là où se trouvait la grange de Welt le Rétameur et l'emplacement de l'ancienne écluse, disparue depuis longtemps: enfin il voyait tout ça de jour. Il y avait, ici et là, quelques maisons en plus, mais, dans l'ensemble, ça n'avait pas tellement changé. Du bus, il avait déjà jeté un coup d'œil, et puis hier soir quand il était allé dans la grange, mais aujourd'hui, malgré les changements apportés par le temps, ses yeux ne voyaient que ce qui était là jadis; ses regards se portaient sur une scène reconstituée par sa mémoire: deux hommes en train de remonter Broadway, dont l'un avait en gros la même allure que lui à vingt et un ans. Il croyait sentir sous ses pieds la pente de la rue en voyant le jeune homme monter, monter, pour arriver à l'endroit où se tenait Francis.

Il sentait à travers sa veste le froid de la dinde, la chair de la bête lui gelait tout le bras et le côté. Il fit passer le paquet sous l'autre bras, et remonta North Third Street en direction de la maison. Ils vont croire que je viens leur demander de faire cuire la dinde, se dit-il. Je dirai juste: Voilà une dinde, faites-la cuire un de ces dimanches.

Il vit s'avancer vers lui des gosses à bicyclette. Les trottoirs de Walter Street étaient couverts de feuilles. Sa jambe se remit à lui faire mal, et ses pieds à coller au sol. Ces foutues jambes, ça ne vous demande pas votre avis. Il tourna au coin de la rue, vit la véranda de l'entrée principale, passa devant sans s'arrêter. Il prit l'allée privée, et s'arrêta devant la petite porte sur le côté, près du garage. Il regarda le rideau blanc à pois derrière le panneau vitré de la porte découpé en quatre carreaux; il regarda le bouton de la porte, la boîte à lait posée par terre à côté. Combien de fois il avait chipé du lait dans des boîtes comme celle-là. Clochard. Assassin. Voleur. Il appuya sur la sonnette, entendit des pas, vit qu'on écartait légèrement le rideau, vit un œil, vit qu'on entrouvrait la porte.

– Salut, dit-il.

– Oui?

C'était elle.

– Je vous ai apporté une dinde.

– Une dinde?

– Mais oui. Une dinde de six kilos. D'une main, il la présenta.

– Je ne comprends pas.

– J'avais dit à Bill que je passerais un dimanche et que j'apporterais une dinde. On n'est pas dimanche, mais je suis passé quand même.

– Fran, c'est toi?

– Ben, je ne suis pas un petit Martien vert.

– Oh mon dieu, oh là là mon dieu. Elle ouvrit grand la porte.

– Comment ça va, Annie? Tu as bonne mine.

– Entre, entre. Elle monta les cinq marches la première. L'escalier de gauche menait à la cave, et il avait failli descendre là incognito pour prendre les objets de rebut et aller les mettre dans la charrette de Rosskam. Au lieu de ça, il entrait dans la maison elle-même, et refermait la petite porte derrière lui. Il montait les cinq marches, avec Annie qui ne le quittait pas des yeux, puis, avec Annie qui le précédait à reculons, se dirigeait vers la cuisine. Elle a l'air étonnée. Mais elle sourit. Ça va.

– Billy nous a dit qu'il t'avait vu, dit-elle. Elle s'arrêta au milieu de la cuisine, et Francis s'arrêta lui aussi. Mais il ne pensait pas que tu viendrais. Ça alors, quelle surprise. On a lu ce qu'on disait de toi dans le journal.

– J'espère que ça ne vous a pas fait honte.

– On a tous trouvé ça drôle. Tout le monde en ville a trouvé ça drôle, l'idée que tu t'étais inscrit vingt fois sur les listes électorales.

– Vingt et une.

– Ça alors, Fran, ça alors, quelle surprise.

– Tiens. Occupe-toi de cette bestiole. Elle me frigorifie.

– Il ne fallait pas. Une dinde, en plus. Ç'a dû te coûter une fortune.

– Joe Bras de Fer m'a toujours dit: N'arrive jamais les mains vides. On doit appuyer sur la sonnette avec le coude.

Elle avait un dentier. Parties, ses jolies dents. Ses cheveux étaient gris-bleu, avec à peine une trace de brun, et son menton était un peu creusé par ses nouvelles dents. Ce qui n'avait pas changé, c'était son sourire, son beau sourire franc comme l'or. Elle avait pris du poids: seins plus gros, hanches plus épaisses. Et elle portait des souliers éculés. À travers ses bas on voyait ses varices, elle avait des mains toutes rouges, et il y avait des taches à son tablier. Voilà comment la vie domestique transforme une belle petite môme en dondon.

La belle petite môme qui était entrée ce jour-là dans le bar «La Brouette».

Le bar, au pied de Main Street, que tenait Joe Bras-de-Fer, et où venaient tous les ouvriers du canal et les bûcherons.

La plus jolie môme de tout le North End. C'est ce que les gens disaient toujours des jolies filles.

Dans son cas c'était vrai.

Elle était entrée à la recherche de Joe Bras-de-Fer.

Et Francis qui s'exhortait depuis deux mois,

S'était décidé à lui adresser la parole.

Salut, il avait dit.

Deux heures plus tard, ils étaient assis dans le chantier de Kibbee, entre deux piles de planches, là où on ne pouvait pas les voir, à se tenir la main, avec Francis qui lui débitait des fadaises, ce qu'il s'était juré de ne jamais faire avec personne.

Et pour finir ils s'étaient embrassés.

Pas sur le moment, mais quelques heures ou même quelques jours plus tard, Francis devait faire la comparaison entre ce baiser et le premier baiser de Katrina. Pour en venir à la conclusion qu'ils étaient aussi différents l'un de l'autre qu'un chien et un chat. À se souvenir de ces deux baisers, là, maintenant, tout en regardant la bouche d'Annie avec ses fausses dents, il se disait qu'un baiser en dit aussi long sur un mode de vie qu'un sourire, par exemple, ou qu'une main avec ses cicatrices. Il y a des baisers qui viennent d'en bas, d'autres qui viennent d'en haut. Parfois ils viennent du cerveau, parfois du cœur, et parfois seulement du sexe. Les baisers qui ne viennent que du cœur s'estompent au bout d'un moment, laissant un arrière-goût de douceur. Les baisers qui viennent du cerveau ont tendance à vouloir dire des choses compliquées à l'intérieur de la bouche de l'autre, et ceux-là, on les oublie aussitôt. Quant aux baisers qui viennent du sexe et du cerveau à la fois, avec aussi un tout petit peu le cœur, comme ceux de Katrina, ah, ceux-là, ce sont des baisers qui vous rendent dingue pour le restant de vos jours.

Et puis il vous arrive de tomber sur un baiser incomparable, comme celui de la pile de bois de Kibbee, un baiser qui vient à la fois du cerveau, du cœur et du sexe; un baiser qui vient aussi des mains qui vous caressent les cheveux, et des seins à peine formés à l'époque, et des bras qui vous serrent très fort; un baiser qui vient du temps lui-même, qui voit comment ça peut se prolonger, un baiser comme ça, sans que vous éprouviez la moindre trace d'ennui, ce qui ne devait plus jamais arriver avec personne par la suite sauf avec Helen; un baiser qui vient des doigts (Katrina avait des doigts comme ça) qui vous parcourent le visage et qui vous descendent dans le cou, et qui vient de la façon dont vous la tenez par les épaules et dont vous sentez ses deux omoplates qui pointent au milieu du dos comme les ailes d'un ange; un baiser qui vient des yeux qui passent leur temps à se fermer et à se rouvrir pour vérifier que tout ça continue et que c'est bien vrai, que ça n'est pas juste un rêve, alors, quand vous êtes bien sûr que c'est pour de vrai, vous pouvez refermer les yeux ; qui vient de sa langue, oh là là, quelle langue, vous vous demandez où elle a bien pu apprendre ça, parce que personne ne s'y est jamais pris aussi bien qu'elle, à part Katrina qui, elle, était mariée, mère de famille, c'était normal qu'elle sache bien s'y prendre, mais Annie, bon dieu, Annie, où as-tu appris ça, peut-être que tu étais habituée à te faire peloter sur cette pile de planches (mais non, je sais bien que non, je n'ai pas cru ça une seconde) ; si bien que c'est normal, avec une femme comme Annie, que le baiser vienne de toutes les parties de son corps et même davantage, qu'il vienne de cette bouche qui a maintenant le dentier que voit Francis, et de ces mêmes lèvres qu'il n'a pas oubliées mais qu'il n'a plus envie d'embrasser, sauf en souvenir (encore que ça pourrait changer) ; au-delà, bien au-delà de cette bouche il voit un lieu primordial de l'être de cette femme, un lieu qui évoque pour lui non seulement le souvenir des années disparues, mais le souvenir de bien davantage, des époques entières, des siècles, des éternités ; si bien qu'il n'est pas sûr, quel que soit le lieu où il se soit trouvé avec une femme pour vivre ça avec elle – que ce soit une caverne des temps anciens, ou une barque en plein marais, ou une pile de planches de North Albany – non, il n'est pas sûr qu'elle et lui aient su qu'il y avait en chacun d'eux quelque chose qui devait cesser d'être un pour devenir deux ; quelque chose qui devait jurer que jamais, au grand jamais, il n'y en aurait un autre ou une autre (et ça avait été le cas, pratiquement), et qu'il y aurait à jamais soumission et souveraineté et fidélité et autres conneries de ce genre comme en débitent les gens quand ce qu'ils disent n'a rien à voir avec les grands sentiments éternels et a tout à voir avec la reconnaissance simultanée du fait qu'un couple est composé de deux personnes ; et c'est comme ça que Francis et Annie, et tous les Francis et Annie de tous les temps comprennent tous deux au même instant qu'il y a quelque chose en eux qui doit cesser d'être deux pour devenir un.

Voilà ce que signifiait ce baiser.

Francis et Annie se marièrent un mois et demi plus tard.

Katrina, je ne cesserai jamais de t'aimer.

Mais l'homme propose et Dieu dispose.

– La dinde, dit Annie. Tu vas rester avec nous le temps que je la fasse cuire.

– Non, ça va prendre des heures. Vous n'aurez qu'à la manger quand vous voudrez. Dimanche, ou n'importe quand.

– Ça ne va pas prendre tellement de temps, tu verras. Trois ou quatre heures maximum. Tu ne vas pas te sauver comme ça après être resté si longtemps sans venir nous voir.

– Je ne me sauve pas.

– Bon. Alors je vais tout de suite la mettre au four. Quand Peg rentrera, on épluchera les pommes de terre et les oignons, et Danny ira chercher des airelles. Une dinde. Non mais tu te rends compte. On est drôlement en avance.

– C'est qui, Danny ?

– Tu ne le connais pas. C'est normal. C'est le fils de Peg. Elle a épousé George Quinn. Tu connais George, bien sûr, et ils ont ce petit garçon. Il a dix ans.

– Dix ans.

– Il est en septième, et malin comme tout.

– Gerald aurait vingt-deux ans.

– Je sais.

– J'ai vu sa tombe.

– Ah bon? Quand ça?

– Hier. J'ai eu un petit boulot au cimetière, alors j'ai cherché sa tombe, et j'ai un peu bavardé avec lui.

– Bavardé?

– Oui, bavardé avec Gerald. Je lui ai raconté ce qui se passait. Des tas de trucs.

– Je parie qu'il était content d'avoir de tes nouvelles.

– Peut-être bien. Où est Bill?

– Bill? Ah! tu veux dire Billy. Nous l'appelons Billy. Il fait la sieste. Il a eu des ennuis avec le clan politique, et il est plutôt déprimé. L'enlèvement. Le neveu de Patsy McCall a été enlevé. Tu as dû lire ça dans les journaux.

– Oui, Martin Daugherty m'a raconté toute l'histoire, mais ça fait un bout de temps déjà.

– Justement, Martin a parlé de Billy dans le journal de ce matin.

– J'ai vu ça. Un bon article. Martin dit que son père est toujours vivant.

– Edward. C'est exact, il habite Main Street. Il a perdu la mémoire, le pauvre, mais à part ça il se porte bien. On le voit de temps en temps qui se promène avec Martin. Je vais aller réveiller Billy et lui dire que tu es là.

– Non, pas tout de suite. Parlons un peu.

– Parler? Bon, d'accord. Allons dans le living.

– Mais non, regarde comment je suis habillé. Je viens de travailler pour un chiffonnier. Je saloperais tout.

– Ça n'a aucune importance. Je te jure.

– On est très bien ici. On voit le jardin par la fenêtre. Un joli jardin. Et je vois que vous avez un chien de berger.

– Joli, oui. Danny coupe l'herbe, et le chien enterre ses os un peu partout au milieu de la pelouse. Il y a un chien chez les voisins, il passe son temps à le poursuivre et à lui faire escalader la palissade.

– La famille a pas mal changé. Ça n'a rien d'étonnant. Et ton frère et tes sœurs, comment ça va?

– En gros, ça va. Johnny ne change pas. Il travaille pour les Démocrates. Josie a beaucoup grossi, et elle perd ses cheveux. Elle porte une perruque. Quant à Minnie, elle a été mariée deux ans, et puis son mari est mort. Elle est très seule, elle vit dans une chambre meublée. Mais on se voit, tous.

– Billy, ça marche bien pour lui.

– Il joue, et il n'est pas formidable au jeu. Il est souvent sans le sou.

– Il a été chic avec moi quand je l'ai revu. Il avait de l'argent à ce moment-là. Il a versé la caution pour me sortir de taule, il voulait m'acheter un costume neuf. Ensuite il m'a filé du fric, un bon paquet, naturellement j'ai tout dépensé. En même temps, c'est un dur, Billy. Vraiment, il m'a bien plu. C'est lui qui m'a dit que tu n'avais jamais dit un mot ni à lui ni à Peg sur le fait que c'est moi qui avais laissé tomber Gerald.

– C'est vrai, pas jusqu'à l'autre jour.

– Tu es une drôle de bonne femme, Annie, vraiment une drôle de bonne femme.

– Ça ne servait à rien d'en parler. De toute façon, on ne pouvait pas revenir en arrière. C'était pas plus de ta faute que de ma faute. C'était la faute de personne.

– Je ne saurai jamais comment te remercier pour ça. C'est bien au-delà des remerciements. Je ne sais même pas comment...

Elle l'arrêta d'un geste.

– N'en parlons plus, dit-elle. C'est du passé. Viens t'asseoir, explique-moi pourquoi tu t'es finalement décidé à venir nous voir.

Il s'assit sur le banc devant la table de petit déjeuner. Sur le rebord de la fenêtre il y avait un géranium avec deux fleurs. Il regarda dehors, et vit le chien de berger, et le pommier qui poussait dans le petit jardin mais qui offrait également son ombre et ses fleurs et ses fruits aux jardins adjacents, il vit les plates-bandes, et la pelouse soigneusement tondue, et les palissades blanches qui entouraient tout ça. Un beau petit jardin. Il se sentait une grande envie de confesser toutes ses fautes pour être en harmonie avec ce décor si coquet dont il n'avait pas su profiter. En même temps, il sentait sa langue paralysée, un peu comme ce qu'il avait ressenti dans ses jambes quand il avait eu l'impression d'être pris dans de la colle. Son cerveau et son corps semblaient être la proie d'un sommeil léthargique qui aurait permis de percevoir mais pas d'agir. Il lui était totalement impossible d'expliquer l'ensemble de choses qui l'avaient amené ici. Il lui aurait fallu pour cela récapituler non seulement tous ses péchés, mais aussi tous ses rêves fugitifs vite abandonnés, toutes ses errances à travers le pays, tous ses retours dans cette ville qui n'avaient abouti qu'à repartir de plus belle sans jamais venir voir Annie, ou le reste de la famille, sans même savoir ce qui le retenait de le faire. Il lui aurait fallu analyser ses instincts violents et sa peur de la justice, sa liaison avec Helen et les raisons pour lesquelles il n'était pas à ses côtés en ce moment; expliquer pourquoi il s'était envoyé tellement de bonnes femmes dont il se foutait éperdument; raconter ses gueules de bois, ses nuits à la belle étoile, l'argent qu'il avait mendié dans les rues, pas à cause de la crise, mais au début pour aider Helen, et ensuite parce que c'était plus facile que de travailler. Tout était plus facile que de rentrer chez lui, même de se trouver réduit à l'état d'asticot du corps social, de limace rampant sur les trottoirs de la ville.

Et puis finalement il était rentré chez lui.

Le voilà chez lui, non?

Et si la réponse est oui, la question suivante est: pourquoi?

– On peut dire que c'est à cause de Billy, dit Francis. Mais ça n'explique rien. Autant demander aux oiseaux migrateurs pourquoi ils descendent si loin vers le Sud et remontent tout au Nord là où ils étaient avant.

– Y a un truc qui a dû te passer par la tête.

– Comme j'ai dit, c'est le fait que Billy m'ait sorti de taule en payant ma caution, et puis qu'il m'ait proposé de revenir alors que je pensais qu'après ce que j'avais fait c'était terminé, et puis c'est d'apprendre ce que tu avais fait, ou plutôt ce que tu n'avais pas fait, et puis de ne pas avoir vu Peg grandir, ça me manquait. Alors comme ça j'ai dit à Billy, je reviendrai le jour où je pourrai faire quelque chose pour la famille, mais lui il m'a dit, reviens, c'est tout, reviens les voir, pas besoin de dinde, allez, tu peux bien faire ça pour eux. Alors me voilà. Avec la dinde.

– Y a quand même quelque chose qui t'a fait changer d'avis. C'est cette femme, non? Le fait que Billy l'ait rencontrée?

– Cette femme?

– Billy m'a dit que tu avais une autre femme. Helen, il a dit.

– Ce n'est pas ma femme. Pas du tout ma femme. Je n'ai jamais eu qu'une seule femme.

Annie en face de lui, coudes sur la table, ébaucha un sourire, ce qui fit croire à Francis qu'elle accueillait avec sarcasme ce qu'il venait de dire. Mais elle ajouta:

– Et moi je n'ai jamais eu qu'un seul mari. Qu'un seul homme.

Ce qui laissa Francis pantois.

– Voilà ce que c'est que d'avoir de la religion, dit-il une fois qu'il eut retrouvé l'usage de la parole.

– Ça n'a rien à voir avec la religion.

– Les hommes devaient tous te courir après, une belle femme comme toi.

– Il y en a eu. Mais aucun homme n'est jamais devenu intime avec moi. Je n'ai pas voulu. Je ne suis même jamais allée au cinéma avec quelqu'un, sauf des voisines, ou la famille.

– Moi je n'aurais pas pu me remarier, dit Francis. Il y a des choses comme ça qu'on ne peut pas faire, voilà tout. Mais j'étais en ménage avec Helen, ça c'est la vérité. Neuf ans en tout, avec des interruptions. Elle est gentille, mais elle est comme une gosse, complètement paumée. Il faut lui donner la main pour traverser la rue. C'est elle qui s'est occupée de moi quand j'étais au bout du rouleau, malade comme un chien. On s'entendait bien. Vraiment une chouette bonne femme. Elle vient d'une famille très bien. Mais elle n'est pas capable de traverser la rue toute seule.

Annie le regardait, la bouche sévère, les yeux tristes.

– Et maintenant, où est-elle?

– Ici ou là, j'en sais fichtre rien. En ville, j'imagine. Elle passe son temps à disparaître. Un de ces jours, elle s'effondrera en plein milieu de la rue, à force de courir comme ça.

– Elle a besoin de toi.

– Ça se peut.

– Et toi, Fran, tu as besoin de quoi?

– Moi? Voyons. J'ai besoin d'un lacet de soulier. Tout ce que j'ai depuis deux jours, c'est un bout de ficelle.

– Tu n'as besoin de rien d'autre?

– J'ai encore bon pied bon œil. Je peux encore abattre ma journée de travail. À condition que ça soit pas trop souvent. Je n'ai pas perdu la mémoire, j'ai mes souvenirs. Je ne t'ai pas oubliée, Annie. Ça vous soutient, dans la vie. Je me souviens encore de la pile de planches de Kibbee, la première fois que je t'ai parlé. Toi aussi tu t'en souviens?

– Comme si c'était hier.

– Ça n'était pas hier.

– Non, ça fait longtemps.

– Bon dieu, Annie, vous m'avez manqué, tous, tout ça, mais je n'ai pas un rond, je n'ai jamais eu un rond. Attends une seconde. Laisse-moi finir. Je ne peux pas finir. Je ne peux même pas commencer. Mais il y a quelque chose, quelque chose que je voudrais te dire. Il faut que ça sorte, que je le dise. Je regrette sacrément, bon, je sais que ça n'avance à rien. Je sais bien que ce que je dis c'est de la foutaise, si je peux me permettre. Ça ne change rien à ce que je t'ai fait, à toi et aux gosses. Ça, il n'y a pas moyen de le réparer. Je n'étais pas parti depuis cinq ou six mois que je savais déjà que ça irait de mal en pis, qu'il n'y aurait pas moyen d'arranger les choses, de revenir en arrière. Si je suis là aujourd'hui, c'est pour vous dire un petit bonjour, voilà tout. Je suis passé vous voir, voir si tout allait bien. Mais ma vie est ailleurs, et je ne sais pas comment les choses vont tourner pour moi. Je suis passé vous dire bonjour, point final. Je ne vous demande rien, Annie, je te le jure, tout ce que je veux, c'est jeter un coup d'œil, voir comment vous allez. Juste un coup d'œil, ça me suffit. Un coup d'œil sur le jardin. C'est un beau petit jardin. Et un beau petit chien. Vraiment chouette. Il y aurait des tas de choses à dire, vraiment plein de choses, à expliquer, tout ça, mais c'est des conneries, si je peux me permettre, c'est pas des choses que je peux dire. Je ne pourrais pas te regarder pendant que je te dirais tout ça, et je suis sûr que toi tu ne supporterais pas non plus de m'entendre si tu savais ce que j'ai à dire. Rien que des trucs salement moches. Donne-moi juste le temps de souffler, et puis donne-moi un sandwich, va, j'ai une faim de loup. Mais, écoute-moi, Annie, je n'ai jamais cessé de vous aimer, toi et les gosses, surtout toi; je sais bien que ça ne me donne aucun droit, et ça n'est pas pour ça que je le dis, mais c'est vrai que toute ma vie je me suis rappelé des trucs de ma vie d'ici comme je n'en ai plus jamais connu en Géorgie, en Louisiane, dans le Michigan ou ailleurs, et dieu sait si j'ai roulé ma bosse. Je n'ai jamais rien vu nulle part qui ressemble à tes coudes posés sur la table en face de moi, là, en ce moment, ou à ton tablier plein de taches. Bon dieu, Annie, bon dieu. Kibbee, c'était hier, tu as absolument raison. Mais en même temps ça n'était pas hier, et tout ce que je te demande, c'est un sandwich et une tasse de thé. Tu as toujours ton thé irlandais?

La conversation qui suivit le discours de Francis, après un moment de silence, fut sans importance, sauf qu'elle rapprocha encore l'homme et la femme, en même temps qu'elle les séparait physiquement, lui permettant à elle de lui faire un sandwich au gruyère et du thé, et de commencer à préparer la dinde; elle la sala, la poivra, la farcit de mie de pain pas tout à fait assez rassie, mais il faudrait bien que ça aille; elle l'enduisit de beurre et la saupoudra d'herbes, mit de l'oignon dans la farce, et aussi de l'assaisonnement spécial pour dinde qui se trouvait dans une petite boîte en fer-blanc sur laquelle était dessiné un dindon rouge et jaune; elle la mit dans un plat pour lequel la bête semblait avoir été tuée et préparée exprès, car elle tenait tout juste dedans. Et puis la conversation à bâtons rompus permit à Francis, de son côté, de regarder par la fenêtre, d'observer le chien et de comprendre que le jardin était en quelque sorte le lieu de la rémission de ses péchés, même si rien dans son aspect extérieur ne se prêtait à une telle interprétation; non, rien, sinon ce qu'il en attendait, lui, les yeux fixés sur le gazon.

Les yeux mi-clos, il savait qu'il était sur le point non pas de s'enfuir, cette fois, mais de s'envoler. Il sentait des ailes qui lui poussaient dans le dos, il savait qu'il allait bientôt s'élancer vers des régions fabuleuses; il aurait fallu une année entière pour expliquer ce qui l'avait amené ici, mais malgré tout un scénario commençait à prendre forme dans son esprit. Il imaginait deux rois, sur deux tramways qui vont se rejoindre sur une voie unique, et quand ils arrivent à la fourche et se rencontrent, les tramways ne s'écrabouillent pas l'un contre l'autre, mais ils se fondent pour ne plus former qu'une seule voiture à l'intérieur de laquelle les rois s'affrontent souverainement, aucun des deux n'ayant la situation en main, mais conduisant tous deux le véhicule qui avance, menaçant, un vrai danger public, et alors Billy saute dans le tramway, saisit le manche, et aussitôt les rois cèdent la place au magicien.

Il m'a donné une camel quand je crachais mes poumons, pensa Francis.

C'est l'homme providentiel, ce Billy.

Dans la salle à manger, Annie mettait la table, avec une nappe blanche, les couverts en argent que Joe Bras-de-Fer leur avait donnés pour leur mariage, et un service que Francis n'avait jamais vu; c'est alors que Daniel Quinn rentra. Le gosse balança son cartable dans un coin de la salle à manger, puis s'arrêta net en voyant Francis debout à l'entrée de la cuisine.

– Salut, lui dit Francis.

– Danny, c'est ton grand-père, dit Annie. Il est passé nous voir et il va rester dîner avec nous.

Daniel dévisagea Francis, et, lentement, il tendit sa main droite; Franny lui serra la main.

– Enchanté, dit Daniel.

– Mais moi de même. Dis-moi, tu es grand pour dix ans.

– Je vais avoir onze ans en janvier.

– Alors comme ça tu arrives de l'école?

– Du catéchisme.

– Ah! du catéchisme. Tiens, j'ai dû te voir traverser la rue tout à l'heure sans savoir que c'était toi. Tu as appris des choses?

– On nous a parlé d'aujourd'hui. De la Toussaint.

– Et alors?

– C'est une fête. On doit aller à l'église. C'est le jour où on se souvient des martyrs qui sont morts pour la foi et personne ne sait leur nom.

– Ah oui, dit Francis. Je vois qui tu veux dire.

– Qu'est-ce qui est arrivé à vos dents?

– Daniel.

– Mes dents, dit Francis. Eh bien, elles et moi on s'est séparés, enfin presque toutes. Il m'en reste quelques-unes.

– Vous êtes Grand-père Phelan ou Grand-père Quinn?

– Phelan, dit Annie. Son nom c'est Francis Aloysius Phelan.

– Francis Aloysius, exact, dit Francis en riant. Il y a longtemps que je n'ai pas entendu ça.

– C'est vous le joueur de baseball, dit Danny. Celui qui a joué en première division. Vous faisiez partie des Washington Senators.

– Oui, dans le temps. Mais je ne joue plus.

– Billy dit que c'est vous qui lui avez appris à réussir à lancer une balle tirebouchon.

– Ah! il se souvient de ça?

– Vous voulez bien m'apprendre?

– Tu es lanceur, toi aussi?

– Des fois. Je sais lancer une balle papillon.

– Changement de rythme. Dure à frapper. Trouve-moi une balle et je t'apprendrai comment la tenir pour lancer une balle tirebouchon.

Daniel courut dans la cuisine, puis dans l'office, et revint avec une balle et un gant, qu'il tendit à Francis. Le gant était bien trop petit pour la main de Francis, mais il glissa quelques doigts à l'intérieur et prit la balle dans sa main droite, pour étudier les coutures. Puis il la saisit avec le pouce et un doigt et demi.

– Qu'est-ce qui est arrivé à votre doigt? demanda Daniel.

– Eh bien, lui et moi, on s'est aussi séparés. Comme qui dirait un accident.

– Est-ce que ça gêne pour lancer une balle tirebouchon?

– Bien sûr, mais pas moi, il y a longtemps que je ne lance plus. Je n'ai jamais été lanceur, en fait, mais j'en ai connu des tas. Walter Johnson était mon copain. Tu le connais? Le Grand Train, on l'appelait.

Le gosse fit non de la tête.

– Ça ne fait rien. Mais c'est lui qui m'a appris comment

on s'y prenait, et je n'ai pas oublié. Tu mets tes deux doigts sur la couture, comme ça, et tu donnes un petit coup de poignet vers l'extérieur, comme ça, et si tu es droitier – tu es droitier? – (le gosse fit signe que oui) alors la balle va danser un tour de gigue et filer tout droit sur le nombril du batteur, à supposer, bien sûr, qu'il soit droitier lui aussi. Le truc, c'est de lancer dans le sens contraire de la courbe, qui va dans ce sens-là. Et il donna un petit coup de poignet dans le sens des aiguilles d'une montre. «Il faut faire comme ça.» Et il donna de nouveau un petit coup de poignet en sens inverse. Puis il fit faire les deux gestes au gosse, et lui donna une tape dans le dos.

– C'est comme ça qu'on s'y prend, dit-il. Quand tu auras vraiment attrapé le coup, le batteur aura l'impression que tu as une bête à l'intérieur de ta balle, qui la fait voler comme un avion.

– Allons dehors pour essayer, dit Daniel. Je vais chercher un autre gant.

– À propos de gant, dit Francis. Et il se tourna vers Annie. Tu n'aurais pas par hasard mon vieux gant dans un coin de la maison? Ça serait possible, ça, tu crois?

– Au grenier, il y a toute une malle avec des affaires à toi, dit-elle. Ça se pourrait qu'il y soit.

– Il y est, dit Daniel. Je sais qu'il y est, je l'ai vu. Je vais aller le chercher.

– Certainement pas, dit Annie. Tu es prié de laisser cette malle tranquille.

– Mais je l'ai déjà vue. Il y a aussi une paire de chaussures à crampons, et des habits, des journaux, et puis des photos.

– Tout ça, dit Francis à Annie. Tu as gardé tout ça.

– Tu n'avais pas à aller fouiller dans cette malle, dit Annie.

– Billy et moi, un jour, on a regardé les photos et les coupures de journaux, dit Daniel. Billy a fouillé au moins autant que moi. On l'a vu sur des tas de journaux. Et il montrait du doigt son grand-père.

– Tu as peut-être envie d'aller voir ce qu'il y a dedans? dit Annie à Francis.

– Pourquoi pas. J'ai peut-être une chance de me trouver un lacet de soulier.

Annie lui montra le chemin et le précéda dans l'escalier; Daniel était déjà monté devant. Ils entendirent le gosse dire: «Lève-toi, Billy, y a Grand-père qui est là», et quand ils arrivèrent au premier étage, Billy était devant sa porte, en robe de chambre et en chaussettes blanches, hirsute, encore à moitié endormi.

– Salut, Billy, comment ça va? dit Francis.

– Tu as fini par venir, dit Billy.

– Hé oui.

– J'aurais parié que non.

– Tu aurais perdu. Et j'ai apporté une dinde, comme j'avais dit.

– Une dinde, eh bien, dis donc...

– On va la manger pour dîner, dit Annie.

– Mais moi, ce soir, je dois aller en ville, dit Billy. Je viens de prendre rendez-vous avec Martin.

– Rappelle-le, dit Annie. Il comprendra.

– Tom Fitzsimmons le Rouquin et Martin m'ont tous les deux appelé pour me dire que les choses sont à nouveau O.K. à Broadway. Tu sais, je t'avais raconté que j'avais des ennuis avec les McCall, dit Billy à son père.

– Oui, je me rappelle.

– J'avais refusé de faire certains trucs, alors ils m'ont foutu sur leur liste noire. Je ne pouvais plus parier, je ne pouvais même plus me faire servir un verre à Broadway.

– J'ai lu ce que Martin avait écrit sur toi, dit Francis. Il te traitait de magicien.

– Martin déconne. Je n'ai donné personne. Tout ce que j'ai fait, c'est de mentionner Newark en passant, or il se trouve que c'est là qu'on a fini par piquer certains des types du gang des kidnappeurs.

– Alors tu as quand même joué un rôle, dit Francis. Mentionner Newark, c'était fournir une information. À qui est-ce que tu en as parlé?

– À Bindy. Mais je ne savais pas que ces types se trouvaient à Newark, sinon je n'aurais rien dit. Je n'ai jamais mouchardé de ma vie.

– Alors pourquoi tu en as parlé?

– Je ne sais pas.

– Tu vois, c'est pour ça que tu es un magicien.

– Ça, c'est les conneries de Martin. Mais il a réussi à embobiner quelqu'un parce que, d'après ce qu'il m'a dit au téléphone, le clan politique m'a de nouveau à la bonne. En d'autres termes, je ne sens plus le roussi.

À propos de sentir le roussi, Francis huma sa propre odeur, et en conclut qu'il fallait qu'il se lave au plus vite. Maintenant qu'il était au milieu des autres, l'odeur de la charrette du chiffonnier plus l'odeur de sa vieille veste n'étaient plus supportables. Un boucher qui est sale perd sa clientèle.

– Tu ne peux pas sortir maintenant, Billy, dit Annie. Avec ton père qui est là et qui reste dîner avec nous. On monte au grenier jeter un coup d'œil à ses affaires.

– Tu aimes la dinde? demanda Francis à Billy.

– Tout le monde aime la dinde, tu le sais bien, dit Billy. Il regarda son père. Tu peux te servir de mon rasoir, dans la salle de bains, si tu veux te raser.

– Ne te mêle pas de donner des conseils, dit Annie. Allez, habille-toi et viens nous rejoindre en bas.

Et Francis et Annie montèrent au grenier.

Quand Francis ouvrit la malle, l'odeur du passé envahit soudain la pièce, une odeur pénétrante de fleurs enfermées qui faisait voler la poussière et ébranlait doucement les stores. Francis sentait le parfum du passé brusquement rendu présent lui monter à la tête, puis, au premier coup d'œil qu'il jeta à l'intérieur de la malle, il eut un choc, car là, en face de lui, sur une photo, c'était son propre visage, à dix-neuf ans. La photo se trouvait au milieu de chaussettes roulées, d'un petit drapeau américain, d'une casquette de joueur de baseball avec l'inscription « Washington Senators », d'une liasse de coupures de presse, et d'autres photos, tout cela pêle-mêle sur le dessus de la malle. Francis se voyait soudain tel qu'on pouvait le voir des gradins de

Chadwick Park, par une journée de 1899, sans une ride, avec toutes ses dents, le col ouvert, les cheveux décoiffés par le vent de l'après-midi. Il prit la photo pour la regarder de plus près et vit qu'il était au milieu d'un groupe, et qu'il faisait sauter une balle de baseball de sa main droite nue dans sa main gauche gantée. La course de la balle avait toujours fait de cette photo un mystère pour Francis, car l'appareil avait saisi la balle encore serrée dans sa main, et aussi la balle au bond, filant d'un trait brouillé vers le gant. Ce que l'appareil photo avait saisi, c'était deux instants en un : un morceau de temps coupé en deux et recollé, la balle dans deux endroits à la fois. Le phénomène était aussi inexplicable que le mystère de la Sainte Trinité. Et c'est bien une sorte de Sainte Trinité (une main, un gant, une balle) que représentait la photo pour Francis aujourd'hui, un talisman qui lui avait permis d'accomplir l'impossible. Car il lui était toujours apparu comme totalement impossible de revenir un jour sous ce toit, de rentrer dans l'histoire, lui le raté, lui l'homme ravagé. Et pourtant il était là, dans ce nid d'aigle où se reconstituait le tissu du temps, à toucher des simulacres intouchables d'un moi qui ne savait pas encore qu'il était foutu, pas plus que la balle, dans son ignorance de chose inerte, ne savait encore qu'elle n'allait nulle part, qu'elle allait être attrapée.

Mais la balle en réalité n'est pas encore attrapée, sauf par l'appareil photo qui l'a suspendue dans l'espace.

Et Francis n'est pas encore foutu, sauf en tant qu'image donnant à voir un processus.

La balle vole toujours.

Francis vit encore et a encore un jour à jouer.

Pas vrai ?

Le gosse a remarqué ses dents. Un type peut se faire refaire les dents, se faire mettre des fausses dents. Annie en a bien, elle.

Francis souleva le compartiment intérieur de la malle, laissant apparaître les chaussures à crampons et le gant, dont

Daniel se saisit aussitôt, ainsi que deux complets, une paire de chaussures basses en cuir noir et une paire de bottines marron, une douzaine de chemises peut-être et deux douzaines de cols blancs, une pile de gilets de corps et de caleçons, un trousseau de clefs destinées à des serrures d'une autre époque, une pierre et un cuir à rasoir, un bol avec un reste de savon à barbe, un blaireau qui avait encore tous ses poils, sept rasoirs à manche dans un écrin, avec sur chaque manche un jour de la semaine, des chaussettes, des nœuds papillon, des bretelles, et une balle de baseball que Francis prit et montra à Daniel.

– Tu vois ça? Tu vois le nom dessus?

Le garçon regarda, secoua la tête.

– Je ne peux pas le lire.

– Mets-la près de la lumière, tu y arriveras. C'est Ty Cobb. Il a signé cette balle en 1911, l'année où il a marqué 420 points. Un jour un type me l'a donnée, et je l'ai toujours gardée. Un salaud, ce Cobb, plus d'une fois il s'est jeté sur moi en levant bien haut ses chaussures à crampons. Mais il faut reconnaître que c'était un joueur formidable. Le meilleur.

– Meilleur que Babe Ruth?

– Meilleur, et plus résistant, et plus offensif, et plus rapide. Il n'arrivait peut-être pas à frapper des balles aussi longues que Babe Ruth, mais tout le reste il le faisait mieux. Ça te plairait d'avoir cette balle qui a son nom dessus?

– Bien sûr que ça me plairait! Ça serait fantastique!

– Alors elle est à toi. Mais tu ferais bien de te renseigner un peu sur lui, et sur Walter Johnson. Tu verras quels champions c'était. Et ils n'ont pas dit leur dernier mot, à ce qu'on m'a raconté de Cobb. Il est toujours bien en vie.

– Je me souviens de ce costume, dit Annie, en soulevant la manche d'un veston en croisé de laine gris à chevrons. C'était ton costume habillé.

– Je me demande s'il m'irait encore, et il se redressa et mit le pantalon devant lui, ce qui lui permit de découvrir que ses jambes n'avaient pas rallongé depuis vingt-deux ans.

– Descends-le, dit Annie. Je te le nettoierai et je le repasserai.

– Tu me le repasserais? dit Francis, et il eut un petit rire. Ça serait pas mal, un nouveau costume. Je pourrais balancer ces vieilles fringues.

Alors, en fouillant dans la malle, il se choisit une garde-robe au grand complet, y compris la pochette, et il empila le tout par terre devant la malle.

– J'aimerais bien rejeter un coup d'œil là-dessus, dit Annie en prenant les coupures et les photos.

– Descends-les, dit Francis en refermant le couvercle.

– Moi je descends le gant, dit Daniel.

– Et j'aimerais t'emprunter un peu la salle de bains, dit Francis. J'accepterais volontiers l'offre de Billy, j'aimerais me raser et essayer mes nouveaux habits. Je me suis rasé, mais Billy a l'air de dire que je ferais pas mal de recommencer.

– Ah! ne t'occupe donc pas de Billy, dit Annie. Tu es très bien comme tu es.

Elle redescendit avec lui et lui montra un couloir avec deux pièces l'une en face de l'autre. Elle lui montra une chambre où un lit à une personne, une commode et un petit bureau d'enfant formaient un ensemble harmonieux.

– C'est la chambre de Danny, dit-elle. Elle a le soleil toute la matinée. D'un placard à linge Annie sortit une serviette et la tendit à Francis. «Prends un bain si tu en as envie.»

Francis s'enferma dans la salle de bains et passa le pantalon, qui lui allait à condition de laisser ouvert le bouton du haut. Il n'aurait qu'à mettre les bretelles. Le veston datait d'il y a vingt ans et ça se voyait, et cela choquait Francis dans ce qu'il lui restait de sens de ce qui se fait et de ce qui ne se fait pas. Mais il décida de le porter quand même car mieux valait, et de loin, ces effluves du temps passé, plutôt que les relents qui émanaient de la veste qu'il avait sur le dos. Il se déshabilla et fit couler l'eau du bain. Il examina la chemise qu'il avait sortie de la malle, mais lui préféra en fin de compte la chemise blanche damassée qu'il avait prise dans la charrette du chiffonnier. Il essaya les chaussures basses noires, déjà faites à son pied, et constata que, malgré ses durillons, ses pieds n'avaient pas rallongé eux non plus depuis vingt-deux ans.

Il entra dans le bain et se laissa doucement glisser au-dessous des vapeurs qui s'en dégageaient. La chaleur lui donnait des frissons, et aussi la surprise d'être là, bien au chaud dans son bain fumant, tout comme la dinde dans son plat à rôtir. Il se sentait comme sanctifié. Il contempla le lavabo, qui lui apparut tout auréolé de sainteté, tout comme les robinets eux-mêmes, et les tuyaux. Il se demanda si tout objet, à un moment donné de son existence, devenait sacré, et il conclut que oui. De la sueur coulait sur son front, dégouttait de son nez et tombait dans le bain, mêlant les eaux d'hier à celles d'aujourd'hui. D'un seul coup, une grande conflagration illumina les cieux qui étaient en train de s'obscurcir; ce fut une irradiation aussi brusque qu'un éclair. Mais son éclat persistait, comme si un ange, dans sa béatitude radieuse, avait plané devant la fenêtre de la salle de bains. C'était une lumière si durable et si intense à la fois, surpassant même les derniers rayons du soleil couchant, que Francis sortit de la baignoire et se rendit à la fenêtre.

En bas, dans le jardin, Aldo Campione, Quain le Violoneux, Harold Allen et Dick Doolan le Casseur étaient en train de construire une espèce de plate-forme en bois que Francis sut identifier comme les gradins d'un terrain de baseball.

Il se remit dans la baignoire, mit du savon sur la brosse à long manche, souleva de l'eau son pied gauche, le frotta jusqu'à ce qu'il soit propre, souleva le pied droit, le frotta tout aussi méticuleusement.

Francis, ce dandy de 1916, descendit l'escalier en nœud papillon, chemise damassée, chaussures basses en cuir noir rendues brillantes grâce à un peu de salive, costume gris à chevrons avec des revers trop étroits comme c'était la mode vingt-deux ans plus tôt; il portait des chaussettes de soie noire et un caleçon de soie blanc, sa peau était propre comme un sou neuf, partout partout, ses cheveux étaient lavés et relavés, ses ongles récurés, les dents qui lui restaient bien brossées – il avait ensuite lavé au savon la brosse à dents, l'avait séchée et remise à sa place; il n'avait plus une ombre de moustache, ses cheveux étaient peignés au peigne avec un soupçon de vaseline pour qu'ils restent bien en place; il avait la démarche élastique et le sourire aux lèvres. Ce dandy descendit l'escalier, oui, et sa famille fut saisie en voyant comme il avait retrouvé fière allure, et Francis reçut comme un bravo leurs regards ébahis.

Et il sentit monter en lui une bouffée de musique de danse.

– Seigneur Jésus, dit Billy.

– Eh bien, ça alors, dit Annie.

– Vous n'êtes plus pareil, dit Daniel.

– J'avais besoin de faire un brin de toilette, dit Francis. Drôles de fringues, mais ça ira comme ça.

Ils n'en dirent pas davantage, ni les uns ni les autres, même Daniel, conscients du fait que, à faire trop grand cas de la métamorphose, ils souligneraient à quel point Francis avait une allure minable avant.

– Il faut que je me débarrasse de ces nippes, dit-il, en montrant le paquet qu'il en avait fait et qu'il avait noué avec la manche de sa vieille veste.

– Danny va les prendre, dit Annie. Mets-les dans la cave, dit-elle au garçon.

Francis s'assit sur un des bancs de la table de petit déjeuner, en face de Billy. Annie avait étalé les coupures de journaux et les photos, et Billy et lui se mirent à les regarder. Parmi les coupures, Francis trouva une enveloppe jaunie datée du 2 juin 1910 et adressée à Monsieur Francis Phelan, Baseball Club de Toronto, Palmer House, Toronto, Ontario. Il l'ouvrit et lut la lettre qui se trouvait à l'intérieur, puis il la mit dans sa poche. Pendant ce temps-là, les préparatifs du dîner se poursuivaient, Daniel et Annie, devant l'évier, épluchaient les pommes de terre. Billy, les cheveux bien lissés, presque un dandy lui-même avec une chemise blanche empesée à col ouvert, un pantalon au pli marqué et des chaussures blanches à bout pointu, buvait de la bière tout en lisant une coupure de journal.

– J'ai déjà lu tout ça dans le temps, dit Billy. Au début je ne me rendais pas compte que tu étais si fort. On m'avait un peu raconté, et puis un soir en ville j'ai entendu un type qui parlait de toi, et il n'arrêtait pas de dire que tu étais formidable, et moi je n'avais pas compris ça. Je savais qu'il y avait tous ces articles dans la malle. Je les avais vus quand on a emménagé ici, alors je suis monté au grenier les lire. Tu étais vraiment fort, comme joueur.

– Pas trop mauvais, dit Francis. On fait pire.

– Et les journalistes, ils t'avaient à la bonne.

– Je faisais des trucs assez dingues. Ils pouvaient mettre ça dans leurs papiers. Et puis je débordais d'énergie. C'est une chose qui plaît aux gens, l'énergie.

Billy proposa à Francis un verre de bière, mais Francis refusa, et, à la place, il prit une camel dans le paquet de Billy; et il se mit à regarder les articles où l'on racontait comment il s'était fait remarquer pour la rapidité de sa course, ou pour avoir réussi un quatre-sur-quatre et assuré la partie, dans la dernière manche, pour son équipe, ou encore pour s'être attiré des ennuis: comme le jour où il avait retenu par la ceinture le coureur qui était à la troisième base, c'était un vieux truc de John McGraw; une chandelle avait été frappée, et le coureur était prêt à toucher l'adversaire et à courir vers la base d'arrivée dès que la balle serait attrapée, mais il s'était aperçu qu'il ne pouvait pas bouger; alors il s'était retourné vers Francis en l'insultant, celui-ci avait lâché la ceinture et le coureur avait filé, mais la balle avait été attrapée avant qu'il n'arrive et il avait perdu le point.

Astucieux.

N'empêche que Francis avait été expulsé de la partie.

– Ça te ferait plaisir d'aller jeter un coup d'œil au jardin? dit Annie qui s'était soudain rapprochée de Francis.

– Oui. J'aimerais voir le chien.

– C'est malheureux que les fleurs soient finies. On en a eu énormément cette année. Des dahlias, des gueules-de-loup, des pensées, des asters. Ce sont les asters qui ont le mieux duré.

– Et je vois que tu as toujours les géraniums.

Annie fit signe que oui, enfila son sweater, et ils sortirent sur la véranda qui donnait sur le jardin. L'air était frisquet, le jour tombait. Annie referma la porte derrière eux et caressa le chien, qui aboya deux fois contre Francis puis finit par accepter sa présence. Annie descendit les cinq marches qui menaient au jardin, suivie de Francis et du chien.

– Fran, tu as un endroit où dormir cette nuit?

– Bien sûr. J'ai toujours un endroit où dormir.

– Est-ce que tu veux revenir pour de bon? demanda-t-elle sans le regarder. Elle marchait devant lui et se dirigeait vers la palissade. Est-ce que c'est pour ça que tu es venu nous voir?

– Non, comment veux-tu. Je n'aurais pas ma place ici.

– Je me suis dit que c'était peut-être ça que tu avais en tête.

– J'y ai pensé, je reconnais. Mais je me rends bien compte que ça n'est pas possible, pas après toutes ces années.

– Ça demanderait un effort, ça je le sais.

– Plus que ça.

– On a vu des choses plus bizarres.

– Ah? Dis-en une, pour voir.

– Eh bien, toi qui vas au cimetière et qui parles avec Gerald. C'est peut-être la chose la plus bizarre que j'aie entendue de ma vie.

– Ça n'avait rien de bizarre. Je suis arrivé là-bas, et je me suis mis à lui raconter des trucs. C'est bien, là où il est. C'est joli.

– C'est la concession familiale.

– Je sais.

– Il y a une tombe pour toi, là-bas, tout près de la tombe de Gerald, et il y en a une pour moi, et deux pour les enfants juste à côté s'ils en ont besoin. Je suppose que Peg aura sa propre concession avec George et son fils.

– Quand est-ce que tu as fait tout ça? demanda Francis.

– Oh! il y a des années, je ne sais plus exactement.

– Moi je m'étais tiré, et toi tu m'as acheté une tombe.

– Je l'ai achetée pour la famille. Tu fais partie de la famille.

– Je n'ai pas toujours eu ce sentiment.

– Peg t'en veut beaucoup de nous avoir quittés. Moi, je t'en ai voulu aussi, pendant des années, mais c'est fini maintenant. Je ne sais même pas pourquoi j'ai cessé de t'en vouloir. Vraiment, je n'en sais rien. J'ai téléphoné à Peg. Je lui ai dit d'amener les airelles pour la dinde, et je lui ai dit que tu étais là.

– Tu m'as mis avec les airelles. Ç'a un peu adouci le choc.

– Peut-être.

– Écoute, il vaut mieux que je reparte. Je ne veux pas de scènes, je ne veux pas créer des drames dans la famille.

– C'est idiot, arrête. Tu lui parleras, voilà tout. Il faut absolument que tu lui parles.

– Je n'ai rien à dire qui tienne debout. Même à toi je n'ai pas su quoi dire.

– Je sais bien ce que tu as dit et ce que tu n'as pas dit. Je sais bien que ça n'est pas commode, ce que tu fais.

– Ce que je fais et rien, c'est pareil. Rien de ce que je peux faire dans cette foutue vie n'a le moindre sens.

– En revenant ici, tu as fait quelque chose qui avait un sens. C'est quelque chose que Danny n'oubliera pas. Et Billy non plus. Il a été tellement content de pouvoir faire quelque chose pour toi. Oh! bien sûr, il ne l'admettra jamais.

– Tout ce qu'il a fait, c'est de faire sortir une cloche de taule.

– Pourquoi parles-tu de toi si durement, Francis?

– Pas seulement de moi, de tout et de tout le monde.

Les gradins étaient dressés, et des hommes prenaient place en silence et s'asseyaient, ici même, dans le jardin d'Annie, sous l'œil de Dieu, du chien, de tout le monde. Il y avait Bill Corbin qui, dans les années quatre-vingt-dix, avait fait campagne pour devenir shérif, qui s'était fait battre, et qui était devenu républicain. Il y avait Perry Marsolais, qui avait hérité de la fortune de sa mère, qui l'avait bue jusqu'au dernier sou, et qui s'était finalement retrouvé balayeur des rues. Il y avait Joe Bras-de-Fer en personne, avec sa grosse moustache et sa grosse bedaine et sa grosse épingle de cravate en rubis. Il y avait Dwyer le Dandy avec son doulos bien creusé sur le dessus. Et puis il y avait le jeune George Quinn et le jeune Martin Daugherty, chargés de passer les battes aux joueurs. Il y avait le grand-père de Martin, Ernest Daugherty, un farouche révolutionnaire qui savait allumer une étincelle de révolte dans l'œil de Francis en racontant avec une éloquence enflammée comment les hommes d'argent se servaient des ouvriers pour faire fortune et traitaient les Irlandais comme de la racaille nègre. Et il y avait Patsy McCall, celui qui devait devenir le caïd de la ville, qui tenait son gant de baseball dans sa main gauche. Il y avait aussi des types que Francis ne connaissait pas, même à l'époque, en 1899, car c'était seulement des types qui traînaient dans le bar de Joe Bras-de-Fer et qui s'intéressaient aux faits et gestes de l'équipe de Joe, les Brouetteurs – des types qui étaient venus au pique-nique organisé pour célébrer la victoire en demi-finale des Brouetteurs dans la rencontre Albany-Troy.

Et il en arrivait toujours de nouveaux: quarante-trois en tout, plus quatre mômes et deux chiens, et c'était le Violoneux et ses copains qui aidaient tout le monde à se placer.

Et là, entre McManus le Bigleux, toujours aussi fou, en chapeau melon, et Jack Corbett en gilet, sans faux col, était assis le Nabot, hein, quoi?

C'était lui, sans blague?

Le Nabot avec sa nuque à laquelle il manquait un bout de chair.

Dans tous les groupes il y a toujours un type comme lui.

Francis ferma les yeux pour s'extirper cette vision de la tête, mais, quand il les rouvrit, les gradins étaient toujours là, et les hommes toujours assis chacun à sa place. Seule la lumière avait changé, elle était plus vive, comme était plus vive la haine de Francis pour tout ce qui n'est que fantasmes, images dépourvues de substance. J'en ai marre de vous tous autant que vous êtes, voilà ce qu'il se disait, j'en ai marre de me représenter ce que vous êtes devenus, et ce que j'aurais pu devenir moi aussi si j'avais vécu parmi vous. J'en ai marre de vos destins pitoyables, de votre hypocrisie larmoyante, de vos gueules sempiternellement identiques à elles-mêmes. J'aimerais mieux crever sous les ponts que de rester là à vous regarder vous languir, comme Jésus sur la croix n'attendant qu'une chose au monde, que tout ça soit fini, alors qu'il savait parfaitement tout ce qui allait arriver, et pas seulement à lui mais à tous ceux qui l'entouraient, et à tous ceux qui n'étaient même pas encore nés. Vous n'êtes rien de plus pour moi, bande de zombis, qu'une simple photographie. Vous n'existez pas, et c'est fini pour moi d'en passer par vos caprices.

Vous êtes tous morts, et si vous ne l'êtes pas, vous devriez l'être.

Celui qui est vivant, c'est moi. C'est moi qui raconte l'histoire.

Vous n'en avez jamais su plus long que moi sur le déroulement des événements.

Et si je n'avais pas ouvert cette vieille malle, vous ne seriez même pas en ce moment dans ce foutu jardin.

Alors foutez le camp!

– Maman, cria Billy de la fenêtre. Peg est là.

– On arrive, cria Annie. (Et quand Billy eut refermé la fenêtre, elle se tourna vers Francis:) Est-ce qu'il y a quelque chose que tu veux me dire, ou que tu veux me demander, avant qu'on aille retrouver les autres?

– Écoute, j'ai des centaines de choses à te demander, et des milliers de choses à te dire. Pour toi je serais prêt à manger toute la terre de ce jardin, pour toi aussi toutes les mauvaises herbes, et les os du chien, si tu me le demandais.

– Tu as sans doute déjà fait tout ça, dit-elle.

Et ils remontèrent les marches ensemble.

Dès que Francis aperçut sa fille penchée au-dessus du four, qui arrosait la dinde, et avait déjà passé son tablier à fleurs, Francis se dit: elle est trop habillée pour faire ça. Elle portait une montre au poignet, à l'autre poignet un bracelet, et deux bagues à l'annulaire. Elle avait des talons hauts, des bas de soie à coutures apparentes, et une robe couleur parme qui n'était visiblement pas destinée à servir de blouse de travail. Ses cheveux châtain foncé, coupés courts, avaient une permanente légère; elle avait du rouge à lèvres et un peu de fard aux joues, ses ongles étaient longs, recouverts d'une couche de vernis rouge foncé. Elle avait un ou deux kilos de trop, peut-être même un peu plus, et elle était belle comme tout. Francis se sentait immensément fier d'être le père d'une si belle fille.

– Comment ça va, Margaret? demanda-t-il quand elle se redressa et posa les yeux sur lui.

– Ça va très bien, dit-elle, et pas grâce à toi.

– Ah! dit Francis. Il s'éloigna et retourna s'asseoir à la table de petit déjeuner, en face de Billy.

– Fiche-lui la paix, dit Billy. Franchement, il vient à peine d'arriver.

– La paix, et pourquoi ça? Est-ce qu'il a jamais fait la moindre chose pour moi? Ou pour toi? Ou pour n'importe lequel d'entre nous?

– Écoute, laisse tomber, dit Billy.

– Je ne dis rien d'autre que la vérité, dit Peg.

– Vraiment? dit Annie. Tu es tellement sûre de ce qui est la vérité?

– Archi-sûre. Après ce qu'il a fait, je ne vais pas jouer les hypocrites et l'accueillir à bras ouverts. On ne débarque pas comme ça un jour avec une dinde sous le bras, et hop, on vous pardonne tout.

– Je ne m'attends pas à ce qu'on me pardonne, dit Francis. Je suis bien au-delà de ça.

– Ah tiens. Et tu es où, exactement?

– Nulle part.

– Ça, c'est sûrement vrai. Alors, si tu es nulle part, on peut savoir ce que tu fais ici? On peut savoir pourquoi tu reviens comme un fantôme, alors qu'on t'avait enterré depuis longtemps, pour nous fourguer une malheureuse dinde? C'est comme ça que tu t'imagines que tu vas effacer le fait que tu nous as laissés nous débrouiller tout seuls pendant vingt-deux ans?

– C'est une dinde qui pèse plus de six kilos, dit Annie.

– Pourquoi as-tu quitté ton nulle part pour venir ici,

c'est ça que je voudrais savoir. Ici, c'est quelque part. Un quelque part pour lequel tu n'as pas remué le petit doigt.

– Si tu existes, c'est tout de même un peu grâce à moi. Et Billy aussi. J'ai fait ce que j'ai pu.

– J'aimerais encore mieux que tu n'aies rien fait du tout.

– Arrête! cria Billy. Mais quelle langue de vipère! Tu vas la boucler, bon dieu!

– Il est venu nous rendre visite, c'est tout, dit doucement Annie. Je lui ai déjà demandé s'il voulait rester, et il a dit que non. Mais s'il voulait, ce serait sûrement possible.

– Ah bon, dit Peg. Alors comme ça, tout est déjà arrangé?

– Il n'y a rien à arranger, dit Francis. Comme ta mère vient de te le dire, je ne reste pas. Je repars.

Il posa la main sur le moulin à sel et à poivre, devant lui sur la table, puis repoussa le sucrier contre le mur.

– Tu repars, dit Peg.

– Absolument.

– Tant mieux.

– Ça suffit, merde! hurla Billy, en se levant de son banc. Mais quelle vipère, alors.

– La vipère vous salue bien, dit Peg, et elle quitta la cuisine, en faisant claquer la porte-tambour, qui était restée ouverte jusque-là, en la claquant si fort qu'elle continua à battre, à battre, avant de s'arrêter enfin.

– Eh bien, elle a son caractère, dit Francis.

– Bah, elle aboie mais elle ne mord pas, dit Billy.

– Elle finira par se calmer, dit Annie.

– Je suis habitué à me faire insulter, dit Francis. J'ai une peau de rhinocéros.

– On a besoin de ça quand on vit ici, dit Billy.

– Où est le gosse? demanda Francis. Il a entendu tout ça?

– Il est dehors en train de jouer avec la balle et le gant que tu lui as donnés, dit Billy.

– Je ne lui ai pas donné le gant, dit Francis. Je lui ai donné la balle où il y avait la signature de Ty Cobb. Le gant est à toi. Si tu veux le lui donner, tu peux. Par rapport à ce qu'on fait aujourd'hui, ce n'est pas un gant formidable.

Le gant de Danny est bien supérieur à tous les gants que j'ai pu avoir. Mais je me suis toujours dit, je donne ce vieux gant à Billy pour qu'il ait, quelque part dans la maison, un souvenir des grandes rencontres de baseball. Ce gant a touché un certain nombre de fameux bonshommes. Il lui est arrivé d'intercepter une balle en flèche de Tris Speaker, d'éliminer Cobb, d'empêcher Eddie Collins de rejoindre sa base. Des trucs comme ça.

Billy hocha la tête et tourna le dos à Francis. «O.K.», dit-il, puis il se leva d'un bond et quitta la cuisine pour que son père ne puisse pas voir son émotion (mais son père avait vu).

– Il est bien, Billy, dit Francis. C'est pas des mauviettes, que tu as élevées.

– Ils sont plus fragiles que tu ne crois, malheureusement, dit Annie.

Francis eut le regard attiré par le jardin, qu'illuminait maintenant une nouvelle lumière, sur fond de ciel noir. Les hommes et les enfants, et même les chiens tenaient des bougies allumées; les chiens tenaient les leurs à l'oblique dans leur gueule. McManus le Bigleux, qui ne faisait jamais rien comme tout le monde, portait la sienne sur son chapeau melon. Ce qu'on voyait, c'était un jardin où l'air lui-même semblait avoir été embrasé par des acolytes. Puis, tandis que Francis contemplait le spectacle, les acolytes se mirent soudain à chanter. C'était un chant qui n'avait aucun sens, Francis avait beau écouter attentivement, il n'arrivait pas à distinguer la moindre parole. C'était une mélodie antisyllabique comparable au doux sifflement du roitelet ou au souffle guttural du crapaud. Francis regardait la cérémonie avec un sentiment quasi religieux, car il était clair que cette scène dépassait ce qu'il attendait ordinairement d'un rêve, ou d'une rêverie éveillée, ou même d'une hallucination. Et il devint soudain évident pour lui que tout ceci se déroulait dans une zone de son existence qui lui échappait bien davantage qu'il n'avait cru au début, lorsqu'il avait vu Aldo Campione monter dans le tramway. Les signaux que lui envoyait cette machine à remonter le temps étaient de mauvais augure; quant aux fantômes, ils étaient totalement dépourvus d'humour. Finalement, quand Francis vit le Nabot (qui se savait observé, qui savait qu'il n'avait pas sa place dans le tableau) plonger la partie allumée de la bougie dans le trou qu'il avait à la nuque, et qu'il reconnut que ce que chantaient les acolytes était le *Dies Irae*, il se mit à avoir peur. Il ferma les yeux, enfouit sa tête dans ses mains, et essaya de retrouver le nom que portait son premier chien.

C'était un berger écossais.

Billy revint, toute trace d'émotion effacée, s'assit en face de Francis, et lui offrit une autre cigarette, que celui-ci accepta. Il remplit son verre de bière et but, et tout à coup il dit: «George.»

– Mon dieu, dit Annie. On a complètement oublié George. (Elle alla dans le living et appela Peg là-haut:) Peg, il faudrait que tu appelles George et que tu lui dises qu'il peut rentrer.

– Ne la dérange pas, je vais le faire, cria Billy à sa mère.

– Qu'est-ce qui est arrivé à George? demanda Francis.

– Un soir les flics sont venus ici le chercher, dit Billy. C'est Patsy McCall qui cherche des ennuis à la famille à cause de moi. George joue à la loterie clandestine, et il risquait de se faire mettre en taule pour paris illicites, bien qu'on lui ait donné le feu vert. Alors il est allé se faire oublier à Troy, et le pauvre diable est là-bas tout seul depuis plus d'une semaine. Mais si moi je suis dédouané, pour lui ça doit aller aussi.

– C'est fou le pouvoir qu'ils ont, ces McCall.

– Ils ont le contrôle sur tout dans la ville. Est-ce qu'ils ont fini par te payer l'argent qu'ils te devaient pour toutes tes inscriptions sur les listes électorales?

– Ils m'ont payé les cinquante dollars dont je t'ai parlé, et ils m'en doivent encore cinquante-cinq. Je n'en verrai jamais la couleur.

– Ça, c'était couru.

– Depuis qu'on en a parlé dans les journaux, ils ont voulu

rester en dehors du coup. Avoir affaire à des clodos, ça la foutait mal. Tu étais là quand Martin m'a dit ça. Ils pouvaient aussi avoir peur que je les donne. Je ne suis pas le genre à donner quelqu'un. Sûrement pas.

– Alors tu n'as pas d'argent.

– Un peu.

– Combien?

– De quoi m'acheter des cigarettes.

– Je parie que tu as mis tout ton argent dans la dinde.

– Ça a pas mal entamé ce que j'avais.

Billy lui tendit un billet de dix dollars plié en deux.

– Mets ça dans ta poche. Tu ne peux pas rester complètement fauché.

Francis prit le billet. – Ça fait vingt-deux ans que je suis fauché. Mais je te remercie, Billy. Je te revaudrai ça.

– C'est déjà fait. Et il alla dans la salle à manger téléphoner à George.

Annie revint dans la cuisine et vit Francis qui contemplait la photo de Chadwick Park. Elle regarda par-dessus son épaule.

– Tu es bien, sur cette photo, dit-elle.

– Oui, dit Francis. J'étais plutôt beau gosse.

– Là-dessus, les avis étaient partagés, figure-toi, dit Annie. J'avais oublié cette photo.

– Il faudrait la faire encadrer, dit Francis. Y a des tas de types du North End, là-dessus. George et Martin tout gosses, et aussi Patsy McCall. Et Joe Bras-de-Fer. C'est une bonne photo de Joe.

– C'est vrai, dit Annie. Regarde comme il est gras et bien portant.

Billy revint et Annie posa la photo sur la table pour qu'ils puissent la regarder tous les trois. Assis là, sur le banc, avec Francis au milieu, ils l'étudiaient en détail, chacun repérant les hommes ou les enfants qu'il connaissait. Annie connaissait même l'un des chiens.

– C'est une photo sensationnelle, dit-elle. Sensationnelle.

– Elle est à toi. Fais-la encadrer.

– À moi? Non, elle est à toi. C'est une photo de baseball.

– Mais non, voyons. Et puis ça ferait plaisir à George.

– D'accord, je la ferai encadrer, dit Annie. Je la porterai en ville, et je ferai faire ça bien.

– Parfait, dit Francis. Tiens. Voilà dix dollars pour aider à payer le cadre.

– Holà, dit Billy.

– Non, Billy, dit Francis. Laisse-moi faire.

Billy eut un petit rire.

– Je ne veux pas d'argent, dit Annie. Remets ça dans ta poche.

Billy se mit à rire franchement et frappa sur la table avec la paume de sa main.

– Maintenant je comprends pourquoi ça fait vingt-deux ans que tu es fauché. Je comprends pourquoi on est tous fauchés. C'est de famille.

– On n'est pas tous fauchés, dit Annie. On ne doit rien à personne. Ne va pas raconter partout qu'on est fauchés. Toi, tu es fauché parce que tu as fait des folies aux courses. Mais nous, on n'est pas fauchés. Il y a eu des moments difficiles, mais on a toujours payé le loyer. Et on a toujours eu de quoi manger.

– Peg travaille? dit Francis.

– Elle est secrétaire, dit Annie. Elle est la secrétaire personnelle du patron d'une entreprise d'outillage. Elle est très appréciée.

– Elle est magnifique, dit Francis. Plutôt chipie quand elle s'y met, mais magnifique.

– Elle aurait dû être mannequin, dit Billy.

– Jamais de la vie, dit Annie.

– Si, je te jure, elle aurait dû être mannequin, dit Billy. Ils voulaient qu'elle pose pour le dentifrice Pepsodent, mais maman n'a pas voulu. Quelqu'un à l'église lui avait raconté que les mannequins étaient, tu vois ce que je veux dire, des femmes légères. On vous prend en photo, et hop vous vous retrouvez sur le trottoir.

– Ce n'était pas ça du tout, dit Annie.

– Et ses dents, dit Billy. Elle a les plus belles dents de toute l'Amérique. Des plus belles dents que Joan Crawford. Et son sourire! Tu ne l'as pas encore vue sourire, mais elle a un sourire extraordinaire. Un sourire fait pour se montrer à Times Square. On aurait pu la voir sur des affiches d'un bout à l'autre des États-Unis. On aurait nagé dans le dentifrice, et dans le fric. Eh bien non. Et il pointa un doigt accusateur sur sa mère.

– Elle avait un emploi, dit Annie. Elle n'avait pas besoin de ça. Et le type qui voulait la faire signer ne m'a jamais plu.

– Il était régulier, dit Billy. J'avais vérifié. Rien à lui reprocher.

– Qu'est-ce que tu pouvais en savoir?

– Comment est-ce que je sais ce que je sais? Je suis un génie, voilà tout.

– Fais attention à ce que tu dis, génie. Il aurait fallu qu'elle aille à New York pour les séances de photo.

– Et elle ne serait jamais revenue, c'est ça?

– Peut-être que oui, peut-être que non.

– Maintenant tu comprends tout, dit Billy à son père. Maman aime bien garder toute sa couvée près d'elle.

– Je ne peux pas dire que je lui donne tort, dit Francis.

– Non, dit Billy.

– Il ne m'a jamais plu, ce type, dit Annie. C'est ça la vraie raison. Je ne lui faisais pas confiance.

Il y eut un silence.

– Et toutes les semaines, elle avait sa paye qu'elle ramenait, dit Annie. Même à un moment où l'entreprise d'outillage a fermé, le patron lui a trouvé un poste de caissière dans un centre commercial qu'il avait. Ils avaient aussi un golf couvert. C'était un truc énorme. Une fois ils ont failli faire venir Rudy Vallee. Pour Peg, ç'a été une expérience formidable.

Il y eut un silence.

– Une cigarette? demanda Billy à Francis.

– Je veux bien, dit Francis.

Annie se leva et alla ouvrir le frigidaire dans l'office. Elle revint avec le beurrier et le posa sur la table de la salle à manger. Au milieu du silence, Peg entra, par la porte-tambour. Elle enfonça une fourchette dans les pommes de terre, regarda la dinde, qui prenait une belle couleur brune, et referma la porte du four sans avoir arrosé. Elle farfouilla dans le tiroir aux ustensiles, et trouva un ouvre-boîtes avec lequel elle ouvrit une boîte de petits pois qu'elle mit à chauffer dans une casserole.

– La dinde sent bon, lui dit Francis.

– Ouais. J'ai acheté un plum pudding, dit-elle à la cantonade, en montrant la boîte. (Elle regarda son père.) Maman nous a dit que tu aimais bien ça comme dessert pour les fêtes.

– Absolument. Avec cette sauce qu'on met dessus. Très sucrée.

– Il y a la recette de la sauce sur l'étiquette, dit Annie. Donne-la-moi, je la ferai.

– Non, je la ferai, moi, dit Peg.

– C'est gentil de t'être souvenue de ça, dit Francis.

– Ça ne donne pas beaucoup de mal, dit Peg. C'est déjà cuit. Tout ce qu'il y a à faire, c'est de la réchauffer dans la boîte.

Francis l'observa et constata que son regard avait perdu de son venin. Voilà une jeune personne qui monte et qui descend comme un baromètre. Quand elle vit qu'il la regardait, elle esquissa un sourire: pas un sourire comme sur les affiches, pas un sourire pour faire fortune dans le dentifrice, mais tout de même, pas n'importe quel sourire. Après tout, c'est son droit. Elle monte, elle descend, elle monte, elle descend. C'est naturel, chez elle.

– J'ai une lettre que ça vous amuserait peut-être que je vous lise, pendant que ça cuit, dit-il.

Et il sortit de la poche intérieure de sa veste l'enveloppe jaunie avec un timbre de deux cents oblitéré. Au dos de l'enveloppe, de sa propre main, il y avait: *Première lettre de Margaret.*

– J'ai reçu ça il y a quelques années, en fait ça fait un bon bout de temps, dit-il (et il tira de l'enveloppe trois petits feuillets pliés en deux de papier rayé jauni). J'ai reçu ça au Canada en 1910, quand j'étais avec l'équipe de Toronto.

Il déplia les feuillets, les tint à bout de bras pour les mettre sous le meilleur jour possible, et il se mit à lire:

« Mon cher papa, je suppose que tu ne penses jamais que

tu as une fille qui attend une lettre de toi depuis ton départ. J'étais tellement furieuse que tu ne penses pas à moi que j'avais décidé de partir avec le cirque qui était là vendredi dernier. Je suis en train d'apprendre ma leçon d'arithmétique et il y a un exemple que je ne comprends pas. Regarde si tu y arrives, toi. J'espère que ta jambe va mieux et que tu auras de la chance avec ton équipe. Ne cours pas trop sur tes jambes, sinon il faudra qu'on te porte pour te ramener à la maison. Maman et Billy vont bien. Maman a quatorze nouveaux petits poussins qui viennent d'éclore, et elle a encore deux poules qui sont en train de couver. Il y a un cirque de cowboys qui vient ici le 8. Est-ce que tu ne pourrais pas rentrer pour les voir? Moi je vais y aller. Billy est en train de se coucher et maman est assise sur le lit et elle me regarde. N'oublie pas de répondre à ma lettre. J'espère que tu t'amuses bien. Que je ne te trouve pas avec une autre fille, sinon tu te feras tirer les oreilles. Bien à toi, Peggy. »

– C'est drôle, dit Peggy, toujours la fourchette à la main. Je n'ai aucun souvenir d'avoir écrit ça.

– Il y a sûrement des tas d'autres choses de cette époque-là que tu as oubliées, dit Francis. Tu n'avais guère que onze ans.

– Et où as-tu trouvé ça?

– Là-haut dans la malle. Elle est restée là-dedans pendant toutes ces années. La seule lettre que j'aie jamais gardée.

– C'est vrai?

– Sûr et certain. La malle contient tout ce que je peux posséder comme papiers, à part quelques coupures de journaux que j'ai à un autre endroit. Mais aucune lettre. Elle est bien, cette lettre, je trouve.

– Je trouve aussi, dit Annie. Billy et elle regardaient Peg.

– Je me rappelle Toronto en 1910, dit Francis. Le baseball à l'époque était bourré de tricheurs. Il y avait un arbitre pourri qui s'appelait Bates. Un soir, il faisait complètement nuit, mais il a refusé d'arrêter la partie. Les gens avaient beau lui jeter des tomates et des boulettes de terre, lui ne voulait pas arrêter parce que nous étions en passe de gagner et il était pour l'équipe adverse. C'était Howard le Bouffi qui était receveur ce soir-là, et il abandonne sa place, et on se consulte tous les trois, sur la butte du lanceur, lui, moi, et le vieux Wilson les Grandes Poches, qui était le lanceur. Howard retourne à sa place et s'accroupit derrière la plaque du batteur, et Wilson lance à toute volée, et l'arbitre dit que la balle est mauvaise, alors qu'il faisait tellement noir que personne n'y voyait rien. Alors le Bouffi se retourne ves lui et il lui dit : « Vous appelez ça une balle mauvaise ? » « C'est bien ce que j'ai dit », dit l'arbitre. « Si ça c'est une balle mauvaise, je suis prêt à la manger », dit le Bouffi. « Eh bien vas-y, mon gars, mange-la », dit l'arbitre. Alors le Bouffi prend la balle, et il croque dedans à belles dents, parce que, en fait, ça n'était pas une balle du tout, c'était une pomme jaune que j'avais donnée à Wilson pour qu'il la lance. Naturellement, on a gagné la partie, et depuis ce jour-là l'arbitre n'a plus été connu que sous le nom de Bates l'Aveugle, celui qui ne sait pas reconnaître une balle de baseball d'une vulgaire pomme. Après cette histoire Bates est devenu bookmaker, et là aussi il a triché.

– Elle est bien bonne, dit Billy. Il se passait de drôles de choses, à cette époque-là.

– Il se passe de drôles de choses à toutes les époques, dit Francis.

Tout d'un coup, Peg eut les larmes aux yeux. Elle posa la fourchette dans l'évier et s'approcha de son père, dont les mains étaient sur la table. Elle s'assit à côté de lui et posa sa main droite sur les siennes.

Un peu plus tard, George Quinn rentra de Troy, Annie sortit la dinde du four, et alors toute la famille Phelan se mit à table.

# VII

– J'ai l'air d'un clodo, pas vrai? dit Rudy.

– C'est ce que t'es, dit Francis. Mais t'es un brave clodo, allez, quand tu veux.

– Tu sais pourquoi les gens vous traitent de clodo?

– J'ai pas idée.

– Parce que ça leur fait du bien de vous dire ça.

– La vérité ne peut pas te faire de mal, dit Francis. Si t'es un clodo, t'es un clodo.

– Mais y en a des tas à qui ça a fait du mal. Des anciens, y en a pas beaucoup qui restent.

– Y en a des nouveaux qui se pointent, dit Francis.

– Y a des tas de braves types qui sont morts. Des mécaniciens, des machinistes, des bûcherons.

– Ils sont pas tous morts, dit Francis. Toi et moi, on n'est pas morts.

– Y en a qui disent que Dieu n'existe pas, dit Rudy. Mais il faut bien qu'il y ait un Dieu. Ne serait-ce que pour protéger les clodos. Ils étaient assis dans la neige, ils se relèvent, et ils vont se faire payer un verre. Regarde-toi, des fringues toutes neuves. Mais regarde-moi. Je ne suis qu'une pauvre cloche.

– Allez, dit Francis, t'es un clodo, d'accord, mais t'es pas trop infâme, va.

Ils descendirent South Pearl Street en direction de l'Hôtel Palombo. Il était dix heures et demie, la nuit était claire, pleine d'étoiles, mais très froide: une nuit qui annonçait l'hiver. Francis avait quitté sa famille un petit peu avant dix heures et avait pris un autobus pour redescendre en ville. Il était allé droit à la mission avant que ça ne ferme pour la nuit, et il avait trouvé Petit Louis tout seul dans la cuisine, occupé à boire du café réchauffé. Petit Louis lui dit qu'il n'avait pas vu Helen de la journée, et qu'elle n'avait pas non plus donné de ses nouvelles.

– Mais il y a Rudy qui te cherchait, dit Petit Louis à Francis. Il est peut-être à la gare en train de se réchauffer, ou alors il s'abrite dans une des vieilles bicoques de Broadway. Il dit que tu sais laquelle c'est. Mais, à ce qu'on m'a dit, les flics ratissent ces vieilles baraques presque toutes les nuits. Des tas de types qui mangent ici d'habitude ne se sont pas pointés aujourd'hui, et j'ai idée qu'ils doivent se trouver en taule. Sans doute qu'ils repeignent la prison, un truc comme ça, alors ils ont besoin de main-d'œuvre.

– Je me demande ce qui leur prend, à ceux-là, dit Francis. Les cloches ne font de mal à personne.

– C'est peut-être juste que les flics peuvent plus piffer les clodos.

Francis commença par la vieille baraque, parce que c'était près de la mission. Il entra par l'entrée qui n'avait plus de porte, et se trouva dans une cage d'escalier sombre et humide. Il laissa à ses yeux le temps de s'habituer à l'obscurité, puis il monta les marches avec précaution, enjambant des tas de vieux journaux froissés, des plâtras tombés des murs, et un Noir pelotonné sur le premier palier. Il trébuchait sur du verre cassé, des bouteilles de vin et de limonade vides, des cartons, il marchait sur des excréments humains. Sur le rebord d'une fenêtre, des stalagmites de fiente de pigeon étaient illuminées par les réverbères de la rue. Francis vit un deuxième homme qui dormait, roulé en boule, près du trou où un type nommé Michigan Mac était paraît-il tombé la semaine précédente. Il évita l'homme et le trou, et finit par trouver Rudy tout seul dans une pièce, allongé sur un morceau de planche, le plus loin possible de la fenêtre éventrée, avec en guise de couverture un journal sur l'épaule.

– Alors, vieille branche, tu me cherchais, à ce qu'il paraît?

Rudy cligna les yeux et regarda vaguement dans la direction de Francis.

– À qui tu crois que tu parles? Non mais pour qui tu te prends, un agent du F.B.I.!

– Bouge ton cul de là, tête de boche.
– Quoi, c'est toi, Francis?
– Non, c'est Buffalo Bill. Je suis venu voir s'il y a pas des Indiens dans le coin.
Rudy s'assit et se dégagea du journal.
– Petit Louis m'a dit que tu me cherchais.
– J'avais pas d'endroit où crécher, pas un rond, rien à boire, personne que je connaissais. J'ai bien eu un peu à boire, mais ça n'a pas duré. (Rudy retomba sur sa planche et se mit à pleurer à chaudes larmes sur son sort.) Je vais me tuer, je suis le dernier des derniers.
– Allez, dit Francis, lève-toi. Tu n'as pas assez de jugeote pour te tuer. Un gars comme toi, il faut qu'il lutte, qu'il soit coriace. Je n'arrive même pas à trouver Helen. Tu n'as pas vu Helen quelque part? Imagine-toi cette femme en train d'errer ici ou là par une nuit comme cette nuit. Ça me fait de la peine pour elle.
– À l'abri du vent du Nord, dit Rudy.
– Oui. À l'abri du vent. Allez viens.
– Pour aller où?
– Pour sortir d'ici. Si tu restes ici cette nuit, tu te retrouves en taule. Petit Louis dit qu'ils font des rafles dans toutes ces bicoques.
– Eh bien, qu'ils nous mettent en taule, au moins il fera chaud. Qu'ils nous donnent six mois, on sortira juste en même temps que les fleurs.
– Pas de taule pour ma pomme. Francis est libre, et il compte bien le rester.
Ils redescendirent l'escalier et retournèrent à Madison: Francis se disait qu'Helen avait dû trouver de l'argent quelque part, sinon elle serait venue le chercher. Peut-être qu'elle avait appelé son frère et qu'il lui avait filé quelques billets. Ou peut-être qu'elle avait planqué plus d'argent qu'elle ne l'avouait. Une finaude, cette Helen. Et si elle avait des sous, tôt ou tard elle se pointerait au Palombo, à cause de la valise.
– Où on va?
– Qu'est-ce que ça peut te faire? Une petite promenade, c'est bon pour la circulation.

– Où tu as eu ces fringues?

– Je les ai trouvées.

– Trouvées? Où ça?

– Comme ça, dans un arbre.

– Un arbre?

– Oui, un arbre. Il y avait des tas de trucs qui poussaient sur cet arbre, des complets, des souliers, des nœuds papillon.

– Tu te fous toujours de moi.

– C'est la vérité pure, dit Francis. Tous les trucs qu'on se raconte, eh bien, c'est toujours vrai.

À l'hôtel Palombo, ils trouvèrent le vieux Donovan qui finissait juste son service, et qui se préparait à laisser la place au veilleur de nuit. Il était un peu moins de onze heures, et il mettait un peu d'ordre dans ses papiers. Oui, dit-il à Francis, Helen était là. Elle avait pris une chambre en fin de matinée. Oui, bien sûr qu'elle allait bien. Elle avait l'air en pleine forme. Elle avait monté l'escalier exactement comme d'habitude. Elle avait pris la chambre qu'ils prenaient toujours.

– Bon, dit Francis, et il sortit le billet de dix dollars que Billy lui avait donné. Tu as la monnaie là-dessus, mon vieux? (Donovan lui fit la monnaie, et Francis lui tendit deux dollars.) Tu lui donneras ça demain matin. Surveille bien qu'elle s'achète de quoi manger. Si j'apprends qu'elle n'a pas eu l'argent, je reviens ici et je t'arrache toutes tes dents.

– Je lui donnerai, dit Donovan. J'aime bien Helen.

– Va voir comment elle va, dit Francis. Ne lui dis pas que je suis là. Tu vérifies juste qu'elle va bien et qu'elle n'a besoin de rien. Ne dis pas que c'est moi qui t'envoie, ni rien. Tu jettes juste un petit coup d'œil.

Et donc à onze heures Donovan frappa à la porte d'Helen et apprit qu'elle n'avait besoin de rien du tout, et redescendit le dire à Francis.

– Dis-lui demain matin que je passerai dans la journée.

Et si elle ne me voit pas et qu'elle a besoin de moi, dis-lui de me laisser un message pour me dire où elle sera. Qu'elle le laisse à Petit Louis, à la mission. Tu connais Petit Louis?

– Je connais la mission, dit Donovan.

– Elle a repris la valise? demanda Francis.

– Elle l'a reprise, et elle a payé la chambre pour deux nuits.

– Elle a sûrement reçu de l'argent de sa famille, dit Francis. Mais donne-lui quand même les deux dollars.

Francis et Rudy repartirent sur Pearl Street en direction du Nord; Francis avançait à bonne allure. Dans une vitrine, il vit trois mannequins en robe du soir qui lui faisaient signe. Il leur fit signe lui aussi.

– Et où on va maintenant? demanda Rudy.

– Chez le bootlegger qui est ouvert toute la nuit, dit Francis. On se prendra deux ou trois bouteilles, et puis on ira se chercher un plumard, et on fera dodo.

– Ça, dit Rudy, ça c'est parler. Continue, tu m'intéresses. Où tu as trouvé tout ce fric?

– Dans un arbre, tiens.

– Celui où il pousse des nœuds papillon?

– Hé oui, dit Francis, dans cet arbre-là.

Chez le bootlegger de Beaver Street, qui tenait boutique au premier étage, Francis acheta deux litres de muscat, et deux bouteilles de whisky Green River.

– Du tord-boyaux, dit-il quand le bootlegger lui donna le whisky, mais ça fait quand même du bien par où ça passe.

Francis paya le bootlegger et empocha sa monnaie; il lui restait deux dollars trente. Il donna à Rudy un des litres de muscat et une des bouteilles de whisky, et, une fois sortis, ils burent chacun une gorgée de vin au goulot.

C'est ainsi que, pour la première fois depuis une semaine, Francis se remit à boire.

Le dortoir était tenu par une femme à gros derrière avec des cuisses comme des jambons et des jambes comme des flûtes; c'était la veuve d'un type nommé Fennessey, qui était mort depuis si longtemps que tout le monde avait oublié son prénom.

– Salut, Mémé, dit Rudy quand elle leur ouvrit la porte.

– Je m'appelle Madame Fennessey, dit-elle, c'est comme ça que les gens m'appellent.

– Mais oui, je sais, dit Rudy.

– Alors appelez-moi comme ça. Y a que les nègres qui m'appellent Mémé.

– D'accord, mon chou, dit Francis. Ça arrive qu'on vous appelle mon chou? On veut deux plumards.

Elle les fit entrer et prit leur argent, un dollar pour les deux plumards, et elle les mena au premier étage dans une grande pièce qui était faite au départ de deux ou trois chambres, mais on avait abattu les cloisons, et ça faisait un dortoir où étaient alignés une douzaine de lits de camp passablement crasseux, dont un seul était à l'heure actuelle occupé par une forme qui dormait. La pièce était éclairée par une unique ampoule qui, d'après Francis, devait faire dans les trois watts.

– Oh là là! dit-il, y a trop de lumière, là-dedans. Ça va nous aveugler.

– Si votre copain, ça ne lui plaît pas, il peut aller voir ailleurs, dit Madame Fennessey à Rudy.

– Oh! mais ça me plaît beaucoup, dit Francis, et il s'affala sur le lit de camp mitoyen de celui du dormeur.

– Hé, vieille branche, dit-il en allongeant la main et en secouant l'homme. Tu veux boire un coup?

Un homme qui avait sur le nez et le front d'énormes croûtes qui remontaient au moins à une semaine se retourna vers Francis.

– Tiens, dit Francis, mais c'est ce vieux Bison.

– Oui, c'est moi, dit Bison.

– Bison comment? demanda Rudy.

– Bison va-te-faire-cuire-un-œuf, dit Francis.

– Bison Backer, dit Bison.

– Et ça c'est Rudy, dit Francis. Il est fou comme un âne rouge, mais il est O.K.

– Tu t'es arrangé, dis donc, depuis que je ne t'ai vu, dit

Bison à Francis. Même une cravate! Tu as fait fortune, ou quoi?

– Il a trouvé un arbre où il pousse des billets de dix dollars, dit Rudy.

Francis fit le tour du lit et tendit la bouteille de vin à Bison. Bison en prit une gorgée et remercia d'un hochement de tête.

– Pourquoi vous m'avez réveillé? demanda Bison.

– Eh bien, pour te donner un coup à boire.

– Il faisait tout noir quand je me suis endormi. Tout noir et tout froid.

– Tu peux le dire. Les mains gelées, les pieds gelés. Même maintenant, on caille. Tiens, bois encore un coup pour te réchauffer. Tu veux du whisky? J'en ai, si tu préfères.

– Ça va. J'ai pris de l'avance. Tu es sûr que tu en as assez pour toi?

– Bois un coup, bon dieu. Te pose pas de questions.

Et Bison prit une gorgée de Green River.

– Je croyais que tu voulais échanger ton pantalon contre le mien, dit Bison.

– Exact. Celui que j'avais était pratiquement neuf, mais trop petit pour moi.

– Et où il est? Tu m'avais dit que c'était du 48, large, pour moi c'est parfait.

– Tu veux celui-là?

– Tu parles.

– Mais si je te le donne, j'aurai plus de pantalon, dit Francis.

– Eh bien, je te donnerai le mien, dit Bison.

– Qu'est-ce qui te prend d'échanger ton pantalon neuf? dit Rudy.

– C'est vrai, ça, dit Francis en se levant et en regardant ses jambes. Qu'est-ce qui me prend? Non, celui-là tu ne l'auras pas. Merde, j'en ai besoin, de celui-là. Ne te mêle pas de me dire ce que je dois faire. Trouve-toi tes pantalons tout seul.

– Je te l'achète, dit Bison. Combien tu en veux? J'ai encore un boulot pour toute la semaine, à poncer des parquets.

– Eh bien, vas-y, frotte, et brosse-toi, dit Francis. Il n'est pas à vendre.

– J'ai dit poncer, pas frotter. Je *ponce* les parquets. Je ne les frotte pas.

– Arrête de crier, dit Francis. Je vais t'ouvrir le crâne, moi, et te faire péter la cervelle. Tu te prends pour un dur, c'est ça?

– Non, dit Bison, j'ai pas dit que j'étais un dur.

– Eh bien, moi je suis un dur, dit Francis. Si tu fais le malin avec moi, c'est toi qui mourras le premier.

– Pour ce qui est de mourir, ça, t'inquiète pas. Je suis aussi pété que ce plafond. Je suis tubard.

– Ça par exemple, dit Francis, s'asseyant sur le lit. Excuse-moi.

– C'est dans le genou.

– Je ne savais pas que t'avais ça. Je suis désolé. Je suis désolé pour tous ceux qui ont chopé la turberculose.

– C'est dans le genou.

– Y a qu'à te couper la jambe.

– C'est ce qu'ils voulaient faire.

– Alors coupe-la.

– Non, j'ai pas voulu les laisser faire.

– Moi, j'ai un cancer de l'estomac, dit Rudy.

– Hé oui, dit Bison. Quand c'est pas l'un c'est l'autre.

– Vous viendrez à mon enterrement? demanda Rudy.

– Allez, peut-être que si tu avais un boulot tout ça s'arrangerait, dit Bison.

– C'est vrai, ça, dit Francis à Rudy. Pourquoi tu cherches pas un boulot? (Et il fit un geste vers la rue dehors.) Regarde-les, tous. Tout le monde travaille.

– Tu es encore plus fou que lui, dit Bison. Y a plus de boulots nulle part. D'où tu sors?

– Y a les taxis. Tiens, regarde, un taxi.

– Oui, dit Bison, y a les taxis. Et alors?

– Tu sais conduire? demanda Francis à Rudy.

– Mon ex-femme me reprochait toujours ma conduite, dit Rudy.

– C'est bien, ça. Les femmes, il faut les mater.

Dans un coin de la pièce, Francis vit trois femmes en

robe longue qui devinrent quatre, puis redevinrent trois, puis quatre à nouveau. Leurs visages étaient familiers, mais il n'aurait pas su dire comment elles s'appelaient. Leur âge changeait en même temps que leur nombre : tantôt vingt ans, tantôt soixante, tantôt trente, tantôt cinquante, mais elles n'avaient jamais l'air de petites filles ni de vieilles. Chez elle, Annie devait être en train d'essayer de dormir, mais elle avait sans doute autant de mal à y arriver que Francis, elle devait se sentir tout aussi incapable que lui de mettre un terme à la journée. Helen, elle, devait se ronger, au comble de la fatigue et de l'anxiété. Toujours à se faire du mouron, Helen. Pas comme Annie. Annie, elle, ne se faisait pas de souci inutile. Elle savait mener sa barque. Et Peg, peut-être qu'elle ne dormait pas non plus ? Pourquoi dormirait-elle alors que personne d'autre n'arrivait à dormir ? Elles étaient toutes réveillées, c'était quasiment sûr. Francis leur avait fait une visite qu'elles n'étaient pas près d'oublier.

Il leur avait montré de quoi un homme est capable.

Un homme n'a pas peur de retourner sur ses pas.

Ces satanés fantômes, ils vous suivent partout, mais ça ne fait rien. Vous ne vous laissez pas intimider, voilà tout. Et vous faites ce que vous avez à faire.

Sandra vint se joindre aux trois femmes, aux quatre femmes, dans le fond de la pièce. Francis m'a donné de la soupe, leur dit-elle. Il m'a mise à l'abri du vent, et il m'a remis ma chaussure. Elles devinrent cinq femmes.

« À l'abri du vent du Nord, se mit à chanter Rudy. Je veux aller au pays, où chacun est à l'abri, et connaît le réconfort. »

Francis vit le visage de Katrina parmi les cinq femmes qui devinrent quatre qui devinrent trois.

Finny et Petit Rouquin entrèrent dans le dortoir, et juste derrière eux quelqu'un que Francis ne reconnut pas tout de suite. Puis il s'aperçut que c'était Vieilles Godasses.

– Regarde ça, Bison, dit Francis, on a de la compagnie.

– Est-ce que ça ne serait pas Finny? demanda Bison. Ça lui ressemble.

– C'est bien lui, dit Francis. Finny se tenait au pied du lit de Francis, complètement soûl, tenant à peine sur ses jambes, et essayant de voir qui pouvait bien être en train de parler de lui.

– Espèce de salaud, dit Bison en se soulevant sur un coude.

– À quel salaud tu parles? demanda Francis.

– À Finny. Il travaillait pour Georges l'Espagnol, dans le temps. Quand les clodos faisaient trop de raffut, il leur cognait dessus avec une matraque.

– C'est vrai, ça, Finny? demanda Francis. Ça te plaisait, de tabasser les gars?

Finny émit un grognement indistinct, puis il partit d'un pas lourd vers l'un des lits situés plus loin dans la rangée.

– C'était une vraie brute, dit Bison. Une fois, il m'a cogné dessus.

– Il t'a fait mal?

– Sacrément mal. J'ai eu des maux de tête pendant trois semaines.

– Quelqu'un a foutu le feu à l'auto de Finny, annonça Petit Rouquin. Il était allé chercher à manger, et quand il est revenu la bagnole brûlait. Il pense que c'est les flics qui ont fait le coup.

– Pourquoi les flics se mettraient à foutre le feu aux bagnoles? demanda Francis.

– Les flics sont devenus dingues, dit Petit Rouquin. Ils ramassent tout le monde. À ce qu'il paraît, c'est l'American Legion qui serait derrière tout ça.

– Quelle bande de salauds, ceux-là, dit Francis. Je les ai eus au cul toute ma vie.

– Les types de la Légion, et les flics, dit Petit Rouquin. C'est pour ça qu'on vient ici.

– Parce que, ici, tu te crois tranquille? demanda Francis.

– Plus que dans la rue, en tout cas.

– Tu penses que s'ils voulaient te trouver, les flics, ils viendraient pas te chercher ici? dit Francis.

– Ils sauraient pas que je suis là, dit Petit Rouquin.

– Où tu te crois, ma parole, au Waldorf-Astoria? Tu crois que la vieille garce en bas se prive de dire aux flics qui est chez elle et qui n'y est pas, quand ils veulent des renseignements?

– Peut-être que c'est pas les flics qui ont foutu le feu à la bagnole, dit Bison. Finny a pas mal d'ennemis. Moi, si j'avais su qu'il avait une voiture, j'y aurais bien mis le feu. Ce salaud nous a tous foutu des coups, mais maintenant il est à la rue. Cette fois on le tient.

– Tu entends ça, Finny? dit Francis en haussant la voix. Ils vont te faire la peau, maintenant, tous les clodos.

Finny émit un autre grognement.

– Finny n'est pas un salaud, foutez-lui la paix, dit Petit Rouquin.

– Parce que Monsieur est au Waldorf-Astoria, et Monsieur donne les ordres, c'est ça? dit Francis.

– Et toi, pour qui tu te prends? demanda Petit Rouquin.

– Moi je suis le bonhomme qui t'écrasera la cervelle comme un vulgaire grain de raisin si tu te mêles de mes affaires, dit Francis.

– D'accord, dit Petit Rouquin, et il alla se mettre sur le lit à côté de Finny.

– J'ai su que c'était toi à la seconde où je suis entré, dit Vieilles Godasses en s'approchant du lit de Francis. C'est ta voix qui résonne comme une corne de brume, je la reconnaîtrais entre mille.

– Vieilles Godasses, dit Francis. Gilligan les Vieilles Godasses.

– C'est bien ça. Tu as encore bonne mémoire. L'alcool ne t'a pas encore complètement bousillé.

– Gilligan les Vieilles Godasses, un sacré bonhomme, avec un estomac en fonte, et un trou du cul en cuivre.

– La fonte, c'est fini, dit Vieilles Godasses. J'ai un ulcère. Ça fait deux ans que je ne bois plus.

– Alors qu'est-ce que tu fous ici?

– Je suis venu voir les copains, voir un peu ce qui se passait.

– Et tu fréquentes Finny, et l'autre péteux de rouquin?

– Qui tu traites de péteux? dit Petit Rouquin.

– C'est toi, péteux, que je traite de péteux, dit Francis.

– Tu te prends pour une grande gueule, dit Petit Rouquin.

– Et mon pied, t'as vu s'il est grand mon pied, eh bien tu vas te le prendre dans le nez, si tu m'insultes quand moi j'essaie de rester poli.

– Calme-toi, Francis, dit Vieilles Godasses. Alors, qu'est-ce que tu racontes? Tu as l'air en pleine forme.

– Je suis presque riche, dit Francis. J'ai des fringues neuves, deux bouteilles pleines, de l'argent dans ma poche.

– Ma parole, tu fais ton chemin dans la vie.

– Oui mais toi, si tu ne bois plus, qu'est-ce que tu fous là, ça ça me dépasse.

– Je te l'ai dit, je suis de passage, et ça m'a amusé de revoir les vieux coins.

– Tu travailles?

– J'ai un vrai boulot, dans le New Jersey. J'ai même un appartement, et une voiture. Une voiture, non mais tu peux le croire? Moi, une voiture? Pas une voiture neuve, mais une bonne voiture. Une Hudson à deux portes. Tu veux faire un tour avec?

– Un tour, moi?

– Eh bien oui, pourquoi pas?

– Là, maintenant?

– Comme tu veux. Je suis là en touriste. Je ne dors pas ici. Pour rien au monde. Les punaises me suivraient jusque dans le New Jersey.

– Ce type que tu vois là, expliqua Francis à Rudy, c'est grâce à moi qu'il n'est pas mort dans la rue. Il était tellement soûl qu'il tombait par terre trois fois, quatre fois par nuit, comme si sa tête était trop lourde.

– C'est la vérité, dit Vieilles Godasses. Je me suis cassé la gueule cinq ou six fois, comme celui-là. (Et il montra Bison du doigt.) Mais ça ne m'arrive plus. Trois fois je me suis retrouvé à l'asile, et ça m'a suffi. Ça fait trois ans que je bosse, et deux ans que je ne bois plus. Alors, Francis, on le fait, ce tour? À une seule condition, on ne boit pas. Ma femme sentirait mon haleine, et je me ferais sonner les cloches.

– Parce que tu as aussi une femme, dit Francis.

– Vous avez une bagnole, une femme, une maison, et un boulot? demanda Rudy. Il s'assit sur son lit pour examiner ce phénomène.

– Je te présente Rudy, dit Francis. Rudy Roule sa Bosse. Il a le projet de mettre fin à ses jours.

– Je connais ça, dit Vieilles Godasses. Un matin, Francis et moi, on avait une de ces soifs, quelque chose de terrible. On a fait toute la ville, mais sans rien trouver; on avait de la neige qui nous rentrait dans les souliers, il faisait dans les moins vingt. On a fini par vendre notre sang, et par boire l'argent. Je me suis évanoui, et quand je suis revenu à moi, j'avais aussi soif qu'avant. Je n'avais pas un sou, aucun moyen de trouver de l'argent quelque part, même plus moyen de vendre encore du sang. Tout ce que je voulais c'était mourir, ce qui s'appelle mourir.

« Au pays où chacun est à l'abri, chanta Rudy. Où tout ce qu'on demande est gratuit, où on dort dehors toutes les nuits. »

– Tu veux venir faire un tour? demanda Vieilles Godasses à Rudy.

« Oh! le chant des alouettes dans les arbres à cigarettes, près des fontaines où la limonade coule en cascade », chanta Rudy. Puis il sourit à Vieilles Godasses, prit une lampée de vin, et se laissa retomber sur sa paillasse.

– Ce type, il veut aller faire un tour, mais les passagers se défilent, dit Francis. Allez, Vieilles Godasses, la journée est terminée. Y a plus qu'à s'allonger et à se reposer un bon coup.

– Non, moi il est temps que je me tire.

« Un soir à la veillée, les feux de brousse allumés, chanta Rudy, passe un voyageur sans bagage, qui dit les gars, je continue le voyage. »

– Arrête de chanter, bon dieu, dit Petit Rouquin. J'essaie de dormir, merde.

– Attends, je vais lui casser la gueule, dit Francis, et il se leva.

– Pas de bagarres, dit Bison. Elle va nous foutre dehors, ou elle va appeler les flics.

– Manquerait plus que ça, de se faire jeter de ce trou à rats, dit Francis. J'ai connu des trous à rats qu'étaient moins pires que ce trou à rats, ici c'est le bouquet.

– Là d'où je viens... commença Vieilles Godasses.

– Je m'en fous complètement, de savoir d'où tu viens, dit Francis.

– Je m'en fous que tu t'en foutes, je viens du Texas.

– Vas-y, dis un nom de ville, pour voir.

– Galveston.

– Fais gaffe, dit Francis, ou je t'étends raide. Je cogne dur, tu sais. Encore plus que ce vieux vicieux de Finny. Une fois, j'ai ratiboisé douze mecs d'un coup.

– Tu es soûl, dit Vieilles Godasses.

– Oui, dit Francis. Je perds le fil.

– Hé oui, ça se voit. Tu t'es fait piquer par un serpent à sonnettes.

– Un serpent à sonnettes mon cul. C'est rien, un serpent à sonnettes.

– Un mocassin d'eau?

– Ah oui, ça c'est quelque chose, le mocassin d'eau. Mais de quoi on cause, là? Qu'est-ce qu'on fout là à parler de serpents? Restons sur les clodos. Une cloche est une cloche. C'est Helen qui m'a fait devenir clodo. Bon dieu, elle a jamais voulu se fixer, mener une vie régulière.

– «Helen fait du hula-hoop à Ho-no-lu-lu», chanta Rudy.

– Tu vas la boucler, dit Francis à Rudy.

– Personne ne m'aime, dit Rudy.

– Tu es là à chanter, à faire des moulinets avec tes bras, à parler d'Helen.

– Je suis comme je suis.

– C'est bien ça le problème, dit Francis.

– Je voudrais bien être autrement.

– Je sais, mais tu n'y arrives pas, alors tu ferais mieux de t'habituer.

– Ça me plaît de me faire condamner, dit Rudy.

– Non, ne te fais pas condamner, lui dit Francis.

– Mais ça me plaît, de me faire condamner.

– Il ne faut jamais se faire condamner.

– Ça me plaît de me faire condamner, parce que je sais que j'ai commis des mauvaises actions.

– Mais non, t'as pas commis des mauvaises actions.

– Fermez-la, bon dieu, bande de trous du cul, beugla Petit Rouquin, qui s'était assis sur son lit. Francis se leva d'un bond et se rua vers le fond de la rangée. Courant toujours, il plongea en avant et fendit de son poing la lèvre de Petit Rouquin.

– Je vais te mettre en marmelade, dit Francis.

Sous la force du coup, Petit Rouquin tomba de son lit. Francis se précipita de l'autre côté du lit, et lui donna un coup de pied dans le ventre. Petit Rouquin poussa un grognement et se mit en boule, et Francis lui donna un coup de pied dans le côté. Pour échapper aux coups de pied de Francis, Petit Rouquin roula sous le lit de Finny. Francis le suivit, et il était déjà prêt à lui décocher en pleine figure un bon coup de sa chaussure noire, mais il s'arrêta net. Ils étaient tous là debout, Rudy, Bison, Vieilles Godasses, à observer la scène.

– Quand j'ai connu Francis, il était fort comme un taureau, dit Vieilles Godasses.

– Un jour, j'ai démoli une maison à moi tout seul, dit Francis en regagnant son lit. Y a pas eu besoin de la démolir à la boule. Il attrapa la bouteille de vin et fit des gestes avec. Bison se rallongea sur son lit, et Rudy sur le sien. Vieilles Godasses s'assit sur le lit mitoyen de celui de Francis. Petit Rouquin lécha sa lèvre qui saignait et resta allongé par terre sous le lit où Finny, sur le dos, ronflait. Sur les silhouettes de femmes au fond de la pièce, les visages de toutes les femmes que Francis avait pu connaître vinrent se poser tour à tour, se succédant à une vitesse kaléidoscopique. Les trois femmes étaient assises sur des chaises à dossier droit, spectatrices de la texture même de la vie de Francis. Sa mère faisait au crochet un modèle pris dans *Home Sweet Home*. Katrina mesurait du tissu au rouleau, et Helen coupait avec des ciseaux les bouts de fil qui dépassaient. Puis les trois femmes n'en firent plus qu'une et devinrent Annie.

– On dit peut-être du mal de moi, mais personne n'ose venir me le dire en face, dit Francis, et pour moi c'est ça qui compte. D'accord, je souffrirai en enfer, enfin, si ça existe, mais j'ai encore du nerf et du muscle, et j'ai bien l'intention de m'en servir jusqu'au bout. Je n'ai jamais connu un seul clodo qui ait un mot à dire contre Francis. Et je ne leur conseille pas. C'est tous des pauvres diables, des âmes en souffrance qui attendent le paradis, qui battent le pavé avec la neige qui leur vole autour, qui s'abritent dans des maisons vides, avec leur pantalon qui tombe. Quand je quitterai cette terre, je donnerai ma bénédiction à tout un chacun. Francis n'a jamais fait de mal à une mouche.

– Les merles moqueurs chanteront quand tu mourras, dit Vieilles Godasses.

– Eh bien, qu'ils chantent. Les gens me disent: range-toi. Et j'ai eu l'occasion de le faire. J'en avais bien l'intention, mais cette idée-là s'est complètement effilochée, comme la corde qui sert à amarrer un bateau sur l'Erié: à force de tirer dessus dans un sens, dans l'autre, elle s'est complètement usée. À force d'être secoué dans tous les sens, eh bien ça finit par s'arrêter. C'est vrai pour tout, même un clou. On l'enfonce, on l'enfonce, et puis arrive un moment où il ne bouge plus. Et si on continue à taper dessus, on casse la tête du clou.

– Ça, c'est la vérité, dit Bison.

– «Sur la grande montagne en sucre candi, se mit à chanter Rudy, les clochards sont rois, les flics ont des jambes de bois.» (Il se leva et balança sa bouteille dans un geste qui voulait imiter Francis. Puis il se balança d'avant en arrière tout en chantant, d'une voix forte et juste:) Les chiens ont des dents en biscuit, les poules pondent des œufs tout cuits. On monte dans le train sans billet, le soleil brille sans arrêt. Je veux aller au pays, où chacun est à l'abri, où il n'y a ni neige ni pluie, sur la grande montagne en sucre candi.

Vieilles Godasses se leva, sur le départ.

– Alors, personne ne veut faire un tour?

– Allez, pourquoi pas? dit Francis. Rudy, qu'est-ce que tu en dis? On se tire de ce trou à rats. On se tire de cette fosse à purin, et on sort respirer un coup. Il vaut mieux être sous les ponts que dans cette porcherie.

– Salut, mon pote, dit Bison. Et merci pour le pinard.

– De rien, mon vieux, et bonne chance pour ton genou. Dur comme un clou, ce vieux Francis, voilà ce qu'il est.

– Je veux bien le croire, dit Bison.

– Où on va? demanda Rudy.

– On va dans la jungle voir un pote à moi. Tu veux bien nous emmener dans la jungle? demanda Francis à Vieilles Godasses. C'est dans le North End. Tu sais où ça se trouve?

– Non, mais tu me diras.

– Il va faire froid, dit Rudy.

– Ils ont du feu, dit Francis. Mieux vaut le froid que ce nid de punaises.

– « Au pays où la limonade coule en cascade, où la mésange bleue chante jour et nuit », chanta Rudy.

– Tout juste, dit Francis.

Tandis que la voiture de Vieilles Godasses remontait Erie Boulevard – à l'emplacement où coulait jadis le canal de l'Érié –, Francis se remémorait le visage d'Emmet Daugherty: sous des cheveux gris ondulés, une peau rouge et rugueuse, avec un nez fort et pointu qui lui donnait l'allure du Divin Guerrier des légendes celtes, et c'est bien de ce Divin Guerrier que Francis gardait l'image. C'était un Irlandais qui ne buvait jamais plus que son compte, un homme sérieux et spirituel, discipliné, sachant toujours ce qu'il voulait, croyant dur comme fer dans la bonté divine et dans le labeur de l'homme. Francis avait passé jadis des heures à l'écouter parler, assis à côté de lui sur la marche d'ardoise qui se trouvait devant La Brouette de Joe Bras-de-Fer, à l'écouter parler sans fin de l'époque où lui et le pays étaient jeunes, où les bateaux fluviaux remontaient l'Hudson pour amener les jeunes immigrants irlandais. Quand il y avait du choléra dans l'air, on faisait descendre à Albany les immigrés, et on les expédiait à l'Ouest par les bateaux du Canal, car les membres du conseil municipal exigeaient du gouvernement de l'État que l'entrée de la ville soit interdite aux étrangers porteurs du fléau.

Après avoir quitté le bateau de la mort en provenance de Cork, Emmet avait fait le voyage depuis New York sur un autre bateau, et quand il arriva au bassin d'Albany, il vit son frère Owen qui lui faisait des signes frénétiques. Owen suivit le bateau jusqu'à l'écluse du nord d'Albany ; il courait sur le chemin de halage en glapissant des conseils à l'intention d'Emmet, en lui donnant des nouvelles de la famille, en lui disant de descendre du bateau dès qu'il pourrait, enfin en lui disant d'écrire et de dire où il était, pour qu'Owen puisse lui envoyer l'argent qui lui permettrait de revenir à Albany par la diligence. Mais cela prit des jours avant qu'Emmet puisse débarquer du bateau sur lequel il se trouvait, et quand il finit par débarquer, ce fut dans un endroit dont il n'apprit jamais le nom ; là aussi, les autorités forçaient les nouveaux venus à poursuivre leur route vers l'Ouest, que ça leur plaise ou non.

Quand Emmet arriva finalement à Buffalo, il avait décidé de ne pas remettre les pieds dans une ville aussi inhospitalière qu'Albany, et il poursuivit sa route jusqu'à l'Ohio où il trouva du travail comme cantonnier, puis comme cheminot, et, sur des rails, il finit par aller jusqu'au Pacifique. Là il devint responsable syndical, puis l'un des dirigeants du mouvement politique Clann na Gael. Il vécut assez pour voir les Irlandais prendre le pouvoir à Albany, et pour inspirer à Francis le geste meurtrier qui devait changer le cours de sa vie, et celui de gens qui n'étaient même pas encore nés.

Bien que la scène se soit déroulée quarante ans avant sa naissance, la vision du paquebot remontant le Canal, et d'Owen courant le long de la berge pour parler de ses enfants à Emmet, cette vision était aussi réelle pour Francis que la voiture de Vieilles Godasses dans laquelle il était tranquillement assis et qui roulait, en direction du Nord, vers l'endroit précis où avait eu lieu la séparation d'Emmet et d'Owen. Il en aurait presque pleuré, de penser à la façon dont les frères Daugherty avaient été séparés par le gouvernement, tout comme lui-même était en ce moment séparé de Billy et des autres. Et à cause de quoi ? À cause de qui ou à cause de quoi était-il séparé de ces gens au moment même où il venait de les retrouver ? À cause d'une force dont le nom importait peu, si même elle en avait un, mais dont les effets étaient dévastateurs. Emmet Daugherty, lui, n'avait accusé personne, ni les inspecteurs sanitaires chargés de surveiller l'épidémie, ni même les membres du conseil municipal. Il savait que c'était le destin qui l'avait amené à l'Ouest et qui avait formé en lui tout ce qu'il était appelé à devenir. C'était cela, ce voyage forcé, cet apprentissage, que Francis commençait à comprendre. Il percevait ce même élan de fuite qui en était venu à faire indissolublement partie de sa propre personnalité. Il n'était donc pas étonné qu'Emmet et lui-même aient été fondus en une seule personne, dans le héros de la pièce qu'avait écrite le fils d'Emmet, Edward Daugherty. Edward (mari de Katrina, père de Martin), auteur du *Dépôt de tramways*, avait su dire dans sa pièce comment Emmet avait politisé Francis par le récit de son propre exil et de son propre trajet, et comment c'est Emmet qui avait permis à Francis d'identifier son ennemi dans un premier temps, puis de le viser avec une pierre. Symétriquement à Emmet, qui était rentré chez lui en héros de la classe ouvrière, l'écrivain avait su montrer Francis rentrant chez lui en héros clandestin à cause de cette fameuse pierre qu'il avait lancée.

Pendant un temps, Francis avait cru tout ce qu'Edward Daugherty avait écrit sur lui : il avait libéré les grévistes des misérables capitalistes qui possédaient les tramways, tout comme Emmet lui-même, à une autre époque, avait aidé Paddy, l'Homme à la Pelle, à se redresser et à s'extirper du fossé où il était tombé. L'auteur dramatique les voyait tous deux comme les Guerriers Divins envoyés par les dieux de la révolution pour répondre au besoin historique des Irlandais de recevoir du secours d'en haut, car sinon (ainsi parlait Emmet, dans la pièce, le militant à la bouche d'or), comment parvenir à nous débarrasser de ces cochons de Tories, de ces démons qui nous écrasent depuis la nuit des temps ?

La pierre avait précipité (c'était vrai, non ?) la fusillade déclenchée par les soldats et le meurtre de deux passants. Sans cela, sans la mort d'Harold Allen, la grève aurait pu continuer, car on faisait venir de Brooklyn des briseurs de grève en grand nombre. C'étaient des immigrés irlandais de fraîche date qui, comme Emmet, arrivaient par le paquebot, certains laissant tomber dès qu'ils comprenaient de quoi il retournait, d'autres totalement désemparés : les hommes qui les avaient engagés à Philadelphie comme cheminots leur avaient menti, et ils se retrouvaient bernés, briseurs de grève sans l'avoir voulu, terrorisés, et certains se faisaient tuer. Il y avait même des grévistes d'autres villes qui, ici, travaillaient comme briseurs de grève, comme jaunes, des hommes sans âme qu'on amenait par le train et qui prenaient leur travail aux ouvriers d'Albany, comme d'autres jaunes prenaient le leur. Et tout cela aurait pu continuer si Francis n'avait pas lancé la première pierre. Il était le grand héros d'une grève qui avait créé des héros par douzaines. Et c'est ce qui lui avait valu de traîner toute sa vie une immense culpabilité pour avoir été la cause de la mort des trois hommes, n'ayant jamais envisagé qu'il y ait pu y avoir en jeu, ce jour-là, d'autres forces que la puissance de lancer de sa main droite. Il avait beau le savoir, il n'arrivait pas à croire que d'autres pierres lancées ce jour-là avaient eu leur importance. Quant à la fusillade déclenchée par les soldats, elle était sans doute moins liée à la mort d'Harold Allen qu'à la peur qu'avaient eue les soldats de se faire tuer eux aussi, car ce n'est pas quand Francis venait de jeter la pierre que la fusillade avait commencé, mais seulement une fois que la foule s'était jetée sur le tramway. Francis, qui n'avait vu que son propre geste, et qui avait vu dans ce qui avait suivi la conséquence directe de ce geste, avait plongé en plein héroïsme. Et Edward Daugherty, par la magie du verbe, l'avait auréolé de la splendide culpabilité du héros.

Mais aujourd'hui, les événements eux-mêmes étaient morts et enterrés, et il était clair que la culpabilité de Francis avait fort peu à voir, en fin de compte, avec le déroulement des faits ; et Francis lui-même ne voyait plus dans la grève qu'un simple signe de la folie des Irlandais, qu'un affrontement entre les pauvres et d'autres pauvres, qu'une race, une classe, divisée et se battant contre elle-même. Il voyait Harold Allen cherchant à survivre jusqu'au lendemain alors que la foule en délire s'était retournée contre lui, et c'était comme lui, Francis, fuyant d'une ville à l'autre pour échapper aux attaques, fuyant aussi pour échapper à ses mauvais instincts. Car Francis, il l'avait maintenant compris, avait toujours été en guerre contre lui-même, il entretenait en lui des factions dressées les unes contre les autres. Et s'il devait survivre en fin de compte, ce ne serait pas grâce à tel ou tel dieu de la révolution, mais à force de garder la tête claire et un sens exigeant de la vérité. Cette culpabilité qu'il traînait ne méritait pas qu'on se laisse mourir à cause d'elle. Tout ce qu'elle reflétait, c'était les appétits sanguinaires de la nature. Il fallait vivre, au contraire, tenir le coup, tenir bon contre les débordements de la foule, et leur montrer à tous de quoi un homme est capable pour transformer le mal en bien une fois qu'il s'est fixé ce but.

Pauvre Harold Allen.

– Je lui pardonne, à ce salaud, dit Francis.

– À qui ça? demanda Vieilles Godasses. Rudy, complètement bourré, était allongé sur le siège arrière, tenant les bouteilles de whisky et de vin en équilibre sur son torse, toutes les deux ouvertes, malgré les ordres très stricts de Vieilles Godasses, et sans en renverser une goutte.

– Au type que j'ai tué. Un type qui s'appelait Allen.

– Tu as tué un type?

– Plus que ça.

– Par accident, ou quoi?

– Non, pas par accident. Je voulais vraiment sa peau, à ce type, à cet Allen. Il m'avait pris mon boulot.

– C'est une bonne raison.

– Enfin, si on veut. Peut-être qu'il n'avait pas pu faire autrement.

– Ça c'est des blagues, dit Vieilles Godasses. On pourrait dire ça de tout le monde, salauds ou pas salauds. Des cambrioleurs, par exemple, ou des assassins.

Alors Francis retomba dans le silence, encaissant cette nouvelle vérité à laquelle il allait falloir se faire.

La jungle, ou le bidonville, avait peut-être sept ans, peut-être trois, peut-être un mois, quelques jours. C'était à la fois un dépotoir, un cimetière, et une ville éphémère. Elle se dressait au milieu des buissons de sumac sauvage et des grandes herbes du bord de l'eau, tout cela mort maintenant après les gelées précoces. C'était un entassement désordonné d'appentis goudronnés, de cabanes et de constructions improvisées auxquelles on aurait été bien en peine de donner un nom. C'était un lieu transitoire par essence mais où se rassemblaient des désirs de permanence, un lieu où échouaient des gens pour qui se déplacer était soit une malédiction, soit peine perdue, soit impossible. Des infirmes vivaient là, et des gens nés à Albany qui avaient perdu leur foyer, et des gens qui avaient roulé leur bosse et qui venaient là pour attendre le prochain coup du sort. La jungle, symptôme visible du malaise de toute une époque et de tout un pays, couvrait un espace correspondant à deux ou trois pâtés de maisons, entre le fleuve et la voie ferrée, à l'est de l'ancien dépôt de tramways et de la bâtisse désaffectée qui abritait jadis le bar de Joe Bras-de-Fer.

Le copain de Francis dans le bidonville était un type qui avait dans les soixante ou soixante-dix ans, Andy. Un jour, dans le train qui les amenait tous les deux à Albany, il avait confié à Francis qu'on l'avait longtemps appelé Andy Laquelle, surnom qui venait du fait que, jusqu'à l'âge de vingt ans à peu près, il s'était révélé incapable de distinguer sa main droite de sa main gauche. Ce handicap le reprenait parfois, dans les moments de tension. Francis avait immédiatement sympathisé avec Andy Laquelle, il avait partagé avec lui son trésor de cigarettes et de provisions, et c'est à lui qu'il avait immédiatement pensé lorsque Annie lui avait donné deux sandwiches à la dinde et que Peg lui avait refilé une bonne tranche de plum pudding; les trois petits paquets, entourés de papier paraffiné, étaient à l'heure actuelle bien à l'abri dans les poches de son complet acheté en 1916.

Mais c'est seulement quand Rudy s'était mis à évoquer la jungle dans ses chansons que Francis avait pensé à la possibilité de partager ses provisions avec Andy. En plus, Francis n'avait pas supporté de voir Petit Rouquin réincarner tout ce que lui-même avait de venimeux jadis, la même forme d'autodestruction agressive. C'est la conjonction de ces divers facteurs qui l'avait amené à quitter le dortoir et à partir à la recherche de quelque chose d'un peu positif. Car ce qu'il fallait à Francis, maintenant, c'était de croire dans des solutions simples. Et Andy Laquelle, ce type qui ne savait pas reconnaître sa droite de sa gauche, mais qui était venu s'installer dans le lieu des pénitences vaines et qui semblait avoir trouvé là ce qu'il cherchait, était bien quelqu'un qui paraissait à Francis digne d'attention. Quand Vieilles Godasses eut garé la voiture sur la route de terre battue qui bordait le bidonville, Francis n'eut pas de mal à le trouver. Andy somnolait devant un feu à demi éteint, il le réveilla et lui tendit la bouteille de whisky.

– Bois un coup, mon vieux. Ça te ravigotera.

– Tiens, mais c'est Francis. Et comment ça va, vieux pote?

– Je mets un pied devant l'autre, et je me dis qu'avec un peu de chance ça va me mener quelque part, dit Francis. C'est ouvert, l'hôtel? J'ai amené un ou deux copains avec moi. Des cloches comme moi, sauf que Vieilles Godasses, ici présent, dit qu'il s'est rangé, enfin c'est ce qu'il dit, et puis il y a Rudy le Rouleur, un brave garçon.

– Allez-y, installez-vous, dit Andy. On croirait que je savais que vous alliez venir. Le feu n'est pas éteint, et on voit les étoiles. Un peu frisquet, dans la piaule. Je vais monter le chauffage.

Ils s'assirent tous autour du feu, et Andy jeta dedans des brindilles et des bouts de bois, si bien qu'au bout d'un moment les flammes cherchèrent à atteindre le ciel, qui est le domaine de toute flamme. Les flammes rendaient vivante la nuit froide, et les hommes se réchauffaient les mains à leur contact.

Derrière Andy, on apercevait une silhouette. Andy finit par sentir sa présence, alors il se retourna et invita Michigan Mac à venir se joindre avec eux à cette scène digne des premiers temps.

– Enchanté, dit Francis à Mac. On m'a dit que tu étais tombé dans un trou, l'autre nuit.

– J'aurais pu me casser le cou, dit Mac.

– Et alors, tu te l'es cassé?

– Si je me l'étais cassé, je serais mort.

– Ah bon, alors tu es vivant, c'est ça? Tu n'es pas mort?

– C'est qui, ce mec? demanda Mac à Andy.

– Un type O.K. que j'ai rencontré dans un train, dit Andy.

– On est tous O.K., dit Francis. Je n'ai jamais rencontré un clodo qui n'était pas sympa.

– Ça, c'est Will Rogers qui l'a dit.

– Quelle blague, dit Francis. C'est moi qui l'ai dit.

– À ce que je sais, c'est lui qui l'a dit. Moi, tout ce que je sais, c'est ce que je lis dans les journaux, dit Rudy.

– J'ignorais que tu savais lire, dit Francis.

– C'est James Watt qui a inventé la machine à vapeur, dit Rudy. Et il n'avait que vingt-neuf ans.

– C'était un génie, dit Francis.

– Exact. Charles Darwin était un grand homme, un as de la botanique. Il est mort en dix-neuf cent trente-six.

– De quoi il cause? demanda Mac.

– Il cause pas de quelque chose, dit Francis. Il cause, voilà tout.

– Et Isaac Newton, vous savez ce qu'il a fait, avec la pomme?

– Celle-là, je la connais, dit Vieilles Godasses. Il a découvert la gravitation.

– Exact. Et vous savez quand ça? Dix-neuf cent trente-six. À sa naissance il a fallu deux sages-femmes.

– Tu en connais un bout, sur tous ces génies, dit Francis.

– Dieu aime les voleurs, dit Rudy. Et je suis un voleur.

– On est tous des voleurs, dit Francis. Qu'est-ce que tu as volé?

– J'ai volé le cœur de ma femme, dit Rudy.

– Et qu'est-ce que tu en as fait?

– Je lui ai rendu. Il valait pas un clou. Vous savez où se trouve la Voie lactée?

– Là-haut quelque part, dit Francis, en levant les yeux vers le ciel, qui était illuminé d'étoiles.

– Bon dieu, je la saute, dit Michigan Mac.

– Tiens, dit Andy. Croque ça. Et, de la poche de sa veste, il sortit un gros oignon cru.

– C'est un oignon, dit Mac.

– Encore un génie, dit Francis.

Mac prit l'oignon et le regarda, puis il le rendit à Andy, qui en croqua un morceau et le remit dans sa poche.

– Je l'ai eu chez un marchand de légumes, dit Andy. Écoutez, je dis au type, je meurs de faim, il faut absolument que je mange quelque chose. Alors il m'a donné deux oignons.

– Tu avais du fric, dit Mac. Je t'ai dit achète-toi un pain, mais à la place tu t'es acheté une bouteille de vin.

– Le pain ou le vin, il faut choisir, dit Andy. Il se prend pour qui, ma parole, pour un Français?

– Quand on veut avoir à la fois de quoi boire et de quoi manger, dit Francis, y a plus qu'à se trouver un boulot.

– J'ai fait le caddie au club de golf, toute la semaine dernière, dit Mac, mais ça paye trois fois rien, cette connerie. Et puis on glisse sur ces foutues pentes. Les types qui jouent, eux, ils ont des pointes à leurs chaussures. Ensuite on vient vous dire: Travaille, feignant. Moi je voudrais bien, mais je ne peux pas. Tout ce qu'il me faut, c'est cinq, six dollars, et je saute dans le premier train de marchandises. Je ne suis pas une cloche, je suis un vagabond.

– Tu bouges trop, dit Francis. C'est pour ça que tu es tombé dans ce trou.

– D'accord, dit Mac, mais tout ce que je sais, c'est que je ne remets plus les pieds dans cette piaule. Il paraît que les flics font une descente toutes les nuits. Le coin est brûlé. Moi je me tire, allons-y, Alonzo.

– Les flics sont passés ce soir, avec leurs torches électriques, dit Andy. Mais ils n'ont embarqué personne.

Rudy releva la tête et regarda tous les visages réunis autour du feu. Puis il leva les yeux en direction du ciel, et s'adressa aux étoiles. «En vérité, je suis quelqu'un d'errant, dit-il. Un voyageur.»

Ils se passèrent le vin, et Andy alimenta le feu avec du bois qu'il gardait dans son appentis. Francis pensa à Billy en train de s'habiller, de mettre son complet, son pardessus léger, son chapeau, puis se présentant devant Francis pour se soumettre à son inspection. Tu aimes le chapeau? avait-il demandé. Oui, avait dit Francis, il a de la classe. J'ai perdu l'autre, avait dit Billy. Première fois que je porte celui-là. Tu es sûr que ça va? Il a beaucoup de gueule, avait dit Francis. Bon, eh bien, je dois descendre en ville, avait dit Billy. D'accord, avait dit Francis. On te reverra? avait dit Billy. Bien sûr, avait dit Francis. Tu restes à Albany ou tu repars? avait demandé Billy. Je ne sais pas encore, avait dit Francis. Ça dépend d'un tas de trucs. Hé oui, avait dit Billy, et puis ils s'étaient serré la main et ils avaient mis fin à leur conversation.

Quand, un peu plus d'une heure plus tard, il quitta la maison à son tour, Francis serra aussi la main à George Quinn, un petit type un peu bizarre, toujours tiré à quatre épingles, et qui faisait à jet continu des plaisanteries vaseuses (elle est bonne mais elle fait pas le ménage) qui lui valaient un franc succès. Peg jeta ses bras autour de son père et l'embrassa sur la joue, ce qui était bien un baiser à mille dollars, pas moins. Et puis Annie prit sa main dans les siennes et lui dit: Il faudra que tu reviennes. Mais oui, dit Francis. Non, dit Annie, je veux dire qu'il faut vraiment que tu viennes, pour qu'on puisse parler des choses qu'il faut que tu saches sur la famille, les enfants. Il y a un lit de camp qu'on peut installer dans la chambre de Danny si tu veux rester dormir la prochaine fois. Et puis elle lui donna un très léger baiser sur les lèvres.

– Dis donc, Mac, dit Francis, tu as vraiment faim, ou c'était juste histoire de dire quelque chose?

– Sans blague, j'ai faim, dit Mac, j'ai rien bouffé depuis midi. Ça va faire de ça treize heures, peut-être quatorze.

– Tiens, dit Francis en déballant un de ses sandwiches à la dinde et en en tendant la moitié à Mac, prends-en une ou deux bouchées, mais ne mange pas tout.

– Bon, d'accord, dit Mac.

– Je te l'avais dit, que c'était un chic type, dit Andy.

– Tu veux un morceau de sandwich? demanda Francis à Andy.

– L'oignon me suffit, dit Andy. Mais il y a le type, là-bas, dans son cadre de déménagement, tout à l'heure il a demandé si on pouvait pas lui donner quelque chose. Il a un bébé avec lui.

– Un bébé?

– Un bébé et une femme.

Francis arracha à Michigan Mac ce qui restait du sandwich, et il se dirigea à tâtons, à la lumière du feu de bois, vers le cadre de déménagement. Il y avait un petit feu allumé devant, et un type assis en tailleur se réchauffait près du feu.

– On m'a dit que vous aviez un gosse ici, dit Francis au type, qui leva sur lui des yeux soupçonneux, puis qui fit oui de la tête et montra de la main le cadre. Francis vit l'ombre d'une femme entourant ce qui lui parut être l'ombre d'un bébé emmailloté.

– J'ai des trucs, là, je sais pas quoi en faire, dit Francis, et il tendit au type le sandwich entier et ce qui restait de l'autre. Et puis aussi du sucré, dit-il, et il donna au type le plum pudding.

Le type leva le nez, et accepta les cadeaux avec la même expression d'incrédulité qu'un homme frappé par la foudre au beau milieu du désert. Avant même qu'il ait pu dire merci, son bienfaiteur avait disparu. Francis rejoignit le cercle qui entourait le feu d'Andy, et pénétra dans la zone de silence. À part Rudy, dont la tête était tombée sur la poitrine, tout le monde avait les yeux fixés sur lui.

– Tu lui as donné à manger? demanda Andy.

– Oui. Le type est sympa. Moi, j'ai mangé tout mon soûl, ce soir. Quel âge il a, le môme?

– Trois mois, d'après le type.

Francis hocha la tête. «J'ai eu un gosse moi aussi. Il s'appelait Gerald. Le gosse avait à peine treize jours qu'il est tombé par terre, qu'il s'est brisé la nuque, et qu'il est mort.

– Ça c'est moche, dit Andy.

– Tu ne m'avais jamais raconté ça, dit Vieilles Godasses.

– Non, parce que c'est moi qui l'ai laissé tomber. Je l'ai soulevé, et il a glissé de ses couches.

– Bon dieu, dit Vieilles Godasses.

– Je n'avais pas les moyens de faire face à un truc pareil. C'est pour ça que j'ai foutu le camp de chez moi. Et puis, la semaine dernière, je tombe sur un autre de mes gosses, et voilà que j'apprends que ma femme n'avait jamais pipé mot. Un type laisse tomber son môme par terre, et sa femme ne raconte à personne ce qui s'est passé. Ça me dépasse. Qu'une femme puisse garder un secret comme ça pendant vingt-deux ans, pour protéger un bon à rien comme moi.

– Les femmes, on n'y comprend jamais rien, dit Michigan Mac. La mienne, elle passait ses journées à tapiner, et puis elle rentrait et elle me jurait qu'elle n'avait jamais été touchée par un autre mec que moi. Un jour je rentre et je la trouve en train de s'envoyer en l'air avec deux gars à la fois, moi je débarquais, j'étais au courant de rien.

– C'est pas de ça que je parle, dit Francis. Je parle d'une femme qui est vraiment une femme. Je ne parle pas d'une vulgaire pute.

– N'empêche que ma femme était drôlement jolie, dit Mac. Et qu'elle avait une personnalité du tonnerre.

– Mais oui, dit Francis. Elle la mettait dans son cul, sa personnalité.

Rudy releva la tête et regarda la bouteille de vin qu'il tenait à la main. Il la leva vers la lumière.

– Qu'est-ce qui rend un type ivrogne? demanda-t-il.

– Le vin, dit Vieilles Godasses. Ce que tu tiens dans ta main.

– Vous la connaissez, l'histoire des ours et du jus de mûre? demanda Rudy. Les mûres se sont mises à fermenter dans leur estomac.

– Ah bon? dit Vieilles Godasses. Moi je croyais que ça fermentait avant.

– Non. Pas chez les ours, dit Rudy.

– Alors qu'est-ce qui leur est arrivé, aux ours, et au jus de mûre? demanda Mac.

– Ça les a rendus complètement soûls, et ils se sont retrouvés avec la gueule de bois, dit Rudy, et il se mit à rire, à rire tant qu'il pouvait. Il renversa la bouteille et se mit à lécher les gouttes qui lui coulaient sur la langue. Puis il jeta la bouteille près des deux autres cadavres qui étaient passés de main en main, sa bouteille de whisky et la bouteille de vin de Francis.

– Bon dieu, dit Rudy, on n'a plus rien à boire. On est vraiment paumés.

Les hommes rassemblés là pouvaient entendre, au loin, la rumeur des moteurs d'automobiles, et le bruit des portières qu'on claquait.

La confession de Francis était tombée à l'eau. C'était idiot de parler de Gerald pour la première fois à des étrangers, personne n'avait pris l'histoire au sérieux. Et cela n'avait atténué en rien sa culpabilité, en parler n'avait fait que rendre la chose banale, du même niveau que les insanités que débitait Rudy sur les ours ou sur les génies. Francis en conclut qu'une fois de plus il s'était gouré, ça n'était ni la première fois ni la dernière. Il en conclut qu'il se gourait toujours dans ses choix, pour ça il détenait le record. C'était sûr et certain, il n'atteindrait jamais cet équilibre qui permettait à tant d'autres de mener une vie paisible qui ignorait la violence et la fuite, une vie qui procurait, dans la vieillesse, ne serait-ce qu'une petite dose de bonheur.

Comment se faisait-il qu'il soit si différent des autres, en ce domaine? Il était, il s'en rendait bien compte, plus fort que les autres, en un sens, plus enclin à la violence, et puis toujours attiré, de façon presque amoureuse, par la fuite. Mais tout cela n'avait rien à voir avec ce qu'il voulait dans la vie. D'accord, dans le cas d'Harold Allen, c'est volontairement qu'il l'avait attaqué, mais ça, c'était le passé. Si l'on considérait la vie de Francis dans la perspective où il se plaçait lui-même, pouvait-on vraiment le tenir pour responsable de ce qui était arrivé à Dick le Casseur, ou du trou dans la nuque du nabot, ou des gnons que s'était pris Petit Rouquin, ou des cicatrices inscrites dans le corps de tant d'hommes oubliés depuis longtemps, ou depuis longtemps morts et enterrés?

La seule chose dont Francis était sûr, c'est qu'il n'arriverait jamais, pour ce qui le concernait, à des certitudes fondées sur la raison. Pourtant, il ne s'estimait pas incapable de raisonner. Ce qu'il pensait de lui-même, c'est qu'il était un homme aux qualités inconnues et inconnaissables, un homme chez qui il n'y aurait jamais harmonie entre les actes commis de façon spontanée et les actes commis de façon réfléchie. Francis voulait bien reconnaître qu'il était un être affligé d'une quasi-infirmité spirituelle. Mais, malgré tout, il estimait qu'il avait trouvé une forme de sagesse bien à lui, et qu'il savait ce qu'il voulait. S'il avait toujours pris la fuite, c'est qu'il n'était pas assez policé pour rester au milieu des autres. Au cours de toutes ces années, c'est délibérément qu'il s'était abaissé pour contrebalancer ce terrible orgueil qui était le sien, un orgueil qui lui faisait croire à un destin de gloire et de grâce infinie. Ce qu'il était au fond, oui c'est bien ça, c'est un guerrier, un guerrier au service d'une cause qu'il n'aurait pas su nommer, ni lui ni personne. Tout ce qu'il savait, c'est que cela impliquait pour lui de protéger les saints contre les pécheurs, et les vivants contre les morts. Ce qu'il savait aussi, c'est qu'un guerrier n'était pas une victime. Non, jamais une victime.

Au plus profond de lui-même, là où il pouvait pressentir une vérité qui échappait aux formules, il se disait: ma culpabilité est tout ce qui me reste. Si je perds cela, alors tout ce que j'aurais pu être, tout ce que j'aurais pu faire aura été en vain.

Et il releva la tête et vit une phalange d'hommes coiffés de bérets militaires de l'American Legion qui s'approchaient dans la lumière du feu, des battes de baseball à la main.

Les hommes en bérets de paras envahirent le campement, renversant tout ce qu'ils rencontraient sur leur passage. Ils défoncèrent des cabanes vides et mirent à bas des appentis qui, par vieillesse ou à cause des intempéries, étaient déjà à moitié démolis. Un homme qui les vit arriver se mit à courir en criant deux syllabes: «Un raid!», réveillant les gens du campement qui ramassèrent leurs hardes et prirent la fuite en suivant le premier de la troupe. C'est quand les premières cahutes effondrées brûlaient déjà que les hommes qui étaient autour du feu d'Andy prirent conscience de l'approche du commando.

– Bon dieu, qu'est-ce qui se passe? demanda Rudy. Pourquoi tout le monde se lève? Où tu vas, Francis?

– Lève-toi, idiot, dit Francis, et Rudy se leva.

– Dans quel pétrin je suis allé me fourrer? dit Vieilles Godasses, et il s'éloigna du feu, sans perdre de vue les gars du commando. Ils étaient à un demi-terrain de football de distance, mais Michigan Mac, lui, avait déjà filé aussi vite qu'il pouvait, courbé en deux comme une faucille, en direction du fleuve.

Le commando avançait, semant la destruction sur son passage. De deux coups de batte, l'un des hommes mit à bas un appentis. Un type qui suivait le groupe versa de l'essence sur les ruines et jeta une allumette. Le commando n'était plus qu'à une vingtaine de mètres de l'appentis d'Andy, et Andy, Rudy et Francis étaient toujours là, comme paralysés, regardant le spectacle sans en croire leurs yeux.

– On ferait mieux de se tailler, dit Andy.

– Tu as des trucs là-dedans auxquels tu tiens? demanda Francis.

– La seule chose à laquelle je tienne vraiment, c'est ma peau, et ça je l'ai sur moi.

Les trois hommes se mirent en branle, en douceur, s'éloignant du commando qui, visiblement, cognait sur tout ce qui dépassait. Francis regarda le cadre de déménagement et vit qu'il était vide.

– C'est qui, ces mecs? demanda Rudy à Francis. Pourquoi ils font ça?

Mais personne ne répondit.

Il y avait une demi-douzaine d'appentis et de baraques en feu, et quelqu'un avait aussi mis le feu à un grand arbre tout sec qui flambait jusqu'au ciel, bien au-dessus des baraques. Dans la lumière de l'incendie, Francis vit l'un des agresseurs démolir une cahute, et il vit sortir de là un type à quatre pattes, l'air complètement hébété. L'agresseur donna un coup de batte sur les fesses du type à quatre pattes, pour le faire se relever. Puis il lui redonna un coup, et le type se sauva en boitillant. Le feu qui se dégageait de la cahute illumina le sourire de l'agresseur.

Francis, Rudy et Andy tournèrent les talons et se mirent eux aussi à courir, enfin convaincus qu'une horde de démons s'était déchaînée dans la nuit. Mais, au moment où ils se sauvaient, ils se retrouvèrent face à deux hommes qui arrivaient sur eux par le flanc gauche.

– Sale vermine, dit l'un d'eux, et il balança sa batte pour la faire retomber sur Andy, mais Andy esquiva le coup lestement, fila, et fut happé par la nuit. Du revers de sa batte, le type atteignit Rudy, qui tenait à peine sur ses jambes, juste au-dessus de la nuque, et Rudy poussa un cri et s'affaissa. Francis bondit sur le type et lui arracha sa batte, puis il s'écarta en vitesse et se retourna pour faire face aux deux hommes qui avançaient sur lui avec une haine de chien enragé. Celui des deux types qui avait encore sa batte la brandit au-dessus de sa tête et l'abaissa à la verticale sur Francis qui l'esquiva avec la même facilité que lorsque, jadis, il se déportait sur la gauche pour attraper un roulant rapide. En même temps, il fit un pas en avant, comme un lanceur de baseball, et il fit tournoyer sa batte en visant le type qui avait frappé Rudy. Francis frappa un coup qui, s'il avait été lanceur dans une partie de baseball, aurait expédié la balle jusque dans les gradins, et il entendit, oui, il entendit les os de la colonne vertébrale du type craquer. Avec une jouissance proche de l'orgasme, il vit le type, souffle coupé, se tordre en une posture grotesque et s'effondrer sans un bruit.

Le second attaquant fonça sur Francis et le jeta à terre, pas avec sa batte, mais rien qu'avec son poids et avec son élan. Les deux hommes roulèrent ensemble sur le sol. Francis finit par échapper à son adversaire en le frappant d'un coup sec sur la gorge. Mais l'homme était leste et costaud, et il était déjà sur pied que Francis était encore à quatre pattes, et il levait les bras pour faucher Francis à l'horizontale quand celui-ci, projetant sa batte, écrasa la jambe gauche du type à la hauteur du genou. Le genou se plia à l'envers, la jointure complètement disloquée, et le type s'effondra comme une chiffe, avec un long hurlement.

Francis releva Rudy, qui poussait des grognements, et le jeta sur son épaule. Du mieux qu'il put, il se mit à courir en direction des bois qui longeaient le fleuve, et, une fois arrivé là, il suivit la berge vers le Sud, pour se rapprocher de la ville. Il s'arrêta au milieu des hautes herbes, toutes brunes, toutes fanées, et resta un moment allongé sur le ventre, avec Rudy à son côté, pour reprendre son souffle. Personne ne les avait suivis. Il se retourna pour regarder le bidonville à travers les troncs dénudés, et il vit que le feu ne cessait de s'étendre. La lune et les étoiles brillaient sur le fleuve, qui était comme une mer vitrifiée, placide, à côté du feu rageur qui gagnait du terrain.

Francis s'aperçut qu'il avait une joue qui saignait; il alla jusqu'au fleuve tremper son mouchoir et épongea sa joue. Il but à longues gorgées de l'eau du fleuve, qu'il trouva glacée, mais bonne à boire. Il épongea la blessure, s'aperçut qu'elle saignait toujours, et fit un tampon de son mouchoir pour étancher le sang.

– Qui c'était? demanda Rudy lorsqu'il revint près de lui.

– C'est les gars de l'équipe adverse, dit Francis. Ils nous traitent de sale vermine, ils trouvent qu'on est dégueulasses.

– Tu n'es pas dégueulasse, dit Rudy d'une voix rauque. Tu as un costume neuf.

– T'occupe pas de mon costume, comment va ta tête?

– Je ne sais pas. Ça fait tout bizarre.

Francis toucha la nuque de Rudy. Elle ne saignait pas, mais il y avait une bosse phénoménale.

– Tu peux marcher?

– J'en sais rien. Où est Vieilles Godasses avec sa bagnole?

– Plus là, je crois. À mon avis, c'est une voiture volée, cette bagnole. C'est comme ça qu'il gagnait sa vie, dans le temps. Ça, et vendre son cul.

Francis aida Rudy à se remettre sur ses pieds, mais Rudy ne tenait pas debout tout seul, et il n'arrivait pas à mettre un pied devant l'autre. Francis le chargea à nouveau sur son épaule, et repartit vers le Sud. Il avait en tête le vieil hôpital homéopathique de North Pearl Street, en ville. C'était loin pour aller jusque-là, mais, au milieu de la nuit, c'était le seul endroit possible. Et il n'y avait aucun moyen d'arriver là-bas autrement qu'à pied. Attendre un bus ou un tramway à une heure pareille, autant dire que Rudy crèverait en pleine rue.

Francis commença par le transporter sur une épaule, puis sur l'autre, et finalement sur son dos quand il s'aperçut que Rudy avait l'usage de ses bras et qu'il pouvait s'agripper à lui. Pour éviter les voitures de police en maraude, il resta sur le chemin de halage, puis il longea la voie ferrée, et rejoignit Broadway, puis Pearl Street. Portant toujours Rudy sur son dos, il monta les marches de l'hôpital et entra dans la salle des urgences qui était petite, propre, bien éclairée, et où il n'y avait pas d'autres malades. En le voyant arriver, une infirmière approcha un chariot, et aida Rudy à se laisser glisser du dos de Francis et à s'allonger.

– Il a reçu un coup sur la tête, dit Francis. Il ne peut pas marcher.

– Qu'est-ce qui s'est passé? demanda l'infirmière en examinant les yeux de Rudy.

– Un type dans Madison Avenue qui est devenu dingue, tout d'un coup, et qui lui a cogné dessus avec une brique. Vous avez un docteur qui peut s'occuper de lui?

– Oui, on va trouver un docteur. Il a bu, votre ami.

– Ce n'est pas ça son problème. Il a aussi un cancer de l'estomac, mais ce qui lui fait mal, pour le moment, c'est sa tête. Je vous dis qu'il a reçu un sacré coup, et il n'y est pour rien.

L'infirmière alla au téléphone, fit un numéro et parla à voix basse.

– Comment tu te sens, mon vieux? demanda Francis.

Rudy sourit, leva sur Francis un regard vitreux et ne dit rien. Francis lui tapota l'épaule et s'assit sur une chaise à côté de lui pour se reposer. Dans la glace d'un placard encastré dans le mur, il vit soudain sa propre image. Son nœud papillon était complètement de travers, et sa chemise et sa veste étaient tachées de sang, du sang qui avait dû couler avant qu'il s'aperçoive qu'il était blessé. Il avait le visage tout sale, et ses vêtements étaient couverts de terre. Il remit le nœud papillon en place, et essuya la terre du mieux qu'il put.

Après un second coup de téléphone et une conversation que Francis fut sur le point d'interrompre pour lui dire de venir s'occuper de Rudy, bon dieu, l'infirmière revint. Elle prit le pouls de Rudy, alla chercher un stéthoscope et écouta son cœur. Puis elle dit à Francis que Rudy était mort. Francis se leva et regarda le visage de son ami et vit que le sourire était toujours là. À l'abri du vent du Nord.

– Comment s'appelait-il? demanda l'infirmière. Elle prit un crayon et une fiche d'inscription sur un bloc.

Francis restait les yeux rivés sur le sourire de Rudy et sur son regard vitreux. À la naissance d'Isaac Newton, le type à la pomme, il avait fallu deux sages-femmes.

– S'il vout plaît, comment s'appelait-il?

– Il s'appelait Rudy.

– Rudy comment?

– Rudy Newton. Il savait où se trouve la Voie lactée.

Il serait trois heures quinze à l'horloge de l'église au moment où Francis se dirigerait vers l'hôtel Palombo pour aller s'abriter du froid, s'allonger près d'Helen et tâcher de réfléchir un peu à ce qui s'était passé et à ce qu'il fallait faire maintenant. Il passerait devant le gardien de nuit, sur le palier, il le saluerait, et il monterait jusqu'à la chambre qu'ils partageaient toujours, Helen et lui, dans cet hôtel borgne. En avançant dans le hall, il verrait la crasse et le tapis élimé mais se rappellerait le fait que, pour Helen et pour lui, c'était le luxe. Il verrait de la lumière sous la porte, et frapperait malgré tout pour s'assurer que c'était bien la chambre d'Helen. N'obtenant pas de réponse, il ouvrirait la porte et découvrirait Helen par terre, dans son kimono.

Il entrerait, refermerait la porte derrière lui, et resterait là longtemps à la regarder. Ses cheveux seraient étalés autour d'elle, légers, jolis à voir.

Au bout d'un moment, l'idée lui viendrait de la soulever et de la poser sur le lit, mais il se dirait qu'au fond ça n'avait pas de sens, car elle avait l'air de se trouver bien là où elle était. Elle avait l'air d'être endormie.

Il s'assiérait sur la chaise, et il passerait un certain temps à la regarder, temps qu'il serait incapable d'évaluer par la suite, et il se dirait qu'il avait pris la bonne décision en la laissant là où elle était.

Car son corps n'était pas tordu, déformé.

Il regarderait à l'intérieur de la valise ouverte, il trouverait ses vieilles coupures de journaux, et il les mettrait dans la poche intérieure de sa veste. Il trouverait son rasoir et son canif, et le papillon en strass d'Helen, et il fourrerait aussi tout ça dans ses poches. Dans le manteau d'Helen pendu dans le placard, il trouverait les trois dollars trente-cinq, il les mettrait dans la poche de son pantalon, tout en continuant à se demander où elle avait bien pu trouver cet argent. Il repenserait aux deux dollars qu'il avait laissés au portier pour elle et qu'elle ne verrait jamais; lui non plus, il les laisserait en pourboire au vieux Donovan. Helen vous dit merci.

Alors, il s'assiérait sur le lit et verrait Helen sous un autre angle. Il verrait que ses yeux étaient fermés, et il se rappellerait comme ils étaient verts, de son vivant, de véritables émeraudes. Il entendrait les femmes parler derrière lui cependant que lui, il essaierait de voir à travers les paupières fermées d'Helen.

Trop tard, diraient les femmes. Trop tard pour plonger plus avant dans l'âme d'Helen. Mais il ne la quitterait pas des yeux, et il aurait aussi remarqué le disque sur l'oreiller; il saurait quelle chanson elle avait achetée, ou volée. C'était forcément *Bye Bye Black Bird*, Adieu, merle moqueur, qu'elle aimait tellement. Il entendrait les femmes fredonner l'air doucement, et lui, il ne quitterait pas des yeux les cicatrices rutilantes sur l'âme d'Helen. Il y aurait des cicatrices toutes fraîches blanchissant au milieu des anciennes, l'âme serait déjà en train de se purger de toutes les blessures du monde, et les cicatrices flamboieraient des flammes vertes de l'espoir, mais sans se laisser détruire, donnant accès, ces zébrures de l'âme, aux secrets de Satan les plus profondément enfouis.

Francis, cet être à deux faces, tantôt vieil homme exagérément penché, tantôt jeune oiseau au vol encore incertain, fredonnerait doucement avec les femmes: Soir et matin, Sur mon chemin..., et la chanson lui révélerait que ce n'était pas du tout dans l'âme d'Helen qu'il plongeait, mais, en vérité, dans sa propre mémoire ressassante et toujours prête à flancher. Il savait qu'en cet instant Rudy et Helen le connaissaient bien mieux que lui, Francis, ne les avait connus, ne les connaîtrait.

Les morts, c'est eux qui ont des yeux pour voir.

Il remonterait le fil de sa vie jusqu'à un point bien en deçà de la mort d'Helen, et il la verrait, portant le même kimono, allongée à son côté; ils viendraient de faire l'amour, avec tendresse, et elle lui dirait: Tout ce que je veux au monde c'est que mon nom revienne dans ma famille.

Alors Francis se lèverait, et il jurerait solennellement qu'un jour il retrouverait la tombe d'Helen, où qu'elle soit, et qu'il poserait dessus une pierre avec son nom gravé en profondeur. Sur la pierre on lirait: *Ci-gît Helen Marie Archer, une âme noble*.

Et Francis se rappellerait que lorsqu'on étouffait les âmes nobles, les forces du mal se répandaient dans le monde, le peuplant d'éclairs, de combats, de flammes. Il devait prier pour la paix de l'âme d'Helen, car c'est le seul moyen qu'il lui restait de l'aider. La vision qu'il avait de l'autre monde n'était pas celle d'une Cour divine où la légion des âmes sauvées vénérait le Ver Sacré, mais plutôt celle d'un épais brouillard recouvrant la fosse où la terre elle-même se purgerait des miasmes de la vie. C'est pourquoi Francis voyait une question inscrite en lettres de feu dans le ciel: Comment cet homme doit-il prier?

Il réfléchirait a cela pendant un temps incalculablement long, et en viendrait à la conclusion que, décidément, il ne lui était pas possible de prier; ni pour Helen, ni pour lui-même.

Alors il se pencherait, et il toucherait de ses doigts le sommet du crâne d'Helen, et il caresserait son crâne comme un père caresse la fontanelle fragile de son enfant nouveau-né, il la caresserait doucement pour ne pas déranger ses cheveux qui flottaient autour d'elle.

Si jolis à voir.

Et puis il sortirait de la chambre d'Helen, en laissant la lumière allumée. Il marcherait jusqu'au palier, il saluerait le gardien de nuit, en train de somnoler dans son fauteuil, puis il plongerait à nouveau dans le monde froid, obscur et vivant de la nuit.

À l'aube il serait dans un train de marchandises de la compagnie Delaware & Hudson, roulant vers le Sud, là où la limonade coule en cascade. Il serait assis sur ses talons au milieu du wagon vide, la portière entrouverte, il se tiendrait un peu à l'abri du vent. Il regarderait les étoiles, ces mêmes étoiles qui, quelques heures plus tôt, avaient brillé d'un éclat qu'on aurait dit indestructible, et qui maintenant s'effaçaient peu à peu dans le ciel rose et mauve du petit matin.

Il n'arriverait pas à fermer les yeux, alors il penserait à tout ce qu'il allait pouvoir faire maintenant. Il en viendrait à la conclusion qu'il lui était impossible de faire un choix parmi toutes les possibilités qui s'offraient à lui. Il n'était finalement sûr que d'une chose, c'est qu'il vivait dans un monde où les événements se déclenchaient d'eux-mêmes, et où tout ce qu'un homme pouvait faire, c'était d'essayer de ne pas sauter trop vite à pieds joints dans leur mystère.

Il eut la vision de Gerald emmailloté dans la toile argentée de sa tombe, puis cette vision s'effaça comme les étoiles, et il aurait été incapable de se rappeler la couleur des cheveux de l'enfant. Il vit toutes les femmes réunies en trois femmes, et cette cohérence irréalisable s'effaça elle aussi, et il ne vit plus que la bouche triomphale de Katrina; cette bouche disait des mots qui n'étaient guère plus que des formes silencieuses. Il avala la dernière gorgée de whisky Green River, qui lui parut froide, et douce au palais. Et il revit en pensée le grenier d'Annie.

– C'est là, dit Bill. Ils ont mis un lit de camp dans le coin, près de ta malle.

– Oui, j'ai vu, dit Francis.

Francis s'approcha de la porte coulissante du wagon, et il jeta la bouteille vide en direction de la lune, une grande chandelle qui alla se perdre dans la lumière du soleil levant. Dans leur mouvement en plein ciel, la bouteille et la lune ensemble se mirent à faire une musique nostalgique, on aurait dit du banjo, c'était comme une harmonie céleste dont l'influence poussa Francis à sauter du train et à chercher refuge sous le toit sacré des Phelan.

– Tu entends cette musique? dit Francis.

– De la musique? dit Bill. Ma foi non.

– Du banjo. Et pas n'importe quel banjo. C'est la bouteille vide qui fait ça. La bouteille, et aussi la lune.

– D'accord, d'accord.

Francis se remit à écouter la lune et sa bouteille de whisky, les sons lui parvenaient plus nettement que jamais. Quand on entendait une musique comme ça, on n'avait plus besoin de rester allongé. On pouvait se lever de ce vieux lit de camp et aller jusqu'à la fenêtre du grenier pour regarder Jake Becker lâcher ses pigeons. Les pigeons s'envolaient et faisaient le tour du quartier, ils tournaient en rond, formaient un grand cercle, s'excitant comme des fous, et puis à la fin le vieux Jake donnait un coup de sifflet et ils réintégraient leurs cages. Incroyable.

– Qu'est-ce que je peux te faire pour déjeuner? lui demanda Annie.

– Ce que tu voudras. Un sandwich à la dinde, ce serait parfait.

– Tu veux encore du thé?

– Je veux toujours de ton thé, dit Francis.

Il faisait bien attention de ne pas s'asseoir près de la fenêtre, là où on aurait pu le voir quand il regardait les pigeons, ou alors, à l'autre bout du grenier, quand il regardait les gosses jouer sur le stade de l'école.

– Si on ne te voit pas, tu n'auras aucun problème, lui avait dit Annie. Elle changeait les draps du lit deux fois par semaine, elle avait fait des rideaux jaunes pour les fenêtres, et elle avait acheté deux morceaux de tissu noir pour qu'il puisse se calfeutrer le soir et lire le journal.

Il n'avait plus besoin de lire. Son esprit était vide d'idées. Si une idée par hasard y pénétrait, elle restait posée là comme la rosée sur un champ de rocaille. Le soleil du matin fait disparaître la rosée, la seule chose qui reste, c'est l'effet qu'elle a eu sur la rocaille. Mais la rocaille n'a nul besoin de ce genre d'effet.

La question, c'était de savoir si on finirait par découvrir que c'était Francis qui avait brisé l'échine du type d'un coup de batte. Car le coup avait bel et bien tué cet enfant de salaud, cet assassin. Est-ce qu'on le recherchait? Est-ce qu'on faisait semblant de ne pas le rechercher? Dans sa malle, il retrouva son haut de survêtement, et il le porta en remontant le col pour cacher son visage. Il trouva aussi le calot militaire de George Quinn, qui lui donna l'air martial. S'il avait été dans l'armée, il aurait sûrement gagné des galons, des médailles. Il avait toujours été fasciné par la discipline militaire. Personne n'aurait jamais l'idée de le rechercher tant qu'il portait le calot militaire de George. C'était fort improbable.

Est-ce que tu aimes le flan à la gélatine, Fran? lui demanda Annie. Je n'ai pas le souvenir de t'en avoir déjà fait. Je ne sais même pas si ça existait à l'époque.

Si on l'avait repéré, c'était fini, terminé. Salut, ma jolie, adieu, Berthe. Finie, la chanson. Il irait là où il fait chaud, là où il n'aurait plus jamais besoin de fuir pour échapper soit aux hommes, soit aux intempéries.

L'empyrée, qu'il ne faut pas se représenter en termes d'espace, ne tourne pas autour d'un pôle. C'est dans un cercle de lumière et d'amour qu'il contient le *primum mobile*, la plus élevée et la plus subtile des sphères célestes. C'est dans le *primum mobile* que les anges se manifestent.

Mais si on ne l'avait pas repéré, alors un jour il dirait un mot à Annie (elle y avait déjà pensé de son côté, il l'aurait juré) pour lui demander si on ne pourrait pas installer le lit de camp dans la chambre de Danny, quand il n'y aurait plus de problème.

Cette chambre, elle ne manquait pas d'espace.

Et puis elle recevait le soleil du matin.

C'était une drôlement jolie petite chambre.

La ville d'Albany, où se déroule *L'herbe de fer*, est une ville fascinante à plus d'un titre, une ville chargée d'histoire, de légende. C'est, il ne faut pas l'oublier, la capitale de l'État de New York (à près de deux cent cinquante kilomètres de la ville de New York), et à ce titre la vie politique y a toujours été intense et mouvementée, souvent même dramatique, car les enjeux sont importants : être maire de la ville ou gouverneur de l'État est un poste qui peut servir de tremplin à la vice-présidence ou même à la présidence des États-Unis. Citons pour exemples Martin Van Buren, Grover Cleveland, Franklin Roosevelt, et, plus récemment, Nelson Rockefeller. Un même homme, Erastus Corning, célébrité locale et citoyen le plus riche de la ville, a été maire d'Albany quarante-deux années consécutives. Le Capitole, en plein centre, est un édifice impressionnant doté d'un escalier monumental digne de l'Empire austro-hongrois.

Pendant les années de la Prohibition, Albany a été, plus qu'une autre, touchée par la corruption, et c'est là, à l'hôtel Kenmore, que le fameux gangster Jack Diamond, dit Legs, avait établi son quartier général jusqu'au moment où il fut tué d'une balle dans la tête en 1931. William Kennedy lui a consacré, sous le titre *Legs* précisément, l'un des trois romans qui constituent, avec *Billy Phelan's Greatest Game* et *Ironweed* (titre original de *L'herbe de fer*), le « cycle d'Albany ». Né à Albany où il habite aujourd'hui avec sa famille, William Kennedy, Irlandais d'origine, connaît admirablement la ville. En 1983, il lui a consacré un gros livre sous le titre *O Albany !* Rien d'étonnant à ce qu'il collabore de près au film qu'Hector Babenco, réalisateur du *Baiser de la femme araignée*, tourne à partir de *L'herbe de fer*.

Située dans la vallée de l'Hudson, au débouché du canal de l'Érié, Albany a connu une période de grande prospérité dans les années où la navigation fluviale était sans rivale pour le développement du commerce. C'est aussi par des petits « packet boats » remontant l'Hudson que débarquaient en grand nombre, au début du siècle, les jeunes immigrés irlandais, les « greenhorns » qui, souvent, venaient rejoindre un frère ou un cousin déjà installé. Albany était alors la capitale mondiale du bois de construction (« white pine »), et il y avait au nord de la ville plus de quarante-six chantiers de bois, parmi lesquels le chantier Kibbee's, qu'on retrouve dans le roman. Les « rois du bois » s'étaient fait construire de somptueuses demeures dans Arbor Hill, le quartier résidentiel de l'époque (aujourd'hui quartier noir assez pauvre). Ten Broeck Street s'appelait la « rue des millionnaires ». Pourquoi ce nom de Ten Broeck ? À cause d'un général Abraham Ten Broeck, sénateur et maire de la ville. Albany a été fondée par les Hollandais, et de nombreux noms de rues, de quartiers ou de monuments témoignent de cette présence et honorent quelques grandes dynasties familiales : John Van Schaick Lansing Pruyin est honoré par Pruyin Street et sa famille fonda la Pruyin Library (détruite en 1968) ; il était lui aussi sénateur, et membre du Congrès. Le général Philip Schuyler, roi du bois de construction et ami de George Washington, fit construire la « Schuyler Mansion » après avoir épousé Catherine Van Rensselaer : les Van Rensselaer étaient une autre grande famille, et l'on traverse la ville de Rensselaer avant d'arriver à Albany, quand on vient de New York. C'est seulement après les Hollandais que vinrent à Albany les Irlandais, les Allemands, les Juifs, les Italiens.

La ville est construite sur une colline, d'où l'importance des tramways pour se hisser en haut des rues à forte pente. D'abord tirés par des chevaux, ils devinrent électriques à partir de 1890. En 1901 eut lieu la grande grève des tramways qui paralysa cinq villes dont Albany, où deux hommes furent tués par l'armée au moment où les manifestants venaient d'attaquer un tramway conduit par un « jaune ». Ce fait divers authentique sert de point de départ à l'épisode clé de la vie de Francis Phelan.

La rue principale du centre ville, State Street, orientée nord-ouest sud-est, grimpe ferme jusqu'au Capitol Hill aujourd'hui appelé Empire State Plaza. Elle croise à angle droit Pearl Street qui part du nord-est (dans la banlieue appelée Menands) et qui descend vers le sud-ouest, parallèle sur une certaine distance à

Broadway, interminable artère qui prend la ville à une extrémité et serpente jusqu'à l'autre. Toutes ces rues ont leur importance dans le roman : *L'herbe de fer* reconstitue avec précision la ville telle qu'elle était en 1938, date du retour de Francis Phelan à Albany, ou aux alentours de 1901, époque de sa jeunesse. La première scène se passe dans le cimetière Sainte-Agnès, situé à une dizaine de kilomètres de la ville sur une colline qui domine la vallée, et séparé en deux parties : à droite le « cimetière rural », à gauche le cimetière Sainte-Agnès proprement dit, qui est le cimetière catholique. L'importance de ce cimetière s'explique par la forte densité de population italienne et surtout irlandaise – ce sont des noms comme Molloy ou Murphy qu'on retrouve le plus souvent sur les tombes. La ville elle-même comporte de nombreuses églises dont plusieurs catholiques : ainsi la cathédrale de l'Immaculée-Conception et l'église Saint-Antoine, celle des Italiens, mais qui eut pourtant quarante ans durant un curé irlandais, le Père O'Connor.

Comme Leopold Bloom dans la ville de Dublin, c'est dans une ville bien réelle que se promènent, si l'on peut dire qu'ils s'y promènent, les héros de *L'herbe de fer*.

Marie-Claire Pasquier

Composition TÉLÉ-COMPO à Bizou (Orne)
Achevé d'imprimer en février 1986
sur presse CAMERON
dans les ateliers de la S.E.P.C.
à Saint-Amand-Montrond (Cher)

N° d'édition : 860. — N° d'impression : 293.
Dépôt légal : février 1986.

*Imprimé en France*